ALYSON NOËL

Luna azul

Alyson Noël es la autora de varios bestsellers número uno de *The New York Times* y *USA Today*. Sus libros han ganado el National Reader's Choice Award, entre otros premios y honores. Actualmente vive in California, mientras finaliza su serie de *Los inmortales*.

Luna azul

Luna azul

ALYSON NOËL

Vintage Español
Una división de Random House, Inc.
Nueva York

PRIMERA EDICIÓN VINTAGE ESPAÑOL, SEPTIEMBRE 2010

Copyright de la traducción © 2010 por Concepción Rodríguez González

Todos los derechos reservados. Publicado en los Estados Unidos de América
por Vintage Español, una división de Random House, Inc., Nueva York, y en
Canadá por Random House of Canada Limited, Toronto. Originalmente publicado
en inglés en EE.UU. como *Blue Moon* por St. Martin's Griffin, una división de
Macmillan, Nueva York, en 2009. Copyright © 2009 por Alyson Noël. Esta
traducción fue originalmente publicada en España por Random House Mondadori,
S. A., Barcelona. Copyright de la presente edición en castellano para todo el
mundo © 2010 por Random House Mondadori, S. A.

Vintage es una marca registrada y Vintage Español y su colofón son
marcas de Random House, Inc.

Información de catalogación de publicaciones disponible en la Biblioteca del Congreso
de los Estados Unidos.

Vintage ISBN: 978-0-307-74116-5

www.grupodelectura.com

Impreso en los Estados Unidos de América
10 9 8 7 6 5 4 3 2 1

Para Jessica Brody,
que tiene tantísimo talento en tantas cosas
¡que ni siquiera es justo!

Cada hombre tiene su propio destino; el único imperativo
es seguirlo y aceptarlo, sin importar adónde lo lleve.

HENRY MILLER

Capítulo uno

—Cierra los ojos e imagínalo. ¿Lo ves?

Asiento con los ojos cerrados.

—Imagínalo justo delante de ti. Visualiza su textura, su forma, su color… ¿Lo tienes?

Sonrío mientras formo la imagen en mi cabeza.

—Vale. Ahora estira el brazo y tócalo. Palpa su contorno con la yema de los dedos, sopésalo en la palma de las manos, y luego combina las percepciones que recibes con todos los sentidos: la vista, el tacto, el olfato, el gusto… ¿Puedes saborearlo?

Me muerdo el labio para reprimir una risita tonta.

—Perfecto. Ahora combínalo todo con esa sensación. Debes creer que existe y que está justo delante de ti. Siéntelo, míralo, tócalo, saboréalo, acéptalo… ¡Dale forma! —me ordena él.

Y lo hago. Hago todas esas cosas. Y cuando suelta un gruñido, abro los ojos para verlo por mí misma.

—Ever… —Sacude la cabeza—. Se supone que debías pensar en un aguacate, y esto ni siquiera se le parece.

—No, no hay nada frutal en él. —Me echo a reír al ver a mis dos Damen: la réplica que he hecho aparecer delante de mí y la versión de carne y hueso que está a mi lado. Ambos tienen la misma estatura, son igual de morenos y tan increíblemente guapos que no parecen reales.

—¿Qué voy a hacer contigo? —pregunta al aire el Damen real, que intenta lanzarme sin éxito una mirada reprobatoria. Sus ojos siempre lo traicionan: nunca reflejan otra cosa que no sea amor.

—Hum… —Paseo la mirada entre mis dos novios: el real y el que he conjurado—. Podrías venir aquí y darme un beso. Pero, si estás muy ocupado, le pediré a él que lo haga; no creo que le importe. —Señalo a la manifestación de Damen, y me echo a reír cuando lo veo sonreír y guiñarme un ojo, aunque su contorno se está desvaneciendo y pronto desaparecerá.

Sin embargo, el Damen real no se ríe. Se limita a negar con la cabeza antes de decirme:

—Ever, por favor… Tienes que ponerte seria. Hay muchas cosas que debo enseñarte.

—¿Por qué tanta prisa? —Ahueco la almohada y doy unos golpecitos con la mano en el espacio que hay a mi lado con la esperanza de que él se aparte del escritorio y venga hasta mí—. Según tengo entendido, si algo nos sobra es tiempo… —Sonrío. Y cuando él me mira, todo mi cuerpo comienza a arder y me quedo sin aliento. No puedo evitar preguntarme si alguna vez conseguiré acostumbrarme a su increíble belleza: esa piel suave y morena, el pelo castaño y brillante, su rostro perfecto y su cuerpo escultural… El yin ideal para mi pálido y rubio yang—. Vas a descubrir que soy una alumna muy aplicada —le digo mirándolo a los ojos: dos pozos oscuros de profundidades insondables.

—Eres insaciable —susurra, y sacude la cabeza con aire resignado mientras se acerca y se acurruca junto a mí.

—Solo intento recuperar el tiempo perdido —murmuro.

Siempre anhelo esos momentos, esos instantes en los que estamos a solas y no tengo que compartirlo con nadie más. Aunque sé que tenemos toda la eternidad por delante, no puedo evitar sentirme avariciosa.

Se inclina hacia delante para besarme, dando así por terminada nuestra lección. Todo pensamiento acerca de manifestaciones, visiones remotas, telepatías… todos esos rollos psíquicos han sido sustituidos por algo mucho más cercano mientras me aplasta contra la pila de almohadas y se echa encima de mí, entrelazando nuestros cuerpos como dos enredaderas que buscan el sol.

Sus dedos se cuelan por debajo de mi camiseta y se deslizan por mi abdomen en busca de mi sujetador. Cierro los ojos y le digo en un susurro:

—Te quiero. —Palabras que en cierta ocasión reprimí y que, después de pronunciarlas por primera vez, apenas he dicho otra cosa.

Oigo su suave gruñido mientras me desabrocha el sujetador con facilidad, con maestría, sin torpezas ni forcejeos.

Todos sus movimientos son tan elegantes, tan gráciles, tan perfectos, tan…

Quizá demasiado perfectos.

—¿Qué pasa? —pregunta cuando lo aparto de un empujón. Tiene la respiración agitada y sus ojos rodeados de piel suave y tersa buscan los míos.

—No pasa nada.

Me doy la vuelta para recolocarme la camiseta, contenta de haber aprendido bien la lección sobre cómo ocultar mis pensamientos, ya que eso es lo único que me permite mentir.

Él suspira y se aparta, negándome el hormigueo que me provoca su tacto y el calor de su mirada mientras se pasea delante de mí. Y, cuando por fin se detiene y me observa, aprieto los labios: sé lo que viene a continuación. Ya hemos pasado antes por esto.

—Ever, no trato de presionarte ni nada de eso. De verdad que no —dice con la expresión contraída por la preocupación—. Pero tendrás que superarlo en algún momento y aceptarme como soy. Puedo hacer aparecer cualquier cosa que desees, enviarte imágenes y pensamientos telepáticos siempre que estemos separados, llevarte a Summerland en un santiamén. Pero no puedo cambiar el pasado. Las cosas son como son.

Clavo la mirada en el suelo. Me siento diminuta y muy avergonzada. Detesto no ser capaz de ocultar mis celos e inseguridades; odio que sean tan evidentes y ostensibles. Porque da igual qué tipo de escudo psíquico cree; no sirve de nada. Damen ha tenido seiscientos años para estudiar el comportamiento humano (para estudiar mi comportamiento), y yo solo dieciséis.

—Es que… tienes que darme un poco más de tiempo para que pueda acostumbrarme a todo esto —le digo mientras jugueteo con la costura deshilachada de la funda de la almohada—. Ha pasado muy poco tiempo. —Me encojo de hombros al recordar que hace apenas tres semanas maté a su ex mujer, le dije que le quería y sellé mi destino inmortal.

Él me contempla con los labios apretados y la mirada incrédula. Y, aunque solo nos separan unos cuantos pasos, la atmósfera es tan tensa y cargada que parece que nos separe un océano entero.

—Me refiero a esta vida —le aclaro con voz temblorosa al tiempo que me incorporo con la esperanza de llenar el vacío y aligerar la tensión—. Y, puesto que no puedo recordar las otras vidas, es lo único que tengo. Solo necesito un poco más de tiempo, ¿vale?

Sonrío con nerviosismo. Noto los labios torpes y entumecidos, y me esfuerzo por controlarlos. Dejo escapar un suspiro de alivio cuando se sienta a mi lado, lleva sus dedos hasta mi frente y acaricia el lugar donde estaba mi cicatriz.

—Bueno, eso es lo único que jamás se nos acabará.

Suspira y desliza los dedos por mi mandíbula mientras se inclina para besarme. Sus labios se detienen en mi frente y en mi nariz antes de acercarse a mi boca.

Y justo cuando creo que va a besarme de nuevo, me da un apretón en la mano y se aparta. Se dirige a la puerta y se marcha de la habitación, no sin antes dejar un hermoso tulipán rojo en el lugar que acaba de abandonar.

Capítulo dos

Aunque Damen puede percibir el momento exacto en el que mi tía Sabine dobla por nuestra calle y se acerca al camino de entrada, no es esa la razón por la que se marcha.

Se marcha por mí.

Por el simple hecho de que me ha perseguido durante cientos de años, me ha buscado en todas mis encarnaciones solo para que podamos estar juntos.

Pero nunca hemos estado «juntos».

Lo que significa que «eso» jamás ha ocurrido.

Al parecer, cada vez que estábamos a punto de dar el siguiente paso y consumar nuestro amor, su ex mujer, Drina, aparecía y me mataba.

Sin embargo, ahora que la he matado (acabé con ella con un certero aunque débil golpe en su maltrecho chacra del corazón) no hay nada ni nadie que se interponga en nuestro camino.

Salvo yo.

Porque aunque quiero a Damen con todo mi ser, y desde luego que deseo dar el siguiente paso, no puedo dejar de pensar en los últimos seiscientos años.

Y en cómo decidió vivirlos Damen. (De una forma poco habitual, según él.)

Y en con quién decidió vivirlos. (Además de a su ex mujer, Drina, ha mencionado a muchas otras.)

Y, bueno, por mucho que deteste admitirlo, saber eso hace que me sienta un poco insegura.

Vale, puede que muy insegura. Está claro que la patética y corta lista de chicos a los que he besado no puede compararse con sus seis siglos de meritorias conquistas.

Y, aunque sé que es ridículo, aunque sé que Damen me ha querido durante siglos, el hecho es que el corazón atiende a razones que la razon no entiende.

Y, en mi caso, nunca mejor dicho.

No obstante, cada vez que Damen viene a darme una de sus lecciones, consigo convertir el momento en una prolongada sesión de besos y empiezo a pensar: «¡Ya está! ¡Esta vez sí que va a pasar!».

Pero luego lo ahuyento de mí como si fuera el peor de los tormentos.

Y la verdad es que él no habría podido expresarlo mejor. No puede cambiar su pasado. Las cosas son como son. Y lo hecho hecho está. No se puede rebobinar. No hay vuelta atrás.

Lo único que la gente puede hacer es seguir adelante.

Y eso es justo lo que debo hacer.

Dar ese enorme salto sin hacerme preguntas, sin mirar atrás.

Olvidar el pasado y labrarme un futuro.

Ojalá fuera tan fácil…

—¿Ever? —Sabine sube por las escaleras mientras yo recorro la habitación en un frenético intento por ordenarla, me siento frente al escritorio y trato de fingir que estoy ocupada—. ¿Todavía estás levantada? —pregunta al tiempo que asoma la cabeza por la puerta. Aunque tiene el traje arrugado y los ojos cansados y enrojecidos, el aura que flota a su alrededor muestra un bonito tono verde.

—Estaba terminando algunos deberes —respondo antes de apartar el ordenador portátil, como si lo hubiera estado utilizando.

—¿Has comido? —Se apoya contra el marco de la puerta con los ojos entornados en una expresión suspicaz. Su aura se aproxima a mí: es un detector de mentiras que, sin saberlo, mi tía lleva consigo a todas partes.

—Por supuesto —replico. Asiento y sonrío en un esfuerzo por parecer sincera, aunque lo cierto es que siento la mentira grabada en mi rostro.

Odio tener que mentir a la gente. Sobre todo, a ella. Y más después de lo que ha hecho por mí, después de acogerme tras el accidente en el que murió toda mi familia. Lo cierto es que no tenía por qué hacerlo. Que sea mi único pariente vivo no significa que no pudiera haberse negado. Y seguro que se pasa la mayor parte del tiempo deseando haberlo hecho. Su vida era mucho menos complicada antes de mi llegada.

—Me refiero a si has tomado algo que no sea esa bebida roja.

Señala con la cabeza la botella que hay sobre mi escritorio, el líquido rojo opalescente de extraño sabor amargo que ya apenas me repugna como antes. Lo cual es positivo, ya que, según Damen, tendré que beberlo durante el resto de la eternidad. No es que no pueda tomar comida de verdad, es solo que ya no me apetece. Mi brebaje inmortal me proporciona todos los nutrientes que necesito. Y no importa si bebo mucho o poco, siempre me siento saciada.

Sin embargo, sé lo que mi tía está pensando. Y no solo porque puedo leer todos sus pensamientos, sino porque yo solía pensar lo mismo de Damen. Me molestaba muchísimo ver cómo apartaba la comida y «fingía» comer. Hasta que descubrí su secreto, claro está.

—Yo... bueno, he picado algo antes —digo al fin, intentando no apretar los labios, apartar la mirada ni encogerme: mis habituales signos delatores—. Con Miles y con Haven —añado con la esperanza de que eso explique la falta de platos sucios, aunque sé que proporcionar muchos detalles dispara la alerta: «¡Mentiroso a la vista!». Además, Sabine es una de las mejores abogadas de su prestigioso bufete, con lo cual se le da increíblemente bien detectar a un farsante. No obstante, reserva ese particular don suyo para su vida profesional, mientras que en su vida privada, prefiere creer a pies juntillas.

Salvo hoy. Hoy no está dispuesta a tragarse nada de lo que le digo. En lugar de eso, me mira y dice:

—Estoy preocupada por ti.

Me giro para mirarla a la cara con la esperanza de parecer sincera, dispuesta a escuchar sus preocupaciones, a pesar de que me ha dejado atónita.

—Estoy bien —le digo, y sonrío para que se lo crea—. De verdad. Estoy sacando buenas notas, me llevo bien con mis amigos, y Damen y yo estamos... —Me quedo callada al darme cuenta de que jamás le he hablado sobre mi relación, jamás la he definido con exactitud, reservándome la información para mí. Y lo cierto es que ahora que he empezado la frase no sé muy bien cómo terminarla.

Bueno, decir que somos novios sonaría demasiado frívolo e inadecuado si se tiene en cuenta nuestro pasado, nuestro presente y nuestro futuro, porque es evidente que la historia que hemos compartido nos convierte en mucho más que eso. Con todo, tampoco pienso proclamar en voz alta que somos almas gemelas y compañeros eternos: sonaría demasiado cursi. Y para ser sincera, prefiero no calificar la relación que nos une. Ya me confunde bastante tal como está. Además, ¿qué podría decirle a mi tía? ¿Que nos hemos querido durante siglos pero que todavía no hemos conseguido dar el siguiente paso?

—Bueno, a Damen y a mí… nos va muy bien —digo por fin. Trago saliva al darme cuenta de que he dicho «bien» y no «genial», lo que debe de ser la primera verdad que ha salido de mi boca en todo el día.

—Así que ha estado aquí. —Deja el maletín de piel marrón en el suelo y me mira. Ambas somos muy conscientes de con cuánta facilidad he caído en su trampa de abogada.

Asiento mientras me reprendo mentalmente por insistir en que nos quedáramos en mi casa en lugar de ir a la suya, como había propuesto Damen en un principio.

—Me ha parecido ver pasar su coche a toda velocidad. —Su mirada se posa en la cama desordenada, en el caótico montón de almohadones y en el edredón arrugado. Cuando vuelve a mirarme no puedo evitar encogerme, sobre todo porque sé lo que viene a continuación—. Ever —dice con un suspiro—, siento mucho no estar aquí todo lo que debería y que no podamos pasar más tiempo juntas. Y, aunque todavía estamos buscando la manera de llegar la una a la otra, quiero que sepas que puedes contar conmigo para lo que necesites. Si alguna vez quieres hablar con alguien, aquí estoy yo para escucharte.

Aprieto los labios y asiento. Sé que aún no ha terminado, pero espero que quedándome callada y mostrándome complaciente sirva para que termine cuanto antes.

—Porque, aunque lo más probable es que creas que soy demasiado vieja para entender por lo que estás pasando, te aseguro que recuerdo muy bien lo que se siente a tu edad. Lo abrumadora que puede resultar la presión de los medios, que te instan a compararte con actrices, modelos y otros personajes de la televisión.

Trago saliva con fuerza y aparto la mirada, obligándome a no reaccionar, a no gritar para defenderme: prefiero que ella crea eso a que empiece a sospechar la verdad.

Desde que me expulsaron del instituto, Sabine ha estado observándome con más atención que nunca, y desde que empezó a llenar sus estanterías con libros de autoayuda de todo tipo (desde *Cómo educar a un adolescente cuerdo en los tiempos locos que corren* hasta *Tu adolescente y los medios de comunicación: lo que tú puedes hacer al respecto*), las cosas están muchísimo peor. Estudia y subraya los comportamientos adolescentes más inquietantes y luego me observa en busca de algún posible síntoma.

—Lo único que sé es que eres una chica guapa, mucho más guapa de lo que yo lo era a tu edad, y matarte de hambre para competir con esas famosas esqueléticas que se pasan media vida entrando y saliendo de clínicas de rehabilitación no solo es un objetivo absurdo e inalcanzable, sino que acabará por hacerte enfermar. —Me mira con seriedad, desesperada por llegar hasta mí, por lograr que sus palabras calen en mí—. Quiero que sepas que eres perfecta tal y como estás, y que me apena verte pasar por esto. Y si es por Damen…, bueno, entonces lo único que debo decirte es que…

—No soy anoréxica.

Me mira fijamente.

—No soy bulímica, no soy ninguna chiflada de las dietas, no me estoy matando de hambre, no quiero tener una talla treinta y dos, y no quiero parecerme a las gemelas Olsen. En serio, Sabine, ¿te parece que me estoy consumiendo? —Me pongo de pie para permitir que vea mis ajustados vaqueros en todo su esplendor; porque, en todo caso, me siento todo lo contrario a consumida. Me da la impresión de que me estoy «rellenando» a buen paso.

Ella me recorre con la mirada. Y me refiero a que me observa de arriba abajo. Empieza por la cabeza y baja hasta la punta de los pies, y sus ojos se detienen en mis pálidos tobillos (descubrí que mis vaqueros favoritos me quedaban cortos y no tuve más remedio que remangármelos para disimularlo).

—Solo pensaba que… —Se encoge de hombros sin saber muy bien cómo continuar ahora que le he expuesto motivos más que razonables para un veredicto de no culpabilidad—. Es que no te he vuelto a ver comer… y siempre estás bebiendo esa cosa roja…

—Así que has pensado que había pasado de ser una adolescente borracha a una adolescente anoréxica que se niega a comer, ¿no? —Me echo a reír para que sepa que no estoy enfadada… Quizá lo esté un poco, pero más conmigo misma que con ella. Debería haber disimulado mejor. Debería al menos haber fingido que comía—. No tienes nada por lo que preocuparte —le aseguro con una sonrisa—. De verdad. Quiero que quede claro: no tengo intención de consumir drogas ni de traficar con ellas, no voy a experimentar con ningún tipo de modificación corporal (ni cortes, ni marcas a fuego, ni escarificaciones, ni piercings) ni con ninguna otra cosa que aparezca esta semana en el *Top Ten* de los comportamientos extraños que debes buscar en tu adolescente. Y, para que conste, que beba esa cosa roja no significa que trate de parecerme a ninguna celebridad esquelética ni que quiera complacer a Damen. La bebo porque me gusta, eso es todo. Además, sé a ciencia cierta que Damen me quiere y me acepta tal como soy… —Me quedo callada, ya que acabo de empezar a hablar de otro tema en el que no quiero profundizar. Y, antes de que mi tía pueda pronunciar las palabras que se están formando en su cabeza, levanto la mano y digo—: Y no, no me refería a eso. Damen y yo estamos… —«Enamorados, saliendo en plan novios. Somos una especie de amigos con derecho a roce que están vinculados para toda la eternidad»—. Bueno, estamos saliendo. Ya sabes, juntos, como pareja. Pero no nos hemos acostado.

«Todavía.»

Mi tía me mira con una expresión tan incómoda como yo me siento por dentro. Ninguna de las dos desea profundizar en el tema, pero, a diferencia de mí, ella siente que es su deber.

—Ever, no pretendía insinuar que… —empieza a decir. Luego me mira encogiéndose de hombros y yo la miro. Al parecer, ha decidido tirar la toalla, ya que ambas sabemos sin ninguna duda que sí pretendía insinuarlo.

Me siento tan aliviada al ver que la conversación ha terminado y que he salido relativamente airosa que me pilla completamente desprevenida cuando dice:

—Bueno, puesto que parece que ese joven te importa mucho, creo que debería conocerlo. Así que vamos a quedar un día para ir a cenar los tres. ¿Qué te parece este fin de semana?

¿Este fin de semana?

Trago saliva y la observo. Sé muy bien que con esa cena pretende matar dos pájaros de un tiro. Ha encontrado la excusa perfecta para verme engullir un plato entero de comida y para subir a Damen al estrado a fin de poder acribillarlo a preguntas.

—Bueno, suena genial, pero es que la obra de Miles es el viernes. —Me esfuerzo por mantener un tono de voz firme y sincero—. Y se supone que después habrá una fiesta… y es probable que lleguemos bastante tarde… así que… —Ella asiente sin apartar la vista de mí. Su mirada es tan enigmática y perspicaz que me hace sudar—. Así que es probable que no pueda ser —concluyo. Aunque sé que tarde ó temprano tendré que pasar por el aro, prefiero que sea más tarde que temprano. Bueno, quiero a Sabine y también a Damen, pero no estoy segura de si los querré a los dos juntos, sobre todo cuando empiece el interrogatorio.

Mi tía me observa unos instantes antes de asentir y darse la vuelta. Y justo cuando estoy a punto de soltar un suspiro de alivio, me echa un vistazo por encima del hombro y dice:

—Bueno, es evidente que el viernes no podrá ser, pero aún nos queda el sábado. ¿Por qué no le dices a Damen que esté aquí a las ocho?

Capítulo tres

Pese a haberme quedado dormida, consigo salir por la puerta y llegar a casa de Miles a tiempo. Ahora que Riley no está aquí para distraerme, la verdad es que tardo mucho menos que antes en prepararme. Y aunque me fastidiaba un montón que se encaramara a mi cómoda ataviada con uno de sus estúpidos disfraces de Halloween mientras me acribillaba a preguntas sobre novios y se burlaba de mi ropa, desde que la convencí para que siguiera adelante, para que cruzara el puente y se reuniera con nuestros padres y con Buttercup, que la estaban esperando, no he sido capaz de volver a verla.

Y eso significa que ella tenía razón. Solo puedo ver las almas que se han quedado atrás, no las que ya han cruzado.

Y, como siempre que pienso en Riley, se me hace un nudo en la garganta y empiezan a escocerme los ojos, y no puedo evitar preguntarme si algún día asimilaré el hecho de que se ha ido. Que se ha ido definitiva e irreversiblemente. Si bien a estas alturas debería saber lo bastante sobre pérdidas como para darme cuenta de que jamás dejas de echar de menos a alguien: como mucho aprendes a vivir con el enorme vacío que deja su ausencia.

Me enjugo las lágrimas a la entrada de la casa de Miles. Recuerdo que Riley me prometió que me enviaría una señal, algo que me demostrara que ella estaba bien. No obstante, aunque me he aferrado a esa promesa y he permanecido alerta y vigilante ante cualquier señal que indique su presencia, hasta ahora no he visto nada.

Miles abre la puerta y, antes de que tenga tiempo de decirle «Hola», él levanta la mano y dice:

—No hables. Solo mírame la cara y dime lo que ves. ¿Qué es lo primero en lo que te has fijado? Y no se te ocurra mentir.

—En tus preciosos ojos castaños —le digo al escuchar los pensamientos que le rondan por la cabeza. No es la primera vez que me entran ganas de enseñarles a mis amigos cómo ocultar sus pensamientos y mantener sus asuntos privados... precisamente en privado. Pero para eso tendría que revelar que soy capaz de leer la mente, de ver las auras y de percibir psíquicamente los secretos... Y eso es algo que no estoy dispuesta a hacer.

Miles sacude la cabeza y sube al coche antes de bajar el espejo del parasol para inspeccionarse la barbilla.

—Eres una mentirosa... Mira, ¡está justo aquí! Es como un farolillo rojo imposible de pasar por alto, así que no te atrevas a fingir que no lo has visto.

Le echo un vistazo mientras retrocedo por el camino de entrada y veo el grano que se ha atrevido a aparecer en su rostro, aunque lo que más me llama la atención es su laca de uñas rosa.

—Bonitas uñas —le digo antes de echarme a reír.

—Son para la obra. —Esboza una sonrisa desdeñosa sin dejar de mirarse el grano—. ¡No puedo creerlo! Es como si todo se hubiera echado a perder justo cuando las cosas estaban saliendo a la perfección. Los ensayos han ido genial, me sé todas mis frases tan bien como los demás… Creí que estaba total y completamente preparado… ¡Y ahora esto! —Se señala la cara con el dedo.

—Son los nervios —le digo, y le echo un vistazo justo antes de que el semáforo se ponga en verde.

—¡Exacto! —Asiente con la cabeza—. Y eso demuestra que no soy más que un aficionado. Porque los profesionales, los profesionales de verdad, no se ponen nerviosos. Se limitan a sumergirse en su área creativa y… crean. Quizá no esté hecho para esto. —Me mira con la cara tensa por la preocupación—. Quizá conseguí el papel protagonista de pura chiripa.

Lo miro de reojo mientras recuerdo que Drina aseguró haber manipulado la mente del director a fin de aumentar su interés por Miles. Pero aunque fuera cierto, eso no significa que Miles no pueda apañárselas, que no sea el mejor para el papel.

—Eso es ridículo. —Niego con la cabeza—. Hay muchísimos actores que se ponen nerviosos, que sienten pánico escénico o como se llame. De verdad. Ni te imaginas las historias que Riley solía contarm… —Me quedo en silencio con los ojos como platos y la boca abierta de par en par, sabiendo que nunca podré terminar esa frase. Que jamás podré divulgar las historias que recabó mi difunta hermanita, a quien le encantaba espiar a la élite de Hollywood—. De todas formas, ¿no te vas a poner algo así como un kilo de base de maquillaje?

Miles me mira de soslayo.

—Sí. Claro. ¿Adónde quieres ir a parar? La representación es el viernes y, por si no lo sabías, mañana resulta que es viernes. Esto no habrá desaparecido para entonces.

—Supongo que no. —Me encojo de hombros—. Pero me refería a que puedes cubrirlo con maquillaje, ¿no?

Miles pone los ojos en blanco y tuerce el gesto.

—Vaya, así que puedo lucir un enorme farolillo de color carne, ¿eso es lo que pretendes decir? Pero ¿tú lo has visto? No hay forma de disimularlo. ¡Tiene su propio ADN! ¡Hasta proyecta sombra!

Entro en el aparcamiento del instituto y ocupo mi sitio de siempre, el que está justo al lado del brillante BMW negro de Damen. Y cuando miro a Miles una vez más, por alguna razón inexplicable siento el impulso de tocarle la cara. Como si mi dedo índice se viera atraído sin remedio hacia el grano de su barbilla.

—¿Qué estás haciendo? —pregunta mi amigo, que se aparta dando un respingo.

—Solo… quédate quieto —susurro, sin tener ni idea de lo que hago ni de por qué lo hago. Lo único que sé es que mi dedo tiene un objetivo muy claro en mente.

—Bueno, ¡ni se te ocurra tocarlo! —grita en el preciso instante en que entro en contacto con su piel—. Genial, esto es genial. Ahora seguro que se hace el doble de grande. —Sacude la cabeza y sale del coche.

No puedo evitar sentirme decepcionada al ver que la espinilla sigue ahí. Supongo que tenía la esperanza de haber desarrollado algún tipo de habilidad sanadora. Desde que Damen me dijo, justo después de que decidiera aceptar mi destino y empezar a beber el líquido inmortal, que podía experimentar algunos cambios, como una mejora en las habilidades psíquicas (que yo no deseo), superhabilidades físicas (con las que podría sin duda mejorar mis notas en educación física), entre otras habilidades (como la capacidad para curar a los demás, algo que me habría encantado poder hacer), he estado atenta a la aparición de cualquier cosa extraordinaria. Sin embargo, hasta el momento, lo único que he conseguido ha sido un par de centímetros más de piernas, lo cual me obliga a comprarme otros vaqueros. Y eso es algo que probablemente hubiera ocurrido de todas formas con el paso del tiempo.

Cojo la mochila y salgo del coche; mis labios se encuentran con los de Damen en el mismo instante en que él se sitúa a mi lado.

—Vale, en serio. ¿Cuánto va a durar esto?

Ambos nos separamos para mirar a Miles.

—Sí, estoy hablando con vosotros. —Nos apunta con el dedo—. Me refiero a los besos, a los abrazos y a lo de darnos el tostón con vuestras constantes ñoñerías. —Sacude la cabeza y entorna los ojos—. Hablo en serio. Esperaba que a estas alturas ya hubierais acabado con todo ese rollo. No me malinterpretéis, a todos nos alegra mucho que Damen haya vuelto al instituto, que salgáis juntos de nuevo y que penséis vivir felices y comer perdices. Pero ¿no creéis que ha llegado el momento de moderar las cosas un poco? Porque algunos de nosotros no somos tan felices como vosotros. Algunos de nosotros andamos algo necesitados de amor.

—¿Andas necesitado de amor? —le pregunto con una carcajada. No me ofende lo más mínimo nada de lo que ha dicho, ya que sé que tiene mucho más que ver con los nervios de la representación que con Damen y conmigo—. ¿Qué ha pasado con Holt?

—¿Holt? —repite con un gruñido—. ¡Ni se te ocurra mencionar a Holt! ¡No sigas por ahí, Ever! —Sacude la cabeza y se da la vuelta para dirigirse a la puerta de entrada.

—¿Qué es lo que pasa? —pregunta Damen, que me da la mano y enlaza sus dedos con los míos. Sus ojos revelan que aún me quiere, a pesar de lo que ocurrió ayer.

—Mañana es el estreno. —Me encojo de hombros—. Está tan asustado que le ha salido un grano en la barbilla y, claro, ha decidido que nosotros somos los culpables —le explico mientras observo cómo Miles entrelaza su brazo con el de Haven para guiarla hasta la clase.

—No volveremos a hablaros —dice mi amigo al tiempo que nos mira por encima del hombro con el ceño fruncido—. Nos pondremos en huelga hasta que dejéis de actuar como tortolitos enamorados, o hasta que este grano desaparezca, lo que ocurra primero —dice medio en serio.

Haven se echa a reír y sigue caminando a su lado mientras Damen y yo entramos en clase de lengua. Pasamos junto a Stacia Miller, que sonríe con dulzura a Damen antes de intentar ponerme la zancadilla.

Sin embargo, justo cuando deja caer su pequeño bolso en mi camino con la esperanza de provocar una sonora y humillante caída de bruces, «visualizo» cómo se eleva el bolso y «percibo» cómo se estampa contra su rodilla. Y aunque también puedo sentir el dolor, no puedo dejar de alegrarme.

—¡Ayyy! —gime al tiempo que se frota la rodilla y me fulmina con la mirada, a sabiendas de que no tiene ninguna prueba tangible de que lo ocurrido sea culpa mía.

Yo me limito a pasar de ella y a sentarme en mi sitio. Ya se me da mejor ignorarla. Desde que logró que me expulsaran por beber en el instituto he hecho todo lo posible por no cruzarme en su camino. Pero a veces… a veces no puedo evitarlo.

—No deberías haber hecho eso —susurra Damen, que intenta componer una mirada de reproche mientras se inclina hacia mí.

—Por favor… Eres tú quien quiere que practique la manifestación —digo antes de encogerme de hombros—. Parece que las lecciones por fin empiezan a dar sus frutos.

Me mira y sacude la cabeza.

—¿Sabes? La cosa está incluso peor de lo que pensaba —me dice—, porque, para tu información, lo que acabas de hacer era telequinesia, no manifestación. ¿Ves lo mucho que te queda por aprender?

—¿Tele… qué? —Entorno los párpados. El término no me resulta familiar, aunque la acción ha sido bastante divertida.

Me da la mano. Una sonrisa juguetea en la comisura de su boca cuando me susurra:

—He estado pensando…

Echo un vistazo al reloj, compruebo que pasan ya cinco minutos de las nueve y me doy cuenta de que el señor Robins acaba de salir de la sala de profesores.

—El viernes por la noche. ¿Te apetece que vayamos a algún lugar… especial? —pregunta con una sonrisa.

—¿A Summerland, por ejemplo? —Mis ojos se abren de par en par y mi pulso se acelera. Me muero por regresar a ese lugar mágico y místico. Una dimensión entre dimensiones donde puedo hacer aparecer océanos y elefantes, donde puedo mover cosas mucho más grandes que bolsos-proyectil de Prada… Necesito que Damen me lleve allí.

Sin embargo, él se ríe y niega con la cabeza.

—No, a Summerland no. Aunque volveremos allí, te lo prometo. Estaba pensando en ir a… no sé… tal vez al Montage o al Ritz, ¿qué te parece? —pregunta arqueando las cejas.

—Pero la obra de Miles es el viernes y le prometí que estaríamos allí —le explico, consciente de que había olvidado convenientemente el estreno de la representación de *Hairspray* de Miles cuando pensaba que iba a ir a Summerland y que, ahora que sé que Damen quiere ir a uno de los hoteles más lujosos de la zona…, mi memoria se ha recuperado de repente.

—Vale, entonces iremos después del estreno, ¿te parece? —sugiere. Sin embargo, cuando me mira, cuando ve lo mucho que vacilo y cómo aprieto los labios en busca de una buena excusa para rechazar su proposición, asiente—. Está bien, no lo haremos. Solo era una idea.

Lo observo con la certeza de que debería aceptar, con la certeza de que quiero aceptar. Escucho una voz en mi cabeza que grita: «¡Di que sí! ¡Di que sí! Te prometiste a ti misma que darías un paso hacia delante sin mirar atrás, y ahora tienes la oportunidad de hacerlo, así que… ¡lánzate de una vez y hazlo! ¡Solo… di… sí!».

Con todo, aunque estoy convencida de que ya es hora de avanzar, aunque quiero a Damen con todo mi corazón y estoy decidida a olvidar su pasado para dar el siguiente paso, las palabras que salen de mi boca son muy distintas.

—Ya veremos —le digo. Aparto la mirada y la clavo en la puerta justo en el momento en que entra el señor Robins.

Capítulo cuatro

Cuando por fin suena el timbre que indica el final de la cuarta hora, me aparto de mi mesa para acercarme al señor Muñoz.

—¿Estás segura de que has terminado? —me pregunta al tiempo que levanta la vista del montón de papeles—. Si necesitas un minuto más, no hay problema.

Le echo un vistazo a la hoja de mi examen y hago un gesto negativo.

Me pregunto cómo reaccionaría si supiera que lo he terminado cuarenta y cinco segundos después de que me lo diera, y que después me he pasado los cincuenta minutos siguientes fingiendo esforzarme.

—Así está bien —replico con seguridad. Una de las ventajas de tener poderes psíquicos es que no tengo que estudiar, ya que de algún modo «sé» todas las respuestas. Y, aunque a veces siento la tentación de fanfarronear y bordar mis exámenes con una larga hilera de dieces, por lo general intento contenerme y contestar mal algunas preguntas, puesto que es importante no pasarse de la raya.

Al menos eso es lo que dice Damen. Siempre me recuerda lo importante que es pasar desapercibido, o al menos parecer normal..., aunque nosotros somos cualquier cosa menos normales. Con todo, la primera vez que lo dijo no pude evitar recordarle que cuando nos conocimos los tulipanes aparecían de la nada por decenas. No obstante, él se limitó a decirme que tuvo que hacer algunas concesiones para cortejarme, y que eso le llevó más tiempo de lo necesario porque yo no me molesté en averiguar que significaban «amor eterno» hasta que casi fue demasiado tarde.

Le entrego la hoja al señor Muñoz y doy un respingo cuando nuestros dedos entran en contacto. Aunque no ha sido más que un roce de la piel, es suficiente para mostrarme mucho más de lo que necesito saber: obtengo una visión bastante clara de cómo ha sido su mañana hasta ese momento. Lo veo todo: veo el lío increíble que tiene en su apartamento, con la mesa de la cocina plagada de recipientes de comida a domicilio y múltiples versiones del manuscrito en el que lleva trabajando los últimos siete años; lo veo a él cantando «Born to Run» a todo pulmón mientras trata de encontrar una camisa limpia antes de dirigirse a Starbucks, donde tropieza con una rubita que le derrama todo su batido por la pechera… dejando una molesta mancha húmeda y fría que la hermosa sonrisa femenina parece borrar. Una sonrisa gloriosa que el señor Muñoz no parece poder olvidar… Una sonrisa gloriosa que es… ¡la de mi tía!

—¿Quieres esperar mientras lo corrijo?

Asiento, al borde de la hiperventilación, mientras me concentro en su bolígrafo rojo. Reproduzco la escena que acabo de ver en mi cabeza y siempre llego a la misma y horrible conclusión: ¡a mi profesor de historia le pone Sabine!

No puedo permitir que mi tía vuelva a las andadas. Quiero decir que por el simple hecho de que ambos sean inteligentes, monos y solteros no significa que tengan que salir juntos.

Me quedo allí de pie, paralizada, incapaz de respirar. Me esfuerzo por bloquear los pensamientos que inundan la cabeza del profesor concentrándome en la punta de su bolígrafo. Observo la hilera de puntitos rojos que se convierten en marcas en las preguntas diecisiete y veinticinco... tal y como había calculado.

—Solo tienes dos mal. ¡Muy bien! —Sonríe y se pasa los dedos por la mancha de su camisa mientras se pregunta si volverá a verla de nuevo—. ¿Te gustaría saber cuáles son las respuestas correctas?

«La verdad es que no», pienso, impaciente por marcharme lo antes posible, y no solo para ir a comer y ver a Damen, sino porque temo que sus fantasías tomen un cariz que me obligue a salir corriendo.

No obstante, sé que lo normal sería parecer al menos un poco interesada, así que respiro hondo, sonrío y asiento, como si no deseara otra cosa en el mundo. Y cuando me pasa la plantilla de las respuestas, la coloco sobre el examen y le digo:

—Vaya, mire eso, puse mal la fecha. —Y también—: ¿Cómo es posible que no supiera eso? ¡No lo puedo creer!

Él se limita a asentir, sobre todo porque sus pensamientos han vuelto a la rubia... también conocida como «¡la única mujer del universo con la que tiene absolutamente prohibido quedar!», mientras se pregunta si estará al día siguiente en el mismo sitio y en el mismo lugar.

Y, aunque pensar que los profesores también sienten lujuria me parece asqueroso en líneas generales, el hecho de que este profesor en particular sienta deseo sexual por alguien que en la práctica es como una madre para mí... es algo por lo que no paso.

Sin embargo, en ese momento recuerdo que unos meses atrás tuve una visión de Sabine quedando con un tipo muy mono de su edificio. Y, puesto que Muñoz trabaja aquí y Sabine trabaja allí, supongo que en realidad no existe una amenaza seria de que mis dos mundos entren en conflicto. Pero, por si acaso, sonrío y me obligo a decir:

—Bueno, ha sido casualidad.

Él me mira con el gesto torcido, intentando encontrar el sentido a mis palabras.

Y, aunque sé que he ido demasiado lejos, que estoy a punto de decir algo que dista muchísimo de la normalidad, lo cierto es que me da la impresión de que no tengo más remedio. No puedo permitir que mi profesor de historia salga con mi tía. No puedo tolerarlo. Simplemente, no puedo.

Así pues, señalo la mancha de su camisa y añado:

—Esa mujer, la del batido, ¿la recuerda?... —Asiento al ver la expresión alarmada de su rostro—. Dudo mucho que vuelva. En realidad, no va allí muy a menudo.

Y, antes de decir algo más que no solo haga trizas sus sueños sino que también confirme que soy un bicho raro, me cuelgo la mochila del hombro, corro hacia la puerta y me libero de la energía del señor Muñoz mientras me dirijo hacia el comedor, donde me espera Damen sentado a una mesa. Estoy impaciente por verlo después de pasar tres largas horas separados.

Sin embargo, cuando llego a donde está, la escena no resulta tan acogedora como yo esperaba. Hay un chico nuevo sentado a su lado, en mi sitio, que es el centro de atención y Damen apenas nota mi presencia.

Me apoyo contra el borde de la mesa y observo cómo todos se echan a reír por algo que ha dicho el chico nuevo. Como no quiero interrumpirlos ni quedar como una grosera, me siento frente a Damen en lugar de a su lado, como de costumbre.

—¡Dios, eres tan gracioso! —dice Haven, que se inclina hacia delante y acaricia un instante la mano del chico nuevo. Sonríe de una forma que deja claro que su nuevo novio, Josh, su supuesta alma gemela, ha pasado al olvido por el momento—. Es una pena que te lo hayas perdido, Ever; este tío es tan desternillante ¡que Miles se ha olvidado incluso de su grano!

—Gracias por recordármelo. —Miles frunce el ceño y busca con el dedo la zona de su barbilla donde está el grano… pero ha desaparecido.

Abre los ojos de par en par y nos mira a todos en busca de una confirmación de que la espinilla tamaño mamut, la pesadilla de esta mañana, ha desaparecido realmente. No puedo evitar preguntarme si esa súbita desaparición está relacionada conmigo, con la forma en que lo he tocado en el aparcamiento, porque eso significaría que tengo poderes mágicos de sanación.

Sin embargo, la idea apenas cruza mi mente cuando el chico nuevo aclara:

—Te dije que funcionaría. Es alucinante. Quédate el resto por si vuelve a salir.

Entorno los ojos y me pregunto cómo ha tenido tiempo suficiente para ocuparse del rostro de Miles cuando acabo de conocerlo.

—Le he dado una pomada —me dice el tipo al tiempo que se gira hacia mí—. Miles y yo coincidimos a primera hora. Por cierto, me llamo Roman.

Lo miro mientras me fijo en el color amarillo brillante del aura que lo rodea, cuyos límites se extienden de forma cariñosa, como si pretendiera darnos a todos un caluroso abrazo. Luego contemplo sus ojos azul oscuro, su piel bronceada, su pelo rubio y despeinado, su ropa informal con el toque justo de sofisticación... y, a pesar de lo guapo que es, mi primer impulso es salir corriendo. Me ofrece una de esas sonrisas lánguidas y relajadas que te dan un vuelco en el corazón, pero tengo los nervios tan a flor de piel que me resulta imposible devolvérsela.

—Tú debes de ser Ever —dice al tiempo que retira la mano, que ni siquiera había visto extendida y que esperaba ser estrechada antes de apartarse.

Miro de reojo a Haven, que se siente visiblemente horrorizada por mi falta de modales, y después a Miles, que está demasiado ocupado mirándose en el espejo como para notar mi metedura de pata. Sin embargo, cuando Damen estira el brazo por debajo de la mesa y me da un apretón en la rodilla, me aclaro la garganta, miro a Roman y le digo:

—Ah, sí, soy Ever. —Aunque me obsequia con una nueva sonrisa, su método sigue sin funcionar. Lo único que consigue es que se me encoja el estómago y me entren náuseas.

—Al parecer tenemos muchas cosas en común —dice, a pesar de que no logro imaginarme qué pueden ser esas cosas—. Me siento dos filas por detrás de ti en historia. Y al ver cómo te esforzabas no he podido evitar pensar que había al menos otra persona que detestaba la historia casi tanto como yo.

—Yo no detesto la historia —replico inmediatamente, demasiado a la defensiva. Mi voz tiene un matiz cortante que provoca la mirada de reproche de todos los presentes. Así que miro a Damen en busca de confirmación, segura de que es el único que puede sentir el inquietante torrente de energía que fluye desde Roman hasta mí.

No obstante, él se encoge de hombros y le da un sorbo a la bebida roja, como si todo fuera de lo más normal y no hubiera notado nada. Así que me giro de nuevo hacia Roman y exploro su mente, aunque lo único que escucho es un montón de pensamientos inofensivos que, aunque bastante infantiles, son básicamente agradables. Y eso significa que el problema es mío.

—¿De verdad? —Roman arquea las cejas y se inclina hacia mí—. Investigar el pasado, explorar todos esos lugares y fechas de antaño, examinar la vida de personas que vivieron hace muchos siglos y que ahora no tienen ninguna relevancia… ¿No te molesta? ¿No te aburre soberanamente?

«¡Solo cuando esa gente, esos lugares y esas fechas están relacionadas con mi novio y sus seiscientos años de juerga!»

Pero solo lo pienso. No lo digo. En lugar de eso, me encojo de hombros y replico:

—Se me da bien. De hecho, ha sido bastante fácil. He aprobado.

El chico asiente y me recorre con la mirada de arriba abajo sin perderse un solo detalle.

—Es bueno saberlo. —Esboza una sonrisa—. Muñoz me ha dado de plazo el fin de semana para ponerme al día, tal vez tú puedas ayudarme.

Echo un vistazo a Haven: sus ojos se han vuelto oscuros y su aura ha adquirido un horrible tono verdoso a causa de los celos; a continuación miro a Miles, que ya ha dejado su grano y está escribiéndole un mensaje de texto a Holt; y por último a Damen, que parece ajeno a lo que está ocurriendo y tiene la mirada perdida, concentrada en algo que no puedo ver. Y, aunque sé que me estoy comportando de manera ridícula, que el claval parece caerles bien a todos los demás y que debería hacer lo posible por ayudarle, hago un gesto indiferente con los hombros y le digo:

—Me consta que no hace falta.

Me resulta imposible pasar por alto el hormigueo de mi piel y el nudo en el estómago que siento cuando sus ojos se enfrentan a los míos. Roman muestra sus dientes blancos y perfectos en una sonrisa antes de decir:

—Es muy amable por tu parte concederme el beneficio de la duda, Ever, aunque no estoy seguro de que hayas hecho lo correcto.

Capítulo cinco

—¿Qué te pasa con el chico nuevo? —me pregunta Haven, que se queda atrás mientras todo el mundo se dirige a clase.

—Nada. —Aparto su mano y me encamino hacia delante. Su energía recorre mi cuerpo mientras observo a Roman, Miles y Damen, que ríen como si fueran viejos amigos.

—Por favor… —Compone una expresión incrédula—. Es evidente que no te cae bien.

—Eso es ridículo —replico.

No dejo de mirar a Damen, mi increíble y flamante novio/alma gemela/compañero eterno/consorte (en serio, tengo que encontrar el término adecuado), que apenas me ha dirigido la palabra desde la clase de lengua de esta mañana. Y espero que no sea por los motivos que pienso: por mi comportamiento de ayer y porque me he negado a comprometerme este fin de semana.

—Hablo muy en serio. —Me mira a los ojos—. Es como… como si odiaras a la gente nueva o algo así —me dice, y sus palabras son mucho más amables que las que le rondan por la cabeza.

Aprieto los labios y clavo la mirada al frente para resistir el impulso de poner los ojos en blanco.

Sin embargo, ella se limita a poner los brazos en jarras y a mirarme con sus ojos hipermaquillados que se entornan bajo el mechón rojo fuego de su flequillo.

—Porque si no recuerdo mal, y las dos sabemos que no, al principio también detestabas a Damen, cuando llegó al instituto.

—Yo no odiaba a Damen —replico. Al final pongo los ojos en blanco, pese a que me había propuesto no hacerlo.

«Corrección: solo fingía odiar a Damen, porque lo cierto es que lo quise desde el principio. Bueno, excepto ese corto período de tiempo en el que lo odiaba de verdad. Pero, aun así, lo quería. Lo que pasa es que no estaba dispuesta a admitirlo...»

—Oye, perdona, pero no estoy de acuerdo —me dice. Su cabello negro deliberadamente despeinado le cae sobre el rostro en mechones—. ¿Recuerdas que ni siquiera lo invitaste a tu fiesta de Halloween?

Suspiro, fastidiada por todo ese asunto. Lo único que quiero es entrar en clase y fingir que presto atención mientras intercambio mensajes vía telepática con Damen.

—Sí, y, por si no lo recuerdas, esa fue también la noche en que nos enrollamos —le digo al final, aunque me arrepiento en el mismo instante en el que las palabras salen de mi boca. Fue Haven quien nos vio junto a la piscina, y eso estuvo a punto de romperle el corazón.

Sin embargo, ella pasa por alto mis palabras, más decidida a dejar claro su punto de vista que a ahondar en ese momento en particular del pasado.

—O puede que estés celosa porque Damen tiene un nuevo amigo. Ya sabes, alguien más aparte de ti.

—Eso es ridículo —replico demasiado rápido para resultar creíble—. Damen tiene un montón de amigos —añado, pero las dos sabemos que eso no es cierto.

Haven me mira con los labios fruncidos, impasible.

Sin embargo, ahora que hemos llegado tan lejos, no tengo más remedio que continuar.

—Os tiene a ti, a Miles y a… —«A mí», pienso, pero no lo digo en voz alta porque es una lista bastante pobre, y eso es justo lo que ella pretende señalar. Y la verdad es que Damen nunca sale con Haven y con Miles a menos que yo esté también. Pasa todo su tiempo libre conmigo. Y en los momentos en que no estamos juntos, no deja de enviarme imágenes y pensamientos para aliviar la sensación de distanciamiento. Es como si siempre estuviéramos conectados. Y tengo que admitir que me gusta que las cosas sean así. Porque solo con Damen puedo ser yo misma: esa que puede escuchar los pensamientos de los demás, que percibe las energías y que ve espíritus. Solo con Damen puedo bajar la guardia y ser como soy.

No obstante, cuando miro a Haven no puedo evitar preguntarme si está en lo cierto. Quizá esté celosa. Quizá Roman sea realmente un tipo normal y agradable que ha cambiado de instituto y quiere hacer amigos nuevos… y no la amenaza escalofriante que yo veo en él. Quizá me haya puesto tan paranoica, celosa y posesiva porque he asumido de manera automática que si Damen no está tan concentrado en mí como de costumbre, corro el peligro de ser sustituida. Y si es así, resulta demasiado patético para admitirlo. Así que niego con la cabeza y finjo una carcajada antes de decir:

—Eso también es ridículo. Todo esto es una ridiculez. —Intento que parezca que hablo en serio.

—¿De veras? Bueno, ¿qué pasa con Drina, entonces? ¿Cómo explicas eso? —Me sonríe con desdén—. La odiaste desde la primera vez que la viste, y no te atrevas a negármelo. Y después, cuando descubriste que conocía a Damen, la odiaste más todavía.

Me encojo al escuchar a mi amiga. Y no porque lo que dice sea cierto, sino porque escuchar el nombre de la ex mujer de Damen siempre hace que me encoja por dentro. No puedo evitarlo, es instintivo. Pero no tengo ni idea de cómo explicárselo a Haven. Lo único que ella sabe es que Drina fingía ser su amiga, que la dejó tirada en una fiesta y que luego desapareció para siempre. No recuerda que Drina intentó matarla con un bálsamo envenenado que le entregó para sanar el espeluznante tatuaje que se ha quitado hace poco de la muñeca, no recuerda que…

«¡Ay, Dios mío! ¡El bálsamo! ¡Roman le ha dado a Miles una pomada para el grano! Sabía que ese tío tenía algo raro. ¡Sabía que no eran imaginaciones mías!»

—Oye, Haven, ¿qué clase tiene Miles ahora? —le pregunto mientras barro el campus con la mirada, incapaz de encontrarlo y demasiado nerviosa como para utilizar la visión remota, que aún no domino.

—Creo que lengua, ¿por qué? —Me mira de manera extraña.

—Por nada, es que… Tengo que irme pitando.

—Vale. Como quieras. Pero, para que lo sepas, ¡sigo creyendo que odias a la gente nueva! —me grita.

Pero para entonces yo ya me he ido.

Recorro el edificio concentrada en la energía de Miles para intentar percibir en qué clase se encuentra. Y cuando de pronto doblo una esquina y veo una puerta a mi derecha, entro en el aula sin pensármelo dos veces.

—¿Puedo ayudarte en algo? —pregunta el profesor, que se aparta de la pizarra con un trozo de tiza blanca en la mano.

Me quedo en pie delante de la clase y doy un respingo cuando algunos de los esbirros de Stacia se burlan de mí mientras trato de recuperar el aliento.

—¡Miles! —jadeo al tiempo que lo señalo con el dedo—. Necesito hablar con Miles. No tardaré más que un segundo —le prometo al profesor mientras se cruza de brazos y me mira con suspicacia—. Se trata de algo importante —añado mirando a Miles, que ha cerrado los ojos y sacude la cabeza.

—Supongo que tendrás autorización para estar en el pasillo, ¿no? —pregunta el profesor, un maniático de las reglas.

Y, aunque sé que podría enfadarse y acabar resultando en mi contra, no tengo tiempo para liarme con todos los trámites burocráticos del instituto destinados a mantenernos a todos a salvo… y que en realidad, en ese instante, ¡me impiden hacerme cargo de un asunto de vida o muerte!

O que al menos podría llegar a serlo.

Aunque no estoy segura, me gustaría tener la oportunidad de averiguarlo.

Me siento tan frustrada que niego con la cabeza y digo:

—Escuche, usted y yo sabemos que no tengo autorización, pero si me hiciera el favor de permitirme hablar con Miles un segundo, le prometo que lo tendrá de vuelta ahora mismo.

El hombre me mira mientras su mente baraja todas las posibilidades de acabar con esa situación: echarme sin contemplaciones, acompañarme a clase, acompañarme al despacho del director Buckley… Pero al final, echa un vistazo rápido a Miles, suspira y me dice:

—Está bien, pero que sea rápido.

En el mismo instante en que los dos llegamos al pasillo y la puerta se cierra tras nosotros, miro a Miles y le digo:

—Dame esa pomada.

—¿Qué? —Parece atónito.

—La pomada que te ha dado Roman. Dámela. Necesito verla —le digo al tiempo que extiendo la mano y muevo los dedos.

—¿Estás loca o qué? —susurra mientras mira a su alrededor, aunque solo estamos la alfombra, las paredes grises, él y yo.

—Ni te imaginas lo importante que es —le digo mirándolo a los ojos; no quiero asustarlo, pero lo haré si es necesario—. Vamos, no tenemos todo el día.

—Está en mi mochila. —Se encoge de hombros.

—En ese caso, ve a buscarla.

—Venga, Ever, en serio… ¿Qué narices…?

Me limito a cruzarme de brazos y a hacer un gesto con la cabeza.

—Vamos. Te espero.

Miles sacude la cabeza y desaparece en el interior del aula. Sale un momento después con expresión malhumorada y un pequeño tubo blanco en la palma de la mano.

—Aquí tienes. ¿Ya estás contenta? —Me espeta al tiempo que me arroja la pomada.

Giro el tubo entre el pulgar y el índice para examinarlo. Es una marca que me resulta familiar, de un establecimiento que frecuento. No entiendo cómo es posible.

—Por si lo habías olvidado, el estreno de mi obra es mañana, y te aseguro que ahora no necesito dosis extra de drama y estrés, así que si no te importa… —Extiende la mano, a la espera de que le devuelva la pomada para poder regresar a clase.

Pero no estoy dispuesta a entregársela todavía. Busco algo parecido al agujero de una aguja, una marca de punción, algo que demuestre que ha sido manipulada, que no es lo que parece ser…

—En serio, antes en el comedor he estado a punto de felicitarte al ver que Damen y tú habíais aflojado un poco con todo ese rollo romanticón, pero ahora veo que lo has sustituido por algo mucho peor. De verdad, Ever, o le quitas el tapón y la utilizas, o me la devuelves ya.

En lugar de devolvérsela, la aprieto con los dedos tratando de interpretar su energía. Pero no es más que una estúpida crema para los granos. De las que funcionan de verdad.

—¿Hemos terminado ya? —me pregunta con el ceño fruncido.

Me encojo de hombros y se la entrego. Decir que estoy avergonzada sería quedarse corta. Pero cuando Miles se guarda la pomada en el bolsillo y se dirige a la puerta, no puedo evitar decirle:

—Así que te has dado cuenta, ¿eh? —Las palabras me arden en la garganta.

—¿Darme cuenta de qué? —Se detiene, visiblemente molesto.

—De… bueno… de la ausencia de todo ese rollo romanticón…

Miles se gira y pone los ojos en blanco de manera exagerada antes de mirarme a los ojos.

—Sí, me he dado cuenta. Creía que os habíais tomado en serio mi amenaza.

Me limito a mirarlo, sin entender nada.

—Esta mañana… cuando dije que Haven y yo permaneceríamos en huelga hasta que vosotros acabarais con todo ese… —Sacude la cabeza—. Da igual. ¿Puedo irme a clase ya, por favor?

—Lo siento —digo mientras afirmo—. Lamento todo este…

Sin embargo, Miles se marcha antes de que termine la frase dando un fuerte portazo.

Capítulo seis

M e siento aliviada al ver que Damen está allí cuando entro en la clase de arte de sexta hora. Teniendo en cuenta que el señor Robins nos ha mantenido muy ocupados en clase de lengua y apenas hemos hablado durante el almuerzo, estoy impaciente por pasar un rato a solas con él. O al menos tan sola como se puede estar en un aula con otros treinta estudiantes.

Sin embargo, después de ponerme el blusón y sacar mis cosas del armario, se me encoge el corazón al ver que, una vez más, Roman ha ocupado mi lugar.

—Vaya, hola, Ever. —Me saluda con un gesto de cabeza mientras coloca su lienzo nuevo en «mi» caballete. Yo me quedo allí de pie, con los brazos cargados con mis cosas y mirando a Damen, que está tan inmerso en su cuadro que ni se da cuenta de mi presencia.

Estoy a punto de decirle a Roman que se largue de mi sitio cuando recuerdo las palabras de Haven sobre que odio a la gente nueva. Y, por miedo a que tenga razón, esbozo una sonrisa y coloco el lienzo en el caballete que hay al otro lado de Damen mientras me prometo a mí misma que mañana llegaré mucho antes para poder reclamar mi lugar.

—Decidme una cosa: ¿qué estamos haciendo aquí, colegas? —pregunta Roman, que sujeta un pincel entre los dientes y nos mira a Damen y a mí.

Esa es otra. Por lo general, el acento británico me resulta encantador, pero en este chico… rechina, lo cual se debe probablemente a que es falso. Quiero decir que resulta obvio que lo finge, porque solo se le nota cuando quiere hacerse el guay.

No obstante, en cuanto esa idea me viene a la cabeza, me siento culpable. Todo el mundo sabe que esforzarse demasiado por parecer guay es otro signo de inseguridad. ¿Y quién no se sentiría un poco inseguro durante su primer día en este instituto?

—Estudiamos los «ismos» —respondo, decidida a mostrarme agradable a pesar de la comezón que siento en el estómago—. El mes pasado pudimos elegir el que quisimos, pero este mes todos estamos haciendo fotorrealismo, ya que nadie lo eligió la última vez.

Roman me recorre con la mirada: desde el flequillo demasiado largo hasta las sandalias de dedo doradas (un minucioso examen que atraviesa mi cuerpo y me provoca una sensación rara en el estómago… pero no de las buenas).

—Vale. Así que hay que conseguir que parezca real, como una fotografía —dice con los ojos clavados en los míos.

Me enfrento a su mirada, una mirada que él insiste en mantener durante unos segundos demasiado largos. Pero me niego a dejarme intimidar o a ser la primera en apartar la vista. Estoy decidida a seguir con el jueguecito mientras dure. Y, aunque puede que parezca inofensivo, hay algo siniestro y amenazador en él, como una especie de desafío.

O puede que no.

Porque, justo después de que esta idea cruce mi mente, Roman dice:

—¡Los institutos norteamericanos son alucinantes! En mi país, en el viejo y lluvioso Londres… —guiña un ojo—, la teoría siempre prima sobre la práctica.

Al instante me siento avergonzada por haber pensado mal. Porque, según parece, no solo es londinense, lo que significa que su acento es real, sino que Damen, cuyos poderes psíquicos están mucho más desarrollados que los míos, no parece alarmado en absoluto.

Todo lo contrario, el chico parece caerle bien. Y eso me sienta incluso peor, porque demuestra que Haven tiene razón.

En realidad, me siento celosa.

Y posesiva.

Y paranoica.

Y, por lo visto, es cierto que odio a la gente nueva.

Respiro hondo y hago un nuevo intento: paso por alto el nudo de mi garganta y el de mi estómago con la intención de mostrarme amigable, aun cuando eso signifique tener que fingirlo al principio.

—Puedes pintar lo que quieras —le digo con un tono de voz alegre y afable, el tono de voz que utilizaba en mi antigua vida, la que llevaba antes de que toda mi familia muriera en un accidente y Damen me salvara convirtiéndome en inmortal—. Solo tienes que lograr que parezca real, como una fotografía. De hecho, se supone que debemos utilizar una fotografía para mostrar nuestra fuente de inspiración y, por supuesto, también para la evaluación. Ya sabes, para poder demostrar que hemos conseguido representar lo que pretendíamos.

Echo un vistazo a Damen, preguntándome si ha escuchado algo de lo que he dicho, y me fastidia ver que ha decidido elegir su cuadro en lugar de comunicarse conmigo.

—¿Y qué está pintando él? —pregunta Roman mientras señala con la cabeza el lienzo de Damen, una ilustración perfecta de los campos en flor de Summerland. Cada brizna de hierba, cada gota de agua, cada pétalo de flor... todo es tan luminoso y tangible que parece como si estuvieras allí—. Parece el paraíso. —Asiente con la cabeza.

—Lo es —susurro, tan asombrada por el cuadro que respondo con demasiada rapidez, sin pararme a pensar lo que he dicho. Summerland no solo es un lugar sagrado, también es nuestro lugar secreto. Uno de los muchos secretos que he prometido guardar.

Roman me mira con las cejas arqueadas.

—Entonces, ¿es un lugar real?

Antes de que pueda responder, Damen sacude la cabeza y dice:

—Eso le gustaría a ella. Pero me lo he inventado, solo existe en mi cabeza. —Luego me mira y me envía un mensaje telepático: «Cuidado».

—¿Y cómo vas a aprobar el trabajo si no tienes una foto que demuestre que existe? —pregunta Roman.

Damen se encoge de hombros y sigue con su pintura. Sin embargo, Roman sigue mirándonos con los ojos entornados y una expresión interrogante. Sé que no va a dejar correr el asunto, así que lo miro y le digo:

—A Damen no se le da muy bien seguir las normas. Prefiere hacer lo que le viene en gana. —Recuerdo todas las veces que me convenció para que no fuéramos a clase, para que apostara en las carreras y cosas peores.

Cuando Roman asiente y se gira hacia su lienzo y Damen me envía telepáticamente un ramo de tulipanes rojos, sé que ha funcionado: nuestro secreto está a salvo. Así pues, meto el pincel en un poco de pintura y me pongo a trabajar. Estoy impaciente por que suene el timbre para que podamos irnos a casa y empezar con la verdadera lección.

Después de clase, recogemos nuestras cosas y vamos al aparcamiento. Y, a pesar de mi intención de mostrarme agradable con el chico nuevo, no puedo evitar sonreír al ver que ha aparcado en el otro extremo.

—Nos vemos mañana —le digo, aliviada al ver que por fin voy a perderlo de vista; porque, a pesar de que todos parecen fascinados por él, yo no siento lo mismo por más que lo intento.

Abro la puerta del coche, dejo la mochila en el suelo y mientras me siento le digo a Damen:

—Miles tiene ensayo y yo me voy directa a casa. ¿Quieres seguirme? —Me giro y descubro con sorpresa que está delante de mí, balanceándose ligeramente de un lado a otro con una expresión tensa en el rostro—. ¿Te encuentras bien? —Alzo la mano para apoyar la palma en su mejilla en busca de calor o humedad, de alguna señal que demuestre inquietud, aunque en realidad no espero encontrar ninguna. Y, cuando Damen hace un gesto negativo y me mira, durante una décima de segundo, su rostro se queda pálido. Sin embargo, vuelve a la normalidad en un abrir y cerrar de ojos.

—Lo siento, es solo… que tengo una sensación rara en la cabeza —dice mientras se pellizca el puente de la nariz con los dedos y cierra los ojos.

—Pero creía que tú nunca te ponías enfermo… que nosotros no podíamos ponernos enfermos… ¿Estaba equivocada? —pregunto, incapaz de ocultar mi nerviosismo mientras recojo la mochila del suelo. Quizá se sienta mejor si toma un trago de la bebida inmortal, ya que él necesita mucha más cantidad que yo. Aunque no estamos muy seguros de por qué, Damen cree que tomarla durante más de seis siglos le ha creado una especie de dependencia, con lo que necesita tomar más y más cada año que pasa. Lo que significa, probablemente, que yo también necesitaré más con el tiempo. Y, aunque parece que falta mucho para eso, espero que me enseñe cómo fabricarla para no tener que molestarle siempre que necesite un nuevo suministro.

No obstante, antes de que pueda decir nada, coge su botella y da un buen trago, me estrecha contra su cuerpo y aprieta sus labios contra mi mejilla para decirme:

—Estoy bien, de verdad. ¿Echamos una carrera hasta tu casa?

Capítulo siete

Damen conduce rápido. Como un loco, la verdad. En realidad, el hecho de que ambos dispongamos de un radar psíquico que resulta muy útil a la hora de localizar policías, tráfico en sentido contrario, peatones, animales descarriados y cualquier otra cosa que pueda interponerse en nuestro camino no significa que debamos abusar de él.

Sin embargo, Damen no piensa lo mismo. Y esa es la razón por la que ya me está esperando frente al porche delantero de mi casa cuando llego y empiezo a aparcar.

—Creí que no llegarías nunca. —Se echa a reír mientras me sigue hasta mi habitación, donde se deja caer sobre la cama, me tira encima de él y se inclina para darme un suave y agradable beso… Un beso que, si de mí dependiera, no terminaría nunca. Me haría muy feliz pasar el resto de la eternidad entre sus brazos. El mero hecho de saber que tenemos un número infinito de días para estar juntos me hace más feliz de lo que puedo expresar con palabras.

No obstante, no siempre he sentido lo mismo. Me cabreé bastante cuando me enteré de la verdad. Me cabreé tanto que pasé algún tiempo lejos de él para poder ordenar mis pensamientos. Bueno, no todos los días oyes decir a alguien: «Ah, por cierto, soy inmortal, y ahora tú también lo eres».

Y aunque al principio me costaba bastante creer lo que me había dicho, cuando me lo demostró recordándome cómo morí en el accidente, cómo lo miré a los ojos en el instante en que me devolvió la vida y cómo reconocí sus ojos la primera vez que lo vi en el instituto… Bueno, no hubo forma de negar la evidencia.

Sin embargo, eso no significa que estuviera dispuesta a aceptarlo. Ya era de por sí malo tener que lidiar con el aluvión de habilidades psíquicas que me proporcionó la ECM («Experiencia Cercana a la Muerte»; insisten en llamarla «cercana», pero en realidad morí), y verme obligada a escuchar los pensamientos de la gente, a conocer la historia de sus vidas con solo tocarlos, a hablar con los muertos y muchas cosas más. Por no mencionar que ser inmortal, por más genial que parezca, también significa que jamás cruzaré el puente. Jamás podré ir al otro lado a ver a mi familia. Y, puestos a pensarlo, eso es pagar un precio muy alto.

Aparto los labios de mala gana y lo miro a los ojos: esos mismos ojos que he contemplado durante cuatrocientos años. Aunque, por mucho que me esfuerzo, no logro recordar nuestro pasado juntos. Tan solo Damen, que ha permanecido igual durante los últimos seiscientos años (sin morir ni reencarnarse), tiene esa suerte.

—¿En qué piensas? —me pregunta mientras sus dedos se deslizan por mi mejilla, dejando un rastro cálido a su paso.

Respiro hondo. Sé muy bien que está decidido a permanecer en el presente, pero necesito saber más sobre mi historia… sobre nuestra historia.

—Pensaba en la primera vez que nos vimos —le contesto mientras observo cómo se arquean sus cejas y cómo empieza a sacudir la cabeza.

—¿De veras? ¿Y qué recuerdas exactamente de esa primera vez?

—Nada. —Me encojo de hombros—. Nada en absoluto. Y por eso espero que tú me lo cuentes. No hace falta que me lo cuentes todo… ya sé lo mucho que odias recordar el pasado. Pero la verdad es que siento mucha curiosidad por saber cómo empezó todo, cómo nos conocimos.

Se aparta y se tumba de espaldas con el cuerpo inmóvil. Sus labios también permanecen inmóviles, y empiezo a temer que esa sea la única respuesta que obtenga.

—Por favor… —murmuro al tiempo que me acerco a él para acurrucarme contra su cuerpo—. No es justo que tú conozcas todos los detalles y yo no sepa nada. Dame algo a lo que aferrarme. ¿Dónde vivíamos? ¿Cómo nos conocimos? ¿Fue amor a primera vista?

Cambia un poco de posición para poder ponerse de lado y enterrar la mano en mi cabello.

—Fue en Francia, en 1608 —responde.

Trago saliva y doy una rápida bocanada de aire, impaciente por saber más.

—En París, en realidad.

¡París! De inmediato imagino sofisticados vestidos, besos robados en el Pont Neuf, cotilleos con María Antonieta…

—Asistí a una cena en casa de un amigo… —Hace una pausa y su mirada se pierde a lo lejos, a varios siglos de distancia—. Y tú trabajabas allí como sirvienta.

¿Como sirvienta?

—Eras una de sus sirvientas. Eran personas muy ricas. Tenían muchas sirvientas.

Me quedo tumbada, atónita. No era eso lo que yo esperaba.

—No eras como las demás —asegura Damen, que ha convertido su voz casi en un susurro—. Eras hermosa. Increíblemente hermosa. Tu aspecto era muy parecido al que tienes ahora. —Esboza una sonrisa y respira hondo mientras juguetea con un mechón de mi cabello con los dedos—. Y, también al igual que ahora, eras huérfana. Habías perdido a toda tu familia en un incendio. Y, como no tenías un penique ni a nadie que te acogiera, mis amigos te dieron un empleo.

Trago saliva con fuerza. No sé muy bien lo que siento al respecto. ¿Qué sentido tiene reencarnarse si te ves obligada a sufrir el mismo dolor una y otra vez?

—Y sí, para que lo sepas, fue amor a primera vista. Quedé completa e irremisiblemente enamorado de ti. En el momento en que te vi, supe que mi vida jamás sería la misma.

Me mira. Tiene los dedos sobre mis sienes y su mirada me muestra ese instante en toda su intensidad, revelándome la escena como si yo estuviese allí.

Mi cabello rubio está oculto bajo un gorro; mis ojos azules parecen tímidos, con miedo a mirar a cualquiera; mis ropas son tan anodinas y mis dedos están tan encallecidos que mi belleza pasa desapercibida.

Pero Damen es capaz de apreciarla. En el instante en que entro en la estancia, sus ojos se encuentran con los míos. Su mirada atraviesa el andrajoso exterior y descubre el alma que se niega a esconderse. Es tan moreno, tan impactante, tan refinado, tan apuesto... que me doy la vuelta. Sé que solo los botones de su abrigo valen más de lo que yo ga-

naré en un año. Sé sin necesidad de volver a mirarlo que él está fuera de mi alcance…

—No obstante, tuve que moverme con cautela, porque…

—¡Porque ya estabas casado con Drina! —susurro mientras veo la escena en mi cabeza y oigo a uno de los invitados a la cena preguntar por ella.

Durante la cena, nuestras miradas se encuentran durante un instante mientras Damen responde:

—*Drina está en Hungría. Hemos tomado caminos separados.*

Sabe que eso ocasionará un escándalo, pero quiere que yo lo oiga, sin importar lo que piensen los demás…

—Ella y yo ya vivíamos separados, así que eso no era un problema. La razón por la que debía moverme con cautela es que confraternizar con los miembros de otras clases sociales era algo que estaba mal visto. Y, puesto que tú eras tan inocente y vulnerable en muchos sentidos, no quería ocasionarte ningún problema, sobre todo si tú no sentías lo mismo.

—¡Pero yo sentía lo mismo! —digo mientras veo que, a partir de esa noche, siempre que iba a la ciudad conseguía encontrarme con él.

—Me temo que tuve que recurrir a seguirte. —Me mira con expresión contrita—. Hasta que al final nos encontramos tantas veces «por casualidad» que empezaste a confiar en mí. Y entonces…

Y entonces comenzamos a reunirnos en secreto: besos robados a la puerta de la entrada del servicio, un abrazo apasionado en un callejón oscuro o en el interior de su carruaje…

—Pero ahora sé que nuestras reuniones no eran tan secretas como yo pensaba… —Suspira—. Drina no estaba en Hungría; estuvo allí todo el tiempo. Observando, planeando, decidida a recuperarme… a cualquier precio. —Respira hondo; el dolor de cuatro siglos atrás se ve dibujado en su rostro—. Yo quería cuidar de ti, Ever. Quería darte todo, cualquier cosa que tu corazón deseara. Quería tratarte como la princesa que habrías debido ser. Y cuando por fin conseguí convencerte para que huyeras conmigo, me sentí el hombre más feliz del mundo. Íbamos a reunirnos a medianoche…

—Pero jamás aparecí —le digo mientras lo «veo» pasearse de un lado a otro, preocupado, angustiado, convencido de que había cambiado de opinión…

—No fue hasta el día siguiente cuando descubrí que habías muerto en un accidente, que un carruaje te había atropellado cuando acudías a nuestra cita. —Y, cuando me mira, me revela su dolor… un dolor insoportable y destructivo que le destroza el alma—. En aquel entonces, jamás se me ocurrió pensar que Drina pudiera ser la responsable. No lo supe hasta que te lo confesó a ti. Parecía un accidente, un horrible y desafortunado accidente. Y supongo que estaba demasiado cegado por el dolor como para sospechar de nadie…

—¿Cuántos años tenía yo? —le pregunto casi sin aliento. Sé que era joven, pero quiero todos los detalles.

Damen me estrecha con más fuerza mientras recorre con los dedos las facciones de mi rostro.

—Tenías dieciséis años —contesta—, y te llamabas Evaline. —Sus labios juguetean junto a mi oreja.

—Evaline —susurro. Siento una conexión instantánea con mi desdichada reencarnación anterior, quien quedó huérfana muy joven, fue amada por Damen y murió a los dieciséis… al igual que mi actual reencarnación.

—No volví a verte hasta muchos años después, en Nueva Inglaterra. Te habías reencarnado en la hija de un puritano… y fue entonces cuando creí de nuevo en la felicidad.

—¿En la hija de un puritano? —Lo miro a los ojos mientras él me muestra a una chica de pelo oscuro y piel clara ataviada con un sobrio vestido azul—. ¿Todas mis vidas han sido tan aburridas? —Hago un gesto negativo con la cabeza—. ¿Y qué clase de horrible accidente me sucedió entonces?

—Te ahogaste —me dice con un suspiro; y en el mismo instante en que pronuncia esas palabras, me siento abrumada de nuevo por su dolor—. Estaba tan destrozado que volví en barco a Londres, donde viví de manera intermitente durante muchos años. Y estaba a punto de dirigirme a Túnez cuando volviste a aparecer como la hermosa, acaudalada y consentida hija de un terrateniente londinense.

—¡Muéstramelo! —Lo acaricio con la nariz, impaciente por ver una vida más glamurosa. Sus dedos me acarician la frente mientras una bonita morena con un despampanante vestido verde, un elaborado tocado y un montón de joyas aparece en mi mente.

Una joven caprichosa, rica y consentida (cuya vida consiste en una sucesión de fiestas y de viajes para hacer compras) que tiene la mirada puesta en otra persona… hasta que conoce a Damen…

—¿Y qué pasó esa vez? —pregunto. Me entristece verla marchar, pero necesito saber cómo murió.

—Una caída terrible. —Damen cierra los ojos—. A esas alturas, estaba convencido de que me estaban castigando: disponía de una vida eterna sin amor.

Rodea mi rostro con sus manos y sus dedos desprenden tanta ternura, tanta adoración, un hormigueo tan cálido y delicioso… que cierro los ojos y me acurruco aún más contra él. Me concentro en la sensación que me provoca su piel mientras nuestros cuerpos se aprietan con fuerza y todo lo que nos rodea desaparece: no existe el pasado ni el futuro, no existe nada salvo este instante en el tiempo.

Estoy con él, él está conmigo, y se supone que será así para siempre. Y, aunque todas esas vidas anteriores fueran interesantes, su único propósito era conducirnos hasta este momento. Ahora que Drina ha desaparecido, no hay nada que pueda interponerse en nuestro camino, nada que nos impida seguir adelante… salvo yo. Y aunque quiero saber todo lo que ocurrió con anterioridad, eso puede esperar. Ha llegado el momento de dejar atrás mis celos e inseguridades, de dejar de buscar excusas y de dar por fin, después de tantos años, ese gran salto hacia delante.

Sin embargo, cuando estoy a punto de decírselo, Damen se aparta súbitamente un segundo antes de que pueda acercarme a él.

—¿Qué pasa? —pregunto a voz en grito al ver que se aprieta las sienes con los dedos mientras se esfuerza por respirar. Y, cuando se vuelve hacia mí, no me reconoce y me atraviesa con la mirada.

No obstante, el momento desaparece tan rápido como aparece. Su mirada vuelve a llenarse de la calidez y el amor a los que he llegado a acostumbrarme mientras él se frota los ojos y sacude la cabeza.

Me mira antes de decir:

—No había sentido esto desde antes de… —Se queda callado y su mirada se pierde en la distancia—. Bueno, tal vez nunca. —Pero cuando ve la preocupación en mi rostro, añade—: Estoy bien, de verdad. —Y como ve que me niego a dejar de agarrarlo con fuerza, sonríe y dice—: Oye, ¿te apetece dar un paseíto por Summerland?

—¿En serio? —pregunto con una mirada ilusionada.

La primera vez que visitamos ese maravilloso lugar, esa mágica dimensión entre dimensiones, yo estaba muerta. Y me quedé tan fascinada por su belleza que no quería marcharme. La segunda vez la visité con Damen. Y después de conocer todas sus magníficas posibilidades, siempre he querido regresar. Pero, puesto que solo los «espiritualmente avanzados» (o los que ya están muertos) pueden acceder a Summerland, no puedo ir allí sola.

—¿Por qué no? —replica al tiempo que se encoge de hombros.

—Bueno, ¿y qué pasa con mis lecciones? —le pregunto, intentando parecer interesada en los estudios y en aprender nuevos trucos cuando lo cierto es que prefiero con mucho ir a Summerland, donde todo puede hacerse sin esfuerzo y al instante—. Por no mencionar que no te sientes muy bien. —Le aprieto el brazo de nuevo y descubro que todavía no ha recuperado del todo la calidez habitual.

—También hay lecciones que deben aprenderse en Summerland. —Sonríe—. Y si me pasas la bebida, me sentiré lo bastante bien como para crear un portal.

Sin embargo, aunque le paso la botella y da unos cuantos tragos largos, no logra hacer aparecer el portal.

—¿Crees que podría ayudarte? —pregunto al ver el sudor que le cubre la frente.

—No... Casi... casi lo tenía. Dame un momento más —murmura con la mandíbula apretada, decidido a llegar hasta allí.

Yo también lo estoy. De hecho, dejo que los segundos se transformen en minutos, pero sigue sin ocurrir nada.

—No lo entiendo... —Entorna los ojos—. No me había ocurrido esto desde... desde que descubrí por primera vez cómo hacerlo.

—Tal vez se deba a que no te encuentras bien. —Lo observo mientras toma otro trago de bebida, y luego otro más… y otro. Y, cuando cierra los ojos y lo intenta de nuevo, obtiene los mismos resultados que antes—. ¿Puedo intentarlo?

—Olvídalo. No sabes cómo hacerlo —replica. Su voz tiene un tono cortante que intento no tomarme de manera personal, ya que sé que su frustración tiene que ver más consigo mismo que conmigo.

—Ya sé que no sé cómo hacerlo, pero creí que podrías enseñarme y así…

Sin embargo, antes de que pueda terminar la frase, Damen se levanta de la cama y comienza a pasearse por delante de mí.

—Se trata de un proceso, Ever. Me costó varios años aprender a llegar allí. No puedes leerte el final de un libro sin saber lo que viene antes. —Sacude la cabeza y se apoya contra mi escritorio. Su cuerpo está rígido y tenso, y su mirada se niega a sostener la mía.

—¿Y cuándo fue la última vez que te «leíste» un libro sin saber de antemano el planteamiento, el nudo y el desenlace? —pregunto con una sonrisa.

Él me mira unos instantes con expresión seria en su rostro de facciones duras antes de suspirar y acercarse a mí. Toma mi mano entre las suyas y me dice:

—¿Quieres intentarlo?

Asiento con la cabeza.

Me mira de arriba abajo. Está claro que piensa que no va a funcionar, pero desea complacerme más que ninguna otra cosa.

—Está bien. Ponte cómoda, pero no cruces así las piernas. Eso bloquea el Chi.

—¿El Chi?

—No es más que una forma rimbombante de decir «energía». —Sonríe—. A menos, claro, que quieras sentarte en la postura del loto; en ese caso estaría bien.

Me quito las chanclas y presiono las plantas de los pies contra la moqueta del suelo para estar tan cómoda y relajada como me lo permita el nerviosismo que me invade.

—Por lo general se requiere una larga serie de períodos de meditación, pero para tardar menos y puesto que tú ya tienes bastante experiencia, vamos a ir directamente al grano, ¿de acuerdo?

Asiento una vez más, impaciente por empezar.

—Bueno, quiero que cierres los ojos y que te imagines un velo resplandeciente de suave luz dorada que flota por encima de ti —dice al tiempo que entrelaza sus dedos con los míos.

Hago lo que me pide e imagino una réplica exacta del portal que me llevó antes allí, el que Damen colocó delante de mí para salvarme de Drina. Y es tan hermoso, tan brillante y tan luminoso que mi corazón se llena de alegría cuando levanto la mano hacia él, impaciente por sumergirla en ese radiante manantial de luz brillante, ansiosa por regresar a ese lugar mágico. Y justo cuando mis dedos entran en contacto y están a punto de hundirse en él, el resplandor desaparece de mi vista y regreso a mi habitación.

—¡No puedo creerlo! ¡Estaba tan cerca…! —Me giro hacia Damen—. ¡Estaba justo delante de mí! ¿Lo has visto?

—Es increíble lo cerca que has estado —me dice. Y, aunque su mirada es tierna, su sonrisa parece forzada.

—¿Puedo intentarlo de nuevo? ¿Y si lo intentamos juntos esta vez? —pregunto, pero mis esperanzas se vienen abajo en el momento en que él niega con la cabeza y se da la vuelta.

—Lo estamos haciendo juntos, Ever —murmura al tiempo que se enjuga la frente y aparta la mirada—. Me temo que no soy muy buen profesor.

—¡Eso es ridículo! Eres un profesor genial, lo que pasa es que hoy no tienes un buen día, eso es todo. —Sin embargo, cuando lo miro veo que no lo he convencido. Así que cambio de táctica y decido culpabilizarme—: Ha sido culpa mía. Soy una perezosa y una chapucera que se pasa la mayor parte del tiempo intentando distraerte de las lecciones para poder enrollarme contigo. —Le doy un apretón en la mano—. Pero eso se ha acabado. A partir de ahora voy a ponerme a trabajar muy en serio. Dame otra oportunidad y te lo demostraré.

Me mira. Es obvio que alberga serias dudas de que funcione, pero como no quiere desilusionarme, me da la mano para intentarlo de nuevo. Ambos cerramos los ojos para visualizar ese espléndido portal de luz. Y, justo cuando empieza a tomar forma, Sabine abre la puerta principal y comienza a subir las escaleras, lo cual nos desconcierta tanto que, como una exhalación, nos colocamos cada uno en un extremo de la habitación.

—Hola, Damen; he supuesto que era tu coche el que está aparcado en la entrada. —Mi tía se quita la chaqueta y recorre con unos cuantos pasos la distancia que la separa de mi escritorio. Todavía está cargada de la energía de su oficina cuando estrecha la mano de Damen y se fija en la botella que tiene apoyada sobre la rodilla—. De modo que eres tú quien ha enganchado a Ever.

Pasea la mirada entre nosotros con los ojos entornados y los labios fruncidos, como si hubiese conseguido todas las pruebas que necesitaba.

Presa del pánico, miro a Damen de reojo con un nudo en la garganta y me pregunto cómo va a explicárselo.

Sin embargo, Damen opta por desdeñar el comentario con una risotada antes de decir:

—¡Soy culpable! A la mayoría de la gente no le hace gracia, pero, sea por la razón que sea, a Ever parece gustarle. —Esboza una sonrisa que pretende ser persuasiva y encantadora y que, en mi opinión, es ambas cosas a la vez.

Sin embargo, Sabine sigue mirándolo, impasible.

—Al parecer, eso es lo único que le interesa ya. He comprado kilos y kilos de alimentos, pero se niega a comer.

—¡Eso no es cierto! —exclamo, enfadada al ver que empieza con eso una vez más, y encima delante de Damen. Pero cuando veo la mancha de batido en su blusa, mi enfado se transforma en indignación—. ¿De dónde ha salido esa mancha? —pregunto mientras la señalo con el dedo como si se tratara de la letra escarlata, de una señal de deshonra. Sé que debo hacer cualquier cosa para convencerla de que no vuelva allí.

Se mira la blusa y se la frota con los dedos mientras lo piensa; luego hace un gesto negativo con la cabeza, se encoge de hombros y dice:

—Me he chocado con alguien. —Y por la manera en que lo dice, tan casual, tan indiferente, tan despreocupada, resulta obvio que ella no está ni de cerca tan impresionada por ese encuentro como parece estarlo Muñoz—. Bueno, ¿sigue en pie lo de la cena del sábado? —pregunta.

Trago saliva con fuerza mientras insto telepáticamente a Damen a que asienta, sonría y responda que sí, aunque en realidad no tiene ni la más remota idea de lo que está hablando mi tía, ya que he olvidado mencionárselo.

—He reservado mesa a las ocho —agrega Sabine.

Contengo la respiración mientras observo cómo Damen asiente y sonríe, tal y como le he pedido que haga. Incluso da un paso más allá y añade:

—No me lo perdería por nada del mundo.

Estrecha la mano de Sabine y se dirige hacia la puerta sin soltarme. Sus dedos están entrelazados con los míos y me provocan un maravilloso y cálido hormigueo en todo el cuerpo.

—Siento todo este asunto de la cena —le digo al tiempo que alzo la vista para mirarlo a los ojos—. Supongo que esperaba que estuviera demasiado ocupada con el trabajo como para acordarse.

Aprieta con fuerza los labios contra mi mejilla antes de meterse en el coche.

—Se preocupa por ti. Quiere asegurarse de que soy lo bastante bueno para ti, de que soy sincero y de que no voy a hacerte daño. Créeme, ya he pasado por esto antes. Y, aunque puede que haya estado cerca una o dos veces, no recuerdo ninguna ocasión en la que no haya superado una inspección. —Sonríe.

—Ah, sí, el estricto padre puritano... —le digo mientras me imagino a la encarnación perfecta de un padre despótico.

—Te sorprenderías... —dice Damen con una sonrisa—. La verdad es que el terrateniente rico imponía mucho más. Y, aun así, conseguí metérmelo en el bolsillo.

—Quizá algún día estés dispuesto a mostrarme «tu» pasado —le digo—. Ya sabes, cómo era tu vida antes de conocerme. Tu hogar, tus padres, cómo te convertiste en lo que eres... —Mi voz se apaga al ver el dolor que relampaguea en sus ojos. Sé que todavía no está preparado para hablar de eso. Siempre se cierra en banda, se niega a compartirlo conmigo, y lo único que consigue es que sienta aún más curiosidad.

—Nada de eso tiene importancia —replica al tiempo que me suelta la mano y juguetea con los espejos retrovisores para no tener que mirarme—. Lo único que importa es el presente.

—Ya, claro… Pero, Damen… —empiezo a decir, deseando explicarle que no se trata de satisfacer mi curiosidad, sino de establecer un vínculo íntimo. Quiero que me confíe esos secretos que ha guardado tanto tiempo. Sin embargo, cuando lo miro de nuevo, sé que es mejor no presionarlo. Además, puede que haya llegado la hora de que yo también confíe un poco más en él—. He estado pensando… —le digo mientras enredo los dedos en el dobladillo de mi camiseta. Él me mira con la mano en la palanca de cambios, listo para meter la marcha atrás—. ¿Por qué no haces esa reserva? —Asiento con la cabeza y aprieto los labios mientras lo miro a los ojos—. Ya sabes, en el Montage o en el Ritz —añado.

Contengo el aliento cuando sus hermosos ojos recorren mi rostro de arriba abajo.

—¿Estás segura?

Hago un gesto afirmativo con la cabeza. Sé que lo estoy. Hemos esperado este momento durante cientos de años, así que ¿por qué demorarlo más?

—Más que segura —le digo sin apartar la mirada de la suya.

Damen sonríe y su rostro se ilumina por primera vez en todo el día. Y me siento muy aliviada al ver que parece normal de nuevo después de su extraño comportamiento previo (su distanciamiento en el instituto, su incapacidad para hacer aparecer el portal, su malestar), impropio del Damen que conozco. Siempre es tan fuerte, tan sexy, tan guapo, tan invencible… tan inmune a los momentos de debilidad y a los días malos, que verlo tan vulnerable me ha dejado mucho más preocupada de lo que estoy dispuesta a admitir.

—Considéralo hecho —replica al tiempo que llena mis brazos con docenas de tulipanes rojos antes de marcharse a toda velocidad.

Capítulo ocho

La mañana siguiente, cuando me encuentro a Damen en el aparcamiento, todas mis preocupaciones desaparecen. Porque en el momento en que abre la puerta para ayudarme a salir del coche, noto lo saludable que parece y lo increíblemente guapo que es; y cuando lo miro a los ojos, todas las cosas extrañas que pensé ayer quedan atrás. Estamos más enamorados que nunca.

En serio. Apenas puede mantener las manos alejadas de mí durante la clase de lengua. Se inclina constantemente sobre mi mesa y me susurra cosas al oído, para fastidio del señor Robins, de Stacia y de Honor. Y cuando bajamos al comedor, no para de acariciarme la mejilla y de mirarme a los ojos, solo deteniéndose para dar un trago de su bebida, para luego continuar donde lo había dejado y murmurarme palabras dulces al oído.

Por lo general, cuando actúa así lo hace en parte para demostrarme su amor y en parte para aplacar los ruidos y la energía circundantes: todas las visiones aleatorias, sonidos y colores que me bombardean sin cesar. Desde que rompí el escudo psíquico que creé hace unos cuantos meses, un escudo que mantenía todo a raya y me dejaba tan ajena a esas cosas como antes de morir y adquirir poderes psíquicos, aún no he encontrado nada que lo reemplace y me permita canalizar las energías que quiero y bloquear las que no quiero. Y, puesto que Damen jamás ha tenido que lidiar con algo así, no sabe muy bien cómo enseñarme.

Sin embargo, ahora que ha vuelto de nuevo a mi vida, eso ya no parece tan urgente, ya que el sonido de su voz puede silenciar el mundo y el roce de su piel hace que mi cuerpo se estremezca. Y cuando lo miro a los ojos… Bueno, digamos solo que me quedo abrumada por su cálido, maravilloso y magnético carisma, como si solo estuviéramos él y yo, como si todo lo demás hubiese dejado de existir. Damen es el escudo psíquico perfecto. Mi otra mitad. Y cuando no podemos estar juntos, las imágenes y los pensamientos telepáticos que me envía me producen el mismo efecto calmante.

No obstante, hoy todos esos dulces susurros no están destinados solo a protegerme… se deben sobre todo a los planes que tenemos. A que ha alquilado una suite en el Montage Resort. Y a lo mucho que lleva deseando que llegue por fin esta noche.

—¿Te haces la más mínima idea de lo que es esperar algo durante cuatrocientos años? —murmura mientras mordisquea con los labios el lóbulo de mi oreja.

—¿Cuatrocientos? Creí que llevabas seiscientos vagando por el mundo —replico al tiempo que me aparto un poco para verle mejor la cara.

—Por desgracia, pasaron un par de siglos hasta que di contigo —susurra mientras desliza la boca desde mi cuello hasta mi oreja—. Dos siglos muy solitarios, debo añadir.

Trago saliva con fuerza. Porque sé que la «soledad» de la que habla no implica que estuviera «solo». Más bien lo contrario. Con todo, no le digo nada al respecto. De hecho, no pronuncio ni una palabra. Estoy decidida a dejar todo eso atrás, a olvidar mis inseguridades y a dar el siguiente paso. Tal y como prometí que haría.

Me niego a pensar en cómo pasó esos doscientos años sin mí.

O en cómo pasó los siguientes cuatrocientos mientras se recuperaba del hecho de haberme perdido.

Y tampoco voy a pensar siquiera en los seiscientos años que han pasado desde que comenzó a estudiar y practicar las..., las «artes amatorias».

Y, desde luego, con toda seguridad, no voy a preocuparme por las hermosas, elegantes y experimentadas mujeres que ha conocido durante todos esos siglos.

De ninguna manera.

Yo no.

Me niego incluso a pensarlo siquiera.

—¿Te paso a buscar a las seis? —pregunta al tiempo que recoge el cabello de mi nuca y lo retuerce para convertirlo en un largo cordón dorado—. Podemos ir primero a cenar.

—Aunque en realidad ninguno de los dos comemos —le recuerdo.

—Ah, es verdad. Buena observación. —Sonríe mientras me suelta el pelo, que cae sobre mis hombros, y me coge por la cintura—. No obstante, estoy seguro de que podremos encontrar otra cosa en la que ocupar nuestro tiempo, ¿no crees?

Le devuelvo la sonrisa. Ya le he dicho a Sabine que me quedaré a pasar la noche en casa de Haven y espero que ella no intente comprobarlo. Solía creer en lo que yo le decía, pero desde que me pillaron bebiendo, me expulsaron y casi dejé de comer, tiene cierta tendencia a investigar las cosas más a fondo.

—¿Estás segura de que esto no te supone ningún problema? —pregunta Damen, que ha interpretado la expresión de mi cara como indecisión, cuando solo son nervios.

Sonrío y me inclino para besarlo, impaciente por disipar todas las dudas (las mías más que las suyas), justo en el momento en el que Miles arroja su mochila sobre la mesa y dice:

—¡Ay, mira, Haven! ¡Han vuelto a las andadas! ¡Los tortolitos han regresado!

Me aparto de Damen con la cara roja de vergüenza. Haven se echa a reír y se sienta al lado de Miles mientras examina la mesa.

—¿Dónde está Roman? —pregunta—. ¿Alguien lo ha visto?

—Estaba en clase de tutoría. —Miles se encoge de hombros mientras quita la tapa de su yogur y se inclina sobre el guión.

«Y antes estaba en historia», pienso al recordar cómo lo he ignorado durante toda la clase a pesar de sus numerosos intentos por llamar mi atención, y cómo, cuando ha sonado el timbre, me he quedado atrás fingiendo buscar algo en mi mochila. Prefería enfrentarme con la mirada del señor Muñoz y sus conflictivas ideas sobre mí (mis buenas notas frente a mi innegable rareza) que a la de Roman.

Haven se encoge de hombros, abre la caja de su magdalena y suspira antes de decir:

—Vale, fue bonito mientras duró.

—¿De qué estás hablando? —Miles levanta la mirada mientras ella, con los labios fruncidos y la mirada abatida, señala más adelante. Cuando todos seguimos con la mirada la dirección que indica su dedo, vemos que Roman no deja de hablar y de reírse con Stacia, Honor, Craig y el resto de la tropa «guay»—. Bah. —Se encoge de hombros—. Ya verás como vuelve…

—Eso no lo sabes —dice Haven, que quita el papel de su magdalena roja sin apartar la mirada de Roman.

—Por favor… Lo hemos visto mil veces antes. Todos los chicos nuevos con la más mínima posibilidad de ser guays han pasado por esa mesa en algún momento. Pero los que son guays de verdad nunca duran mucho allí… porque los que son guays de verdad acaban aquí. —Se echa a reír mientras da unos golpecitos en la mesa amarilla de fibra de vidrio con sus brillantes uñas de color rosa.

—Yo no —digo, ansiosa por apartar el tema de conversación de Roman, consciente de que soy la única a la que le hace feliz ver que nos ha abandonado por una panda mucho más chic—. Empecé aquí desde el primer día —les recuerdo.

—Sí, claro… —Miles se echa a reír—. Pero yo me refería a Damen. ¿Recuerdas que permaneció durante un tiempo en el otro bando? Pero al final recuperó el buen juicio y regresó; y lo mismo hará Roman.

Bajo la vista hasta mi bebida y empiezo a darle vueltas a la botella en la mano. Porque, aunque sé que Damen jamás fue sincero durante su breve coqueteo con Stacia, que solo lo hizo para llegar hasta mí y para descubrir si a mí me importaba, las imágenes de ellos dos juntitos están grabadas a fuego en mi cerebro.

—Sí, es cierto —dice Damen al tiempo que me da un apretón en la mano y me besa en la mejilla; percibe lo que pienso, aunque no siempre pueda leerme el pensamiento—. Está claro que recuperé el buen juicio.

—¿Lo veis? Lo único que nos queda es tener fe en que Roman haga lo mismo. —Miles asiente—. Y, si no lo hace, es que en realidad nunca ha sido guay de verdad, ¿no creéis?

Haven se encoge de hombros y pone los ojos en blanco mientras se lame la pizca de glaseado que se le ha quedado pegada al pulgar.

—Lo que tú digas —murmura.

—De todas formas, ¿por qué te importa tanto? —Miles la mira con los ojos entornados—. Creía que estabas colada por Josh.

—Estoy colada por Josh —replica ella, que evita la mirada de mi amigo mientras se sacude unas migas inexistentes del regazo.

Sin embargo, cuando la miro y veo que su aura fluctúa y destella en un engañoso tono verde, sé que no dice la verdad. Está colada por Roman, está claro. Y, si Roman se fija en ella, pasará algo así como «Adiós, Josh; hola escalofriante chico nuevo».

Le quito el envoltorio a mi almuerzo y finjo que solo me interesa la comida cuando escucho:

—Oye, colega, ¿a qué hora es el estreno?

—La obra empieza a las ocho. ¿Por qué? ¿Vas a venir? —pregunta Miles. Sus ojos se iluminan y su aura adquiere un resplandor que demuestra sin lugar a dudas que espera que lo haga.

—No me lo perdería por nada del mundo —asegura Roman, que se sienta junto a Haven y le da un golpe en el hombro de una forma muy falsa y zalamera. Es evidente que sabe muy bien el efecto que causa en ella y que no le incomoda explotarlo.

—Bueno, ¿qué tal la vida con la banda guay? ¿Ha sido todo lo que soñabas que sería? —pregunta ella con una voz que, si no viera su aura, consideraría juguetona. Pero sé que lo pregunta en serio, porque su aura no miente.

Roman se inclina hacia ella y le aparta el flequillo de la cara con delicadeza. Un gesto tan íntimo que Haven se sonroja.

—¿De qué hablas? —pregunta Roman con la mirada clavada en la de mi amiga.

—Ya sabes, la mesa A, esa en la que estabas sentado… —murmura ella, esforzándose por mantener la compostura bajo los efectos del hechizo del chico nuevo.

—El sistema de castas de la hora del almuerzo —dice Miles, que rompe el encantamiento y aparta a un lado el yogur a medio terminar—. Pasa lo mismo en todos los institutos. Todo el mundo se divide en grupos diseñados para dejar a los demás fuera. La gente no puede evitarlo; lo hace sin más. ¿Y esos con los que estabas? Son el grupo que está ariba, lo que, dentro del sistema de castas del instituto, los convierte en los Gobernantes. A diferencia de la gente con la que estás sentado ahora… —se señala a sí mismo con el dedo—, también conocida como los Intocables.

—¡Menuda gilipollez! —exclama Roman al tiempo que se aparta de Haven y le quita el tapón a su refresco—. Eso no son más que tonterías. No me lo trago.

—Da igual que lo creas o no. Las cosas son como son. —Miles se encoge de hombros antes de echar una mirada anhelante a la mesa A. Porque, a pesar de que no deja de decir que nuestra mesa es la guay de verdad, lo cierto es que es muy consciente de que a ojos del grueso de los estudiantes de Bay View no tiene nada de guay.

—Puede que las cosas sean así para ti, pero no para mí. A mí no me va lo de la segregación, colega. Prefiero una sociedad libre y abierta, un amplio espacio vital en el que barajar todas mis opciones. —Luego mira a Damen y añade—: ¿Y tú? ¿Crees en todo eso?

Damen se limita a realizar un gesto de indiferencia con los hombros sin apartar la mirada de mí. No pueden importarle menos los grupos VIP o no VIP, quién es guay y quién no. La única razón por la que se apuntó a este instituto soy yo, y también soy la razón por la que continúa en él.

—Bueno, es agradable tener un sueño. —Haven suspira mientras inspecciona sus cortas uñas negras—. Pero es incluso mejor cuando existe la posibilidad, por remota que sea, de que se cumpla.

—Ah, es ahí donde te equivocas, encanto. Eso no es ningún sueño. —Roman sonríe de una forma que hace que el aura de mi amiga adquiera un tono rosa resplandeciente—. Yo me encargaré de que se cumpla. Ya lo verás.

—¿En serio? ¿Acaso te crees el Che Guevara del instituto Bay View? —Mi voz tiene un tono cortante que no me esfuerzo por disimular. Aunque para ser sincera, me sorprende más haber dicho «acaso» que el tono de mi voz. ¿Desde cuándo hablo yo de esa manera? Sin embargo, cuando miro a Roman y veo su extensa y abrumadora aura amarillo-anaranjada, sé que ese chico también me está afectando a mí.

—Pues la verdad es que sí. —Esboza una sonrisa lánguida y me mira a los ojos de una forma tan penetrante que me hace sentirme desnuda… como si lo viera todo, como si supiera todo y no hubiese nada que ocultar—. Puedes considerarme un revolucionario, porque para finales de la semana que viene el sistema de castas de la hora del almuerzo llegará a su fin. Vamos a romper esas barreras autoimpuestas, a juntar todas las mesas y a montar una fiesta.

—¿Se trata de una predicción? —Lo miro con los ojos entornados, intentando librarme de toda esa energía indeseada que me envía.

No obstante, él se limita a reír, sin ofenderse en lo más mínimo. Una risa que a simple vista resulta tan cálida, cautivadora y amigable que nadie adivinaría lo que hay detrás de ella: un matiz escalofriante, un indicio de malicia, una amenaza apenas velada y dirigida solo a mí.

—Lo creeré cuando lo vea —dice Haven mientras se limpia las miguitas rojas de los labios.

—Creer es poder —asegura Roman con los ojos clavados en mí.

—Bueno, ¿qué te ha parecido todo eso? —pregunto justo después de que suene el timbre. Roman, Haven y Miles se dirigen a clase mientras Damen y yo nos hemos quedado atrás.

—¿El qué? —replica él, haciendo que me detenga.

—Lo de Roman y todas esas tonterías suyas acerca de la revolución de la hora del almuerzo —le digo, ansiosa por obtener alguna prueba de que no me estoy mostrando celosa, posesiva o loca… de que Roman es realmente escalofriante y de que eso no tiene nada que ver conmigo.

Sin embargo, Damen se limita a encogerse de hombros.

—Si no te parece mal, preferiría no pensar en Roman en este momento. Estoy mucho más interesado en ti.

Me estrecha contra su cuerpo y me da un beso largo e intenso, de los que te dejan sin aliento. Y, aunque estamos justo en medio del patio, es como si no existiera nadie más a nuestro alrededor. Como si el mundo entero se hubiera hundido en este único punto. Y para cuando me separo de él, estoy tan nerviosa, tan acalorada y tan jadeante que apenas puedo hablar.

—Vamos a llegar tarde —consigo decir al final antes de cogerlo de la mano y tirar de él hacia clase.

Sin embargo, como es más fuerte que yo, no se mueve de donde está.

—Estaba pensando una cosa... ¿Qué dirías si nos la saltamos? —susurra deslizando los labios sobre mi sien y mi mejilla para llegar a la oreja—. Ya sabes, desaparecer el resto del día... Hay muchos lugares mejores en los que podríamos estar.

Su seductor carisma está a punto de convencerme, pero lo miro y sacudo la cabeza antes de apartarme. Bueno, ya sé que él terminó de estudiar hace cientos de años y que ahora le parece bastante aburrido. Y, aunque yo también lo encuentro bastante tedioso (obtener conocimientos instantáneos sobre todas las materias que intentan enseñarme hace que asistir a clase parezca un sinsentido), es una de las pocas cosas de mi vida que resulta más o menos normal. Y desde el accidente, desde que me di cuenta de que jamás volvería a ser normal, lo cierto es que aprecio mucho más ese tipo de cosas.

—Creí que habías dicho que debíamos mantener una apariencia de normalidad a cualquier precio —le digo antes de tirar de él una vez más. Damen avanza a regañadientes—. ¿Asistir a clase y fingir interés no forma parte de esa normalidad?

—Pero ¿qué puede haber más normal que unos adolescentes en plena efervescencia hormonal que se saltan las clases del viernes para empezar antes el fin de semana? —Sonríe, y la calidez de sus preciosos ojos oscuros está a punto de persuadirme.

Sin embargo, hago un gesto negativo con la cabeza y lo agarro aún más fuerte para arrastrarlo hacia el aula.

Capítulo nueve

Como vamos a pasar la noche juntos, Damen no me acompaña a casa después del instituto. En lugar de eso, le doy un breve beso en el aparcamiento y después me subo al coche para ir al centro comercial.

Quiero comprarme algo especial para esta noche: algo bonito para la obra de Miles y mi gran cita (ambos somos las estrellas de nuestro propio debut particular). Sin embargo, cuando consulto el reloj y veo que no dispongo de tanto tiempo como creía, me pregunto si no debería haber aceptado la sugerencia de Damen de saltarnos las clases.

Atravieso el aparcamiento pensando si debería buscar a Haven o no. No hemos salido mucho juntas desde lo de Drina, y como después conoció a Josh... Bueno, aunque el chico no va a nuestro instituto, apenas se han separado desde entonces. Incluso ha conseguido que Haven abandone su adicción a los grupos de apoyo, ese ritual que llevaba a cabo después de clase y que consistía en investigar el sótano de una iglesia al azar y atiborrarse de ponche y galletitas mientras inventaba alguna historia sobre la adicción de ese día en particular.

Hasta ahora no me había importado demasiado no verla con tanta frecuencia como antes, ya que ella parece feliz. Da la impresión de haber encontrado por fin a alguien a quien no solo le gusta, sino que también es bueno para ella. Sin embargo, últimamente empiezo a echarla de menos, y creo que nos vendría muy bien pasar un rato juntas.

Localizo a Haven junto a Roman, apoyada contra su deportivo rojo clásico. Observo cómo lo agarra del brazo y se echa a reír por algo que él ha dicho. La sobriedad de su aspecto (vaqueros negros ceñidos, jersey negro arrugado, camiseta sin mangas a lo Fall Out Boy, cabello despeinado y teñido de negro con un sorprendente mechón rojo en el flequillo) queda suavizada por su aura rosada, cuyos extremos se expanden hasta rodearlos a ambos. No hay duda de que si Roman siente lo mismo, Josh no tardará en ser reemplazado. Y, aunque estoy decidida a evitar que eso ocurra antes de que sea demasiado tarde, no he hecho más que empezar a avanzar hacia ellos cuando Roman echa un vistazo por encima del hombro y clava en mí una mirada tan penetrante, tan íntima, tan cargada de intenciones desconocidas... que piso a fondo el pedal del acelerador y paso de largo a toda pastilla.

Porque, a pesar de que todos mis amigos lo consideran un tipo genial, a pesar de que la banda guay parece estar de acuerdo, a pesar de que a Damen no parece inquietarle lo más mínimo... a mí no me cae bien.

Puede que mis sentimientos no se basen en nada más sustancial que un intenso aguijonazo en las entrañas cada vez que él está cerca, pero lo cierto es que el chico nuevo me pone los pelos de punta.

Como hace calor, me dirijo al centro comercial de South Coast Plaza y no al Fashion Island, que es exterior, aunque estoy segura de que los lugareños harían justo lo contrario.

Pero yo no soy una lugareña. Soy de Oregón. Lo que significa que estoy acostumbrada a que el clima preprimaveral sea mucho más… preprimaveral. Ya sabes: grandes chaparrones, cielos nublados y mucho barro. Como la primavera de verdad. No este caluroso, extraño y antinatural híbrido de verano que intenta hacerse pasar por primavera. Y, por lo que he oído, se pondrá peor. Y eso me hace echar de menos aún más mi hogar.

Por lo general, hago lo posible por evitar lugares como este: un sitio plagado de luces, ruidos y energía generada por la gente que siempre consigue agotarme y ponerme de los nervios. Y sin Damen a mi lado como escudo psíquico, tengo que volver a recurrir al iPod.

Pero me niego a llevar puesta la capucha y las gafas de sol para bloquear los ruidos como solía hacer. Se acabó lo de parecer un bicho raro. En lugar de eso, concentro la mirada en lo que está justo delante de mí y bloqueo las visiones periféricas, tal y como Damen me ha enseñado.

Me coloco los auriculares en las orejas y subo el volumen para que la música me aísle de todo salvo de las espirales irisadas de las auras y de los pocos espíritus incorpóreos que flotan por el lugar (quienes, a pesar de que tengo la mirada clavada al frente, se colocan justo delante de mí). Y cuando entro en Victoria's Secret con el objetivo de acercarme a la sección de camisones atrevidos, estoy tan absorta, tan concentrada en mi misión, que no veo que Stacia y Honor están justo al lado.

—¡Ay, Dios mío! —canturrea Stacia, que se acerca a mí con tanta decisión que cualquiera pensaría que soy una mesa con un cartel que dice: «¡Gucci a mitad de precio!»—. No puede ser cierto. —Apunta con el dedo el salto de cama que llevo en la mano, y su dedo con manicura perfecta se agita para señalar la abertura que empieza por arriba y por abajo y se une en un círculo de brillantitos cerca de la parte central.

Y aunque en realidad solo lo estaba mirando y no había pensado siquiera en comprarlo, ver la expresión de su rostro y escuchar los pensamientos desdeñosos que cruzan por su cabeza hace que me sienta como una completa estúpida.

Lo dejo de nuevo en la percha y me llevo la mano a los auriculares, como si no hubiera escuchado ni una sola de sus palabras. Después me dirijo a la sección de conjuntos de algodón, que son mucho más de mi estilo.

Sin embargo, justo cuando empiezo a observar unos cuantos camisones con rayas rosas y naranjas, me doy cuenta de que probablemente no sean en absoluto del estilo de Damen. Seguro que él prefiere algo un poco más atrevido. Algo con más encaje y mucho menos algodón. Algo que pueda considerarse sexy de verdad. Y no me hace falta mirar hacia atrás para saber que Stacia y su fiel perrita faldera me han seguido.

—Ay, mira, Honor… La rarita no consigue decidirse entre comprar algo de buscona o algo de chica dulce. —Stacia sacude la cabeza mientras me mira con una sonrisa llena de desprecio—. Confía en mí, ante la duda elige siempre algo de buscona. Es mucho más fácil acertar. Además, si no recuerdo mal, a Damen no le va mucho el rollo dulce.

Me quedo paralizada; siento un irracional nudo en el estómago a causa de los celos y se me seca la garganta. Pero solo duran un momento, porque después me obligo a respirar de nuevo y a seguir mirando; me niego a dejarla pensar, ni siquiera por un segundo, que sus palabras me afectan.

Además, estoy al corriente de todo lo que ocurrió entre ellos, y me alegra poder decir que no fue ni dulce ni sucio. Porque no ocurrió nada en absoluto. Damen solo fingía que le gustaba para poder llegar hasta mí. Con todo, el mero hecho de pensar que lo fingía me pone nerviosa.

—Venga, vámonos ya. No puede oírte —dice Honor, que se rasca el brazo mientras nos mira a su amiga y a mí; después comprueba su teléfono por enésima vez para ver si Craig ha respondido a su mensaje de texto.

Sin embargo, Stacia no se mueve ni un centímetro; está disfrutando demasiado de la situación como para rendirse con tanta facilidad.

—Me oye muy bien —asegura con un asomo de sonrisa en la comisura de los labios—. No te dejes engañar por el iPod ni por los auriculares. En realidad escucha todo lo que decimos y todo lo que pensamos. Porque Ever no es solo un bicho raro, también es una bruja.

Me doy la vuelta para dirigirme al otro lado del establecimiento. Examino los sujetadores y los corsés *push-up* mientras me digo a mí misma: «Ignórala. Ignórala. Concéntrate en las compras y ya se largará».

Pero Stacia no se mueve de allí, me agarra del brazo y tira de mí para decirme:

—Venga, no seas tímida. Demuéstraselo. ¡Demuéstrale a Honor que eres un auténtico bicho raro!

Clava su mirada en la mía y me aprieta el brazo con tanta fuerza que sus dedos pulgar e índice están a punto de tocarse, con lo que un torrente de energía malévola y desagradable atraviesa mi cuerpo. Sé que trata de presionarme, intenta que muerda el anzuelo porque sabe muy bien de lo que soy capaz después de aquella vez en la que me hizo perder el control en el pasillo del instituto. Solo que en aquella ocasión no lo hizo a propósito; entonces no tenía ni idea de lo que yo podía hacer.

Honor comienza a ponerse nerviosa a su lado y dice con voz gimoteante:

—Vamos, Stacia. Déjalo ya. Esto es muy aburrido...

Pero Stacia pasa por alto sus palabras y me aprieta el brazo con más fuerza. Sus uñas se clavan en mi piel cuando susurra:

—Venga, díselo. ¡Dile lo que ves!

Cierro los ojos. Se me encoge el estómago cuando mi cabeza se llena de imágenes similares a las que vi una vez: Stacia luchando con uñas y dientes para abrirse camino hasta la cumbre de la popularidad, pisoteando más allá de lo necesario a todos aquellos que tiene por debajo, incluida Honor. Especialmente Honor, que tiene tanto miedo de ser impopular que no hace nada por impedirlo...

«Podría decirle a Honor que en realidad Stacia es una mala amiga, revelar lo horrible que es como persona... Podría apartar la mano de Stacia de mi brazo y empujarla hacia el otro lado de la sala con tanta fuerza que atravesaría el panel de vidrio antes de estrellarse contra la cabina de información del centro comercial…»

Pero no voy a hacerlo. La última vez que me dejé llevar en el instituto, cuando le dije a Stacia las cosas horribles que sabía sobre ella, cometí un grave error; y no puedo permitirme cometer otro de nuevo. Ahora tengo muchas más cosas que ocultar, secretos mucho mayores que están en juego; secretos que no solo me pertenecen a mí, sino también a Damen.

Stacia se echa a reír mientras lucho por mantener la calma y no reaccionar de forma exagerada. Me recuerdo a mí misma que está bien parecer vulnerable, pero que serlo de verdad está terminantemente prohibido. Es del todo imprescindible parecer normal, ignorante, permitir que crea que es mucho más fuerte que yo.

Honor mira su reloj y pone los ojos en blanco, impaciente por marcharse. Y, justo cuando estoy a punto de apartarme de Stacia (y quizá de asestarle un revés «accidental» en el mismo movimiento), veo algo tan horrible, tan repugnante, que tiro una fila entera de lencería al suelo en el intento por librarme de ella.

Sujetadores, tangas, perchas y fijaciones… todo se estrella contra el suelo antes de formar un enorme montón.

Y yo caigo encima.

—¡Ma-dre-mí-a! —chilla Stacia, que se agarra a Honor antes de que ambas empiecen a desternillarse de risa—. ¡Eres una patosa! —dice al tiempo que busca el móvil para grabarlo todo en vídeo. Manipula el zoom para ampliar la imagen mientras yo intento librarme de un liguero de encaje rojo que se me ha enrollado alrededor del cuello—. ¡Será mejor que te levantes y ordenes todo este lío! —Entorna los ojos para ajustar el ángulo mientras yo me esfuerzo por levantarme—. Ya sabes lo que dicen: «Quien lo rompe, lo paga».

Me pongo en pie y observo cómo huyen Stacia y Honor cuando ven acercarse a una de las vendedoras. Aunque Stacia se detiene el tiempo suficiente para mirarme por encima del hombro y decir:

—Te estoy vigilando, Ever. Créeme, todavía no he acabado contigo.

Y, acto seguido, se marcha del lugar.

Capítulo diez

En el momento en que percibo que Damen dobla mi calle, corro al espejo (otra vez) y me coloco la ropa para asegurarme de que todo está donde debería estar (el vestido, el sujetador, la lencería nueva). Tengo la esperanza de que todo permanezca en su lugar…, al menos hasta que llegue el momento de quitármelo.

Después de que la dependienta de Victoria's Secret y yo arregláramos el desaguisado, la joven me ayudó a elegir este conjunto de sujetador, braguitas y medias; un conjunto que no es de algodón, ni es escandalosamente sexy y, en realidad, no sujeta ni tapa mucho de nada… pero supongo que esa es la idea. Luego fui a Nordstrom, donde compré este bonito vestido verde y unas sandalias a juego muy monas. Cuando iba de camino a casa, me detuve para hacerme una sesión rápida de manicura y pedicura, algo que no había hecho desde…, desde antes de que ocurriera el accidente que me robó mi antigua vida para siempre, cuando era tan popular y presumida como Stacia.

Aunque en realidad nunca fui como Stacia.

Lo que quiero decir es que puede que fuera popular y perteneciera al equipo de animadoras, pero jamás fui una zorra.

—¿En qué piensas? —pregunta Damen, que ha abierto la puerta principal sin ayuda y, puesto que Sabine no está en casa, ha subido hasta mi dormitorio.

Lo observo mientras se apoya contra el marco de la puerta y sonríe. Me fijo en sus vaqueros oscuros, en su camisa oscura, en su chaqueta oscura, en las botas de motero negras que lleva siempre... y siento un vuelco en el corazón.

—Pensaba en los últimos cuatrocientos años —replico, y me encojo por dentro al ver que sus ojos se oscurecen de preocupación—. Pero no de la forma en que tú crees —añado, ansiosa por demostrarle que no estoy obsesionada con el pasado otra vez—. Pensaba en todas nuestras vidas juntos y en que jamás hemos... —Damen arquea una ceja y esboza una sonrisa—. Lo que quiero decir es que me alegro de que esos cuatrocientos años hayan llegado a su fin —murmuro mientras se acerca a mí, me rodea la cintura con los brazos y me estrecha contra su pecho. Recorro con mirada absorta los rasgos de su rostro: sus ojos oscuros, su piel suave, sus labios irresistibles...

—Yo también me alegro —me dice, mirándome a los ojos—. No, bien pensado retiro lo dicho, porque lo cierto es que estoy mucho más que alegre. De hecho, estoy... exultante. —Sonríe, pero un momento después frunce el ceño y dice—: No, esa tampoco es la palabra correcta. Creo que necesitamos un término nuevo. —Se echa a reír y baja su boca hasta mi oreja antes de susurrar—: Esta noche estás más hermosa que nunca. Y quiero que todo sea perfecto. Quiero que sea todo lo que has soñado que sería. Solo espero no decepcionarte.

Me aparto un poco para poder mirarlo a la cara; me pregunto cómo se le ha pasado por la cabeza algo parecido cuando siempre he sido yo quien temía decepcionarlo.

Coloca su dedo bajo mi barbilla y me alza la cara hasta que mis labios encuentran los suyos. Y le devuelvo el beso con tanto fervor que se aparta y dice:

—Tal vez deberíamos ir directamente al Montage, ¿no crees?

—Está bien —murmuro mientras busco de nuevo sus labios. Pero me arrepiento de haber bromeado cuando se aparta de nuevo y veo la expresión esperanzada de su rostro—. No podemos. Miles me *mataría* si me pierdo el estreno. —Sonrío con la esperanza de que él sonría también.

Pero no lo hace. Y cuando me mira con el semblante serio, sé que he tocado un tema peliagudo. Todas mis anteriores vidas han acabado esta noche: la noche que teníamos planeado estar juntos. Y, aunque yo no recuerdo los detalles, está claro que él sí.

No obstante, tan pronto como su cara recupera el color, coge mi mano y dice:

—Bueno, es una suerte que ahora seamos *inmatables*, porque así nada podrá separarnos.

Lo primero que noto mientras nos dirigimos a nuestros respectivos asientos es que Haven está sentada al lado de Roman, aprovechando la ausencia de Josh para apretar su hombro contra el de él e inclinar la cabeza de una forma que le permite mirarlo con adoración y reír por todo lo que dice. Lo segundo que noto es que mi sitio también está al lado del de Roman. Solo que, a diferencia de Haven, a mí no me emociona lo más mínimo. Pero, puesto que Damen ya se ha sentado en la butaca de la parte exterior y no quiero montar un espectáculo pidiéndole que se cambie, ocupo a regañadientes el asiento que me ha tocado. Siento la agresividad de la energía de Roman cuando sus ojos se clavan en los míos: está tan concentrado en mí que no puedo evitar sentirme violenta.

En un intento por sacarme a Roman de la cabeza, contemplo el teatro casi lleno y me tranquilizo al ver que Josh se acerca por el pasillo ataviado con sus acostumbrados vaqueros oscuros, el cinturón lleno de remaches, una camisa blanca y una fina corbata de cuadros. Tiene los brazos cargados de chucherías y botellas de agua, así que no puede apartarse el cabello negro que se le mete en los ojos. Se me escapa un suspiro de alivio al comprobar que Haven y él forman una pareja perfecta, y me alegra mucho ver que no ha sido reemplazado.

—¿Agua? —pregunta mientras se deja caer en el asiento que hay al otro lado de Haven y me pasa dos botellas.

Cojo una para mí e intento pasarle la otra a Damen, pero él hace un gesto negativo con la cabeza y le da un sorbo a su bebida roja.

—¿Qué es eso? —pregunta Roman, que se inclina sobre mí mientras señala la botella. Su contacto indeseado me provoca un escalofrío—. Te bebes esa cosa como si tuviese algo más que zumo… y si es así, podrías compartirlo, colega. No seas egoísta… —Se echa a reír, extiende la mano y mueve los dedos mientras nos mira con expresión desafiante.

Y justo cuando estoy a punto de intervenir por miedo a que Damen sea tan amable como para darle un trago, el telón se levanta y la música empieza a sonar. Y, aunque Roman se rinde y vuelve a reclinarse en su asiento, su mirada no se aparta de mí ni un solo momento.

Miles estuvo fantástico, increíble. Tan increíble que de vez en cuando solo estaba pendiente de sus frases y sus canciones... aunque el resto del tiempo no dejaba de darle vueltas al hecho de que estoy a punto de perder la virginidad... por primera vez en cuatrocientos años.

Me resulta asombroso pensar que después de tantas encarnaciones, después de todas las veces que nos hemos conocido y enamorado, nunca hayamos conseguido llegar hasta el final.

Pero esta noche eso va a cambiar.

Todo va a cambiar.

Esta noche vamos a enterrar el pasado y dar un paso hacia delante, hacia el futuro de nuestro amor eterno.

Cuando por fin cae el telón, todos nos levantamos y nos dirigimos hacia los bastidores. Pero en cuanto llego a la puerta trasera, me giro hacia Damen y le digo:

—¡Mierda! Nos hemos olvidado de parar en la tienda y comprar unas flores para Miles.

Damen se limita a sonreír y sacude la cabeza:

—¿De qué estás hablando? —dice—. Tenemos todas las flores que necesitamos aquí mismo.

Entorno los ojos, preguntándome qué está tramando, porque, si la vista no me falla, él tiene las manos tan vacías como lo están las mías.

—¿De qué estás hablando tú? —susurro. Siento una maravillosa carga eléctrica que recorre mi cuerpo cuando pone su mano sobre mi brazo.

—Ever —contesta con expresión divertida—, esas flores ya existen en el plano cuántico. Si quieres acceder a ellas en el plano físico, lo único que tienes que hacer es manifestarlas, tal y como te he enseñado.

Miro a mi alrededor para asegurarme de que nadie ha escuchado nuestra extraña conversación. Me avergüenza admitir que no sé hacerlo.

—No sé cómo —replico, deseando que haga aparecer las flores de una vez para poder dar el tema por zanjado. No es momento para lecciones.

Pero Damen no está dispuesto a ceder.

—Por supuesto que lo sabes. ¿Es que no te he enseñado nada?

Aprieto los labios y miro al suelo, porque lo cierto es que ha intentado enseñarme muchas veces. Pero soy una estudiante terrible, y he fracasado en tantas ocasiones que lo mejor para ambos sería que le dejara a él lo de hacer aparecer las flores.

—Hazlo tú —le digo, encogiéndome al ver la desilusión que se dibuja en su rostro—. Eres mucho más rápido que yo. Si intento hacerlo, montaré un espectáculo, la gente se dará cuenta y tendremos que explicar…

Damen sacude cabeza, negándose a dejarse convencer por mis palabras.

—¿Cómo vas a aprender si siempre me dejas a mí?

Dejo escapar un suspiro. Sé que tiene razón, pero no quiero desperdiciar nuestro precioso tiempo tratando de hacer aparecer un ramo de rosas que puede que no se manifieste nunca. Lo único que quiero es tener las flores en la mano, decirle a Miles que ha estado magnífico e irme al Montage para seguir con nuestros planes. Y hace apenas un rato, él parecía desear lo mismo. Sin embargo, ahora ha adoptado ese tono serio de profesor que, para ser sincera, me corta bastante el rollo.

Respiro hondo y sonrío con dulzura. Acaricio su solapa con los dedos mientras le digo:

—Tienes toda la razón del mundo. Y mejoraré mucho, te lo prometo. Pero creo que esta vez deberías hacerlo tú, ya que eres mucho más rápido que yo... —Acaricio la zona que hay bajo su oreja, a sabiendas de que está a punto de ceder—. Tarde o temprano conseguiremos las flores, y cuanto antes las tengamos, antes podremos marcharnos para...

Ni siquiera he terminado de decir la frase cuando él cierra los ojos y extiende la mano hacia delante como si sostuviera un ramo de flores. Miro a nuestro alrededor para asegurarme de que nadie nos ve, con la esperanza de que todo acabe pronto.

Sin embargo, cuando vuelvo a mirar a Damen, empieza a entrarme el pánico. No solo porque su mano sigue vacía, sino porque un reguero de sudor se desliza por su mejilla por segunda vez en solo dos días.

Algo que no resultaría extraño en absoluto si se deja a un lado el hecho de que Damen no suda nunca.

De la misma manera que nunca se pone enfermo y jamás tiene días malos, Damen jamás suda. No importa la temperatura exterior, no importa la tarea que se traiga entre manos, siempre parece fresco y perfectamente capaz de controlarlo todo.

Excepto ayer, cuando fracasó a la hora de abrir el portal.

Excepto ahora, que no ha logrado manifestar un sencillo ramo de flores para Miles.

Cuando le toco el brazo y le pregunto si se encuentra bien, siento un leve cosquilleo en vez del calor y el hormigueo habituales.

—Por supuesto que estoy bien. —Entorna los ojos, pero después alza los párpados lo justo para mirarme antes de cerrarlos con fuerza de nuevo. Y, a pesar de que nos hemos mirado apenas un instante, lo que he atisbado en sus ojos me deja helada y débil.

Esos no son los ojos cálidos y afectuosos a los que me he acostumbrado. Son unos ojos fríos, distantes, remotos… los mismos que ya he visto esta semana. Observo cómo se concentra: su frente se arruga, su labio superior se cubre de sudor. Está decidido a acabar de una vez para que podamos disfrutar de nuestra noche perfecta. Y, como no quiero que esto derive en una repetición de lo que ocurrió el otro día, cuando no consiguió abrir el portal, me pongo a su lado y cierro los ojos también.

Visualizo un hermoso ramo de dos docenas de rosas rojas en su mano, inhalo su potente aroma dulce y siento los suaves pétalos sobre sus largos y espinosos tallos…

—¡Ay! —Damen sacude la cabeza y se lleva el dedo a la boca, aunque la herida ya ha sanado antes de llegar a sus labios—. He olvidado ponerlas en un jarrón —dice, convencido de que ha creado las flores sin ayuda, y yo no pienso sacarle de su error.

—Déjame a mí —le digo en un intento por complacerlo—. Tienes mucha razón, necesito practicar —añado. Cierro los ojos y visualizo el jarrón que hay en el comedor de mi casa, ese que tiene un complicado diseño de espirales, grabados y facetas luminosas.

—¿Cristal Waterford? —Se echa a reír—. ¿Quieres que piense que nos hemos gastado una fortuna en esto?

Yo también me río, aliviada de que su comportamiento extraño haya llegado a su fin y de que vuelva a bromear. Me pone el jarrón en las manos y dice:

—Toma. Dale esto a Miles mientras yo voy a buscar el coche y lo traigo hasta la puerta.

—¿Estás seguro? —pregunto. La piel que rodea sus ojos parece tensa y pálida, y su frente todavía está algo húmeda—. Porque podemos entrar, felicitarlo y salir pitando. No hay por qué quedarse mucho rato.

—De esta forma podremos evitar la interminable fila de coches y marcharnos aún más deprisa. —Sonríe—. Creí que estabas impaciente por llegar al hotel…

Lo estoy. Estoy tan impaciente como él. Pero también estoy preocupada. Preocupada por su incapacidad para hacer aparecer las cosas, preocupada por la efímera expresión de frialdad de sus ojos. Contengo el aliento mientras él da un trago de su botella y me recuerdo a mí misma lo rápido que ha sanado su herida para convencerme de que eso es buena señal.

Y, a sabiendas de que mi preocupación solo conseguirá que se sienta peor, me aclaro la garganta y le digo:

—Está bien. Ve a por el coche. Me reuniré contigo dentro de un momento.

Con todo, no logro pasar por alto la sorprendente frialdad que noto en su mejilla cuando me inclino hacia delante para darle un beso.

Capítulo once

Cuando llego a los camerinos, Miles está rodeado de su familia y amigos, todavía con las botas blancas de gogó y el vestido corto que llevaba en su última escena como Tracy Turnblad en *Hairspray*.

—¡Bravo! ¡Has estado increíble! —exclamo al tiempo que le entrego las flores. No le doy un abrazo, ya que no puedo arriesgarme a recibir ninguna carga adicional de energía; estoy tan nerviosa que apenas puedo controlar la mía—. En serio, no tenía ni idea de que cantaras tan bien.

—Sí, sí que lo sabías. —Se aparta la enorme peluca a un lado y hunde la nariz entre los pétalos—. Me has oído cantar en el karaoke un montón de veces.

—Pero no así. —Sonrío, pero hablo en serio. Lo cierto es que lo ha hecho tan bien que estoy decidida a volver a verlo otra noche, con menos nervios—. Bueno, ¿dónde está Holt? —pregunto, porque aunque ya sé la respuesta, quiero intentar alargar la conversación hasta que llegue Damen—. Seguro que a estas alturas ya habéis arreglado las cosas, ¿no?

Miles frunce el ceño y señala a su padre. Me encojo un poco y articulo con los labios: «Lo siento». Por un momento he olvidado que únicamente ha salido del armario para sus amigos, no para sus padres.

—No te preocupes, no pasa nada —susurra al tiempo que agita sus pestañas falsas y se pasa las manos por los mechones rubios de su pelo—. Tuve una recaída temporal, pero ya se acabó y todo está perdonado. Y hablando del príncipe azul…

Me giro hacia la puerta, impaciente por ver a Damen. Mi corazón empieza a latir a marchas forzadas solo de pensar en él (un pensamiento espléndido y glorioso), y no me esfuerzo en disimular mi decepción cuando me doy cuenta de que Miles se refiere a Haven y a Josh.

—¿Qué te parece? —pregunta mientras los señala con la cabeza—. ¿Crees que durarán mucho?

Veo que Josh rodea la cintura de Haven con el brazo y la agarra con los dedos para acercarla más a él. Por mucho que el muchacho lo intenta, no sirve de nada. A pesar de que hacen muy buena pareja, Haven solo piensa en Roman (imita su pose, la forma en que echa la cabeza hacia atrás cuando se ríe, su manera de enlazar las manos) y toda su energía flota hacia él como si Josh no existiera. Y, aunque sus sentimientos parecen bastante unilaterales, por desgracia Roman es la clase de chico que estaría más que dispuesto a liarse con ella solo por darse el gusto.

Me giro hacia Miles y me obligo a hacer un gesto de indiferencia con los hombros, como si no me preocupara.

—Hay una fiesta para los actores en casa de Heather —dice Miles—. Todos iremos allí dentro de un rato. ¿Vais a venir?

Lo miro con expresión perpleja. Ni siquiera sé quién es esa chica.

—Es la que interpreta a Penny Pingleton.

Tampoco caigo en quién es el personaje, pero sé que es mejor no admitirlo, así que asiento con la cabeza como si la reconociera.

—¡No me digas que habéis estado tan ocupados con los besos que os habéis perdido la obra! —Sacude la cabeza de una manera que indica que solo bromea en parte.

—No seas ridículo, ¡la he visto entera! —Noto que me sonrojo, consciente de que él jamás se lo creerá, aunque más o menos es la verdad. Porque, aunque nos hemos comportado bien y no nos hemos pasado toda la obra besándonos, nuestras manos sí que se besaban (a juzgar por la forma en la que los dedos de Damen se entrelazaban con los míos) y nuestros pensamientos también estaban enrollados (con mensajes telepáticos). Porque aunque mis ojos no se han apartado del escenario en ningún momento, mi mente estaba en otra parte, en la habitación del Montage.

—¿Vais a venir o no? —pregunta Miles, que ya ha adivinado la respuesta y no está tan enfadado como pensaba—. ¿Dónde pensáis ir, entonces? ¿Qué puede ser más excitante que salir de fiesta con los protagonistas del espectáculo?

Lo miro y me siento tentada de contárselo, de compartir mi gran secreto con alguien en quien sé que puedo confiar. Pero cuando estoy casi decidida a soltárselo, Roman se acerca con Josh y con Haven.

—Vamos para allá. ¿Alguien necesita que lo lleve? El coche es un biplaza, pero hay sitio para uno más. —Roman me señala con la cabeza; su mirada resulta penetrante e indagadora, incluso cuando aparto la vista.

Miles niega con la cabeza.

—Yo voy con Holt, y Ever tiene cosas mejores que hacer. Un plan supersecreto que se niega a contarme.

Roman sonríe. Las comisuras de sus labios se elevan mientras me recorre de arriba abajo con la mirada. Y, aunque desde un punto de vista técnico sus pensamientos pueden considerarse más halagadores que groseros, por el solo hecho de que vienen de él me ponen de los nervios.

Aparto la mirada y me giro hacia la puerta; Damen ya debería haber llegado. Y, justo cuando estoy a punto de enviarle un mensaje telepático para decirle que entre y se reúna conmigo, Roman me interrumpe diciendo:

—Debe de ser un secreto para Damen también, porque él ya se ha marchado.

Me doy la vuelta y lo miro a los ojos. Se me forma un nudo en el estómago y un escalofrío recorre mi piel.

—No se ha marchado —le digo sin intentar disimular el tono cortante de mi voz—. Solo ha ido a buscar el coche.

Roman se limita a encogerse de hombros. Su mirada está llena de compasión cuando replica:

—Lo que tú digas… Pero me parece que deberías saber que hace un momento, cuando he salido a fumarme un cigarrillo, he visto a Damen abandonar el aparcamiento y marcharse a toda velocidad.

Capítulo doce

Atravieso a toda prisa la puerta que conduce al callejón y observo el estrecho espacio vacío mientras mis ojos se acostumbran a la oscuridad. Veo una hilera de contenedores de basura llenos a rebosar, una estela de cristales rotos, un gato callejero hambriento… pero ni rastro de Damen.

Avanzo con dificultad mientras mis ojos buscan sin descanso; mi corazón late tan aprisa que temo que se me salga del pecho. Me niego a creer que no esté aquí. Me niego a creer que me haya abandonado. ¡Roman es asqueroso! ¡Un embustero! Damen jamás se marcharía así, sin mí…

Deslizo los dedos por el muro de ladrillos en busca de apoyo, cierro los ojos para sintonizar su energía y le envío mensajes telepáticos de amor, necesidad y preocupación, pero la única respuesta que obtengo es un persistente vacío negro. Con el móvil apretado contra la oreja, esquivo los coches que se dirigen a la salida mientras miro por las ventanillas y dejo una serie de mensajes en su buzón de voz.

Se me rompe el tacón de la sandalia derecha, pero me limito a quitármelas y arrojarlas a un lado antes de seguir avanzando. Me importan un comino los zapatos. Puedo conseguir un centenar de pares más.

Sin embargo, no puedo hacer aparecer a otro Damen.

Cuando veo que el aparcamiento poco a poco se vacía y sigue sin haber ni rastro de él, me desplomo sobre el bordillo de la acera, sudorosa, exhausta y desalentada. Observo los cortes y las ampollas de mis pies, que se sanan casi de inmediato, mientras pienso en lo mucho que me gustaría poder cerrar los ojos y acceder a su mente... poder saber lo que piensa, aun cuando no lograra averiguar su paradero.

Pero lo cierto es que jamás he logrado introducirme en su cabeza. Es una de las cosas que más me gustan de él. El hecho de que esté psíquicamente fuera de mi alcance hace que me sienta normal. Y, paradojas de la vida, una de las cosas que más me gustan de él actúa ahora en mi contra.

—¿Necesitas ayuda?

Alzo la vista y descubro que Roman está de pie junto a mí, sacudiendo en una mano un juego de llaves y mis sandalias en la otra.

Sacudo la cabeza y aparto la mirada; sé que no estoy en condiciones de negarme a que me lleve a casa, pero prefiero caminar a gatas sobre brasas ardientes y cristales rotos que subirme a un coche de dos plazas con él.

—Vamos —me dice—. Prometo que no te morderé.

Recojo mis cosas, meto el teléfono móvil en el bolso y me aliso el vestido al tiempo que me levanto.

—Estoy bien —le aseguro.

—¿En serio? —Sonríe, y se acerca tanto que las puntas de nuestros pies casi se tocan—. Si te soy sincero, a mí me da la impresión de que no estás tan bien...

Me doy la vuelta y comienzo a dirigirme hacia la salida sin molestarme en detenerme cuando dice:

—Y eso significa que las cosas no te van muy bien. Mírate, Ever, por favor: estás desaliñada, descalza y… parece que tu novio te ha dejado plantada, aunque eso no lo sé con seguridad.

Respiro hondo y sigo andando con la esperanza de que se canse pronto de este jueguecito. Quiero que pase de mí y siga su camino.

—Pero incluso en ese estado patético de desesperación, tengo que admitir que estás como un tren… y espero que no te moleste que te lo diga.

Me detengo de inmediato y me doy la vuelta para mirarlo, a pesar de que estaba decidida a seguir adelante. Me siento incómoda cuando sus ojos empiezan a recorrer con un brillo inconfundible mi cuerpo de los pies a la cabeza, deteniéndose en mis piernas, mi cintura y mi pecho.

—No puedo ni imaginar en qué estaría pensando Damen, porque yo en su lugar…

—Nadie te lo ha preguntado —lo interrumpo. Cuando me doy cuenta de que comienzan a temblarme las manos, me recuerdo a mí misma que controlo la situación sin problemas, que no hay razón para sentirme amenazada… Que aunque parezca una chica indefensa normal y corriente, soy cualquier cosa menos eso. Soy más fuerte de lo que era; tan fuerte que, si realmente quisiera, podría derribar a Roman de un solo golpe. Podría mandarlo volando sobre el aparcamiento hasta el otro lado de la calle. Y no creáis que no siento la tentación de demostrárselo.

Él esboza esa sonrisa lánguida que funciona con todo el mundo menos conmigo, y sus gélidos ojos azules se clavan en los míos con una expresión tan sagaz, tan íntima, tan juguetona… que mi primer impulso es salir corriendo.

Pero no lo hago.

Porque todo en él es desafío, y no pienso dejar que gane.

—No necesito que me lleven a casa —digo al final. Me doy la vuelta para seguir caminando y siento un escalofrío al percibir que me sigue.

Noto su aliento congelado en la nuca cuando me dice:

—Ever, por favor, ¿quieres parar un momento? No pretendía molestarte.

Sin embargo, no me detengo. Sigo andando. Estoy decidida a poner tanta distancia entre nosotros como me sea posible.

—Venga… —Se echa a reír—. Solo intento ayudar. Todos tus amigos se han marchado, Damen ha desaparecido y ya no queda nadie del servicio de limpieza, lo que significa que soy tu única esperanza.

—Tengo muchas alternativas —murmuro. Lo único que quiero es que se largue de una vez·para poder hacer aparecer un coche y unos zapatos y largarme a casa.

—Yo no veo ninguna.

Hago un gesto negativo con la cabeza y sigo mi camino. La conversación se ha acabado.

—¿Estás insinuando que prefieres caminar hasta casa que subirte en un coche conmigo?

Llego al final de la calle y aprieto el botón del semáforo una y otra vez, deseando que se ponga en verde para poder cruzar al otro lado y librarme de él.

—No tengo ni idea de por qué hemos empezado tan mal, pero está claro que me odias y no sé por qué. —Su voz es suave, incitante, como si de verdad quisiera empezar de nuevo, dejar el pasado atrás, hacer las paces y todo eso.

Sin embargo, yo no quiero empezar de nuevo. Y tampoco quiero hacer las paces. Lo único que quiero es que se dé la vuelta y se largue a cualquier otro sitio. Que me deje sola para que pueda encontrar a Damen.

Con todo, no puedo dejar que se vaya así, no puedo permitir que sea él quien diga la última palabra. Lo miro por encima del hombro y le digo:

—No te des tantos aires, Roman. Para odiar a alguien tiene que importarte, así que es imposible que yo te odie.

Después cruzo a toda prisa la calle, a pesar de que el semáforo todavía no se ha puesto en verde. Siento el escalofrío que me provoca su penetrante mirada mientras esquivo a un par de listillos que han acelerado al ver la luz ámbar.

—¿Qué pasa con tus zapatos? —grita—. Es una pena que los dejes aquí. Estoy seguro de que se pueden arreglar.

Sigo andando. «Veo» cómo hace una reverencia a mi espalda, trazando un arco exagerado con el brazo mientras mis sandalias cuelgan de la punta de sus dedos. Sus potentes carcajadas me siguen por la avenida hasta la calle.

Capítulo trece

En el instante en que cruzo la calle, me escondo tras un edificio, echo un vistazo por la esquina y espero hasta que el Aston Martin rojo cereza de Roman sale a la carretera y se aleja. Aguardo unos minutos para estar segura de que se ha ido y que no piensa regresar.

Necesito encontrar a Damen. Necesito averiguar qué le ha ocurrido, por qué ha desaparecido sin decir palabra. Ha estado esperando (hemos estado esperando) esta noche cuatrocientos años, así que el hecho de que no esté aquí demuestra que ha ocurrido algo terrible.

No obstante, primero debo conseguir un coche. En Orange County no puedes ir a ningún sitio si no tienes coche. Así que cierro los ojos y visualizo el primero que se me viene a la cabeza (un Volkswagen Escarabajo azul cielo igual que el que solía llevar Shayla Sparks, la chica más popular que haya pisado jamás los pasillos del instituto Hillcrest). Recuerdo su divertido diseño y la capota de lona negra que parecía tan glamurosa… aunque también fuera de lugar bajo la incesante lluvia de Oregón.

Lo imagino con tanta claridad como si estuviera justo delante de mí: brillante, curvilíneo y adorable.

«Siento» cómo mis dedos se curvan sobre la manilla de la puerta y el tacto suave del cuero mientras me deslizo en el asiento. Y, cuando coloco un tulipán rojo en el soporte que tengo delante, abro los ojos y sé que mi vehículo está completo.

Aunque no sé cómo poner el motor en marcha.

Olvidé hacer aparecer la llave.

Sin embargo, como eso jamás ha detenido a Damen, vuelvo a cerrar los ojos y «deseo» que el motor cobre vida; recuerdo el sonido exacto que hacía el coche de Shayla mientras mi antigua mejor amiga, Rachel, y yo permanecíamos en la acera después de clase, mirando con envidia cómo sus amigas superguays se hacinaban en los asientos traseros y en el del acompañante.

Y en el instante en que el motor se pone en marcha, me encamino hacia la autopista de la costa. Creo que empezaré a buscar en el Montage, el hotel donde se suponía que acabaríamos esta noche, y luego seguiré a partir de ahí.

Hay mucho tráfico a esta hora de la noche, pero eso no me hace disminuir la velocidad. Me limito a concentrarme en los coches que me rodean, «veo» cuál va a ser el próximo movimiento de cada uno de ellos y ajusto mi trayecto en función de eso. Me muevo rápido y sin contratiempos por los espacios libres hasta que llego a la entrada del hotel, me bajo del Escarabajo y corro hacia el vestíbulo.

Me detengo solo cuando uno de los botones grita a mi espalda:

—¡Oiga, espere! ¿Dónde está la llave?

Hago una pausa mientras me esfuerzo por recuperar el aliento y hasta que no veo al joven mirándome los pies, no recuerdo que no solo no tengo llave, sino que también voy descalza. Aun así, sé que no puedo perder más tiempo del que ya he perdido, y como no quiero llevar a cabo todo el proceso de manifestación delante de él, cruzo la puerta a la carrera mientras grito:

—¡Déjelo en marcha, solo tardaré un segundo!

Me dirijo en línea recta hacia el mostrador principal y me cuelo delante de una fila de personas descontentas, todas cargadas con sacos de golf y maletas con monogramas, que no dejan de quejarse por tener que registrarse tan tarde a causa de un retraso de cuatro horas en su vuelo. Y, cuando me pongo delante de la pareja de mediana edad a la que le tocaba el turno, el volumen de las quejas y las protestas aumenta.

—¿Ha llegado ya Damen Auguste? —pregunto, ignorando los reproches que se escuchan detrás de mí. Me aferro al borde del mostrador con los dedos e intento mantener mis nervios a raya.

—Perdone, ¿quién ha dicho? —La mirada de la recepcionista se clava en la pareja que hay detrás de mí con una expresión que pretende decir: «No se preocupen, acabaré con esta chiflada enseguida».

—Damen… Auguste… —Pronuncio las palabras lenta y sucintamente, con mucha más paciencia de la que me queda.

La mujer me mira con los ojos entornados y sus finos labios apenas se mueven cuando replica:

—Lo siento, esa información es confidencial. —Se aparta la coleta del hombro con un movimiento tan concluyente y altanero que parece un punto al final de una frase.

Entorno los ojos y me concentro en su aura de color naranja intenso; sé que eso significa que las virtudes de las que más se enorgullece son la organización estricta y el autocontrol… Cosas de las que he mostrado una carencia total cuando me he saltado los turnos hace un instante. A sabiendas de que tengo que apelar a su lado amable si quiero tener alguna esperanza de obtener la información que necesito, resisto el impulso de mostrarme molesta y ofendida y le explico con calma que soy la huésped que comparte la habitación con él.

Ella me mira, mira a la pareja que hay detrás de mí, y luego dice:

—Lo siento, pero tendrá que esperar su turno. Igual-que-todos-los-demás.

Ahora sé que tengo menos de diez segundos antes de que llame a seguridad.

—Lo sé. —Bajo la voz y me inclino hacia ella—. Y de verdad que lo siento mucho. Pero es que…

Me mira y estira los dedos hacia el teléfono mientras yo me fijo en su nariz larga y recta, en sus labios delgados sin pintar y en la ligera hinchazón que hay bajo sus ojos… Y solo con eso, logro colarme en su interior.

La han abandonado. La han abandonado hace muy poco y aún sigue llorando todas las noches hasta quedarse dormida. Revive la horrible escena en todo momento, todos los días… Ese suceso la persigue allá adonde va, esté dormida o despierta.

—Es que… Bueno… —Hago una pausa para intentar que parezca que me duele demasiado pronunciar esas palabras, cuando lo cierto es que no sé muy bien qué palabras utilizar. Luego sacudo la cabeza y empiezo de nuevo, ya que sé que es mejor decir parte de la verdad cuando se necesita que una mentira parezca real—. Él no ha aparecido cuando se suponía que debía hacerlo, y a causa de eso… Bueno, lo cierto es que no sé si va a aparecer. —Trago saliva con fuerza y me siento algo incómoda al darme cuenta de que las lágrimas que inundan mis ojos son reales.

Cuando la miro de nuevo veo que su expresión es más suave: el rictus severo de sus labios, los párpados entornados y la inclinación arrogante de su barbilla han desaparecido gracias a la compasión, la solidaridad y el sentimiento de camaradería. Y entonces sé que mi treta ha funcionado. Ahora somos como hermanas, miembros leales de una tribu femenina formada por mujeres a las que sus hombres han abandonado recientemente.

Veo que teclea algo en su ordenador y me pongo en sintonía con su energía para poder ver lo que ella ve: las letras del monitor parpadean ante mí, mostrándome que nuestra habitación, la suite 309, todavía está vacía.

—Estoy segura de que solo se ha retrasado —me dice, aunque en realidad no lo cree. En su mente, todos los hombres son escoria; está convencida de ello—. Pero si puede mostrarme algún tipo de identificación y demostrar que es usted quien dice ser, podría…

Pero me marcho antes de que termine la frase. Me alejo del mostrador y corro hacia el exterior. No necesito ninguna llave. Jamás me alojaría en esa habitación triste y vacía para esperar a un chico que está claro que no va a aparecer. Necesito mantenerme ocupada, seguir buscando. Necesito examinar los únicos dos lugares en los que podría estar.

Cuando me meto en el coche y me dirijo hacia la playa, empiezo a rezar para encontrarlo.

Capítulo catorce

A parco cerca de Shake Shack y camino hacia el océano. Bajo casi a oscuras por el serpenteante sendero, decidida a encontrar la cueva secreta de Damen a pesar de que solo he estado allí en una ocasión: cuando estuvimos a punto de hacerlo. Y lo habríamos hecho… de no haber sido por mí. Supongo que tengo un largo historial de frenazos en el momento crucial. O eso, o acabo muerta. Como es obvio, tenía la esperanza de que esta noche fuera diferente.

Sin embargo, en el instante en que piso la arena y consigo llegar hasta su escondite, tengo la desgracia de contemplar que la cueva está tal y como la dejamos: las mantas y las toallas están dobladas y apiladas en un rincón, las tablas de surf están apoyadas contra las paredes, hay un traje de neopreno sobre una silla… Pero ni rastro de Damen.

Y, puesto que solo queda un lugar en mi lista de sitios donde buscarlo, cruzo los dedos y corro hacia el coche. Es sorprendente la rapidez y la soltura con que se mueven mis piernas. Mis pies apenas rozan la arena y recorro la distancia a tanta velocidad que al poco ya estoy de nuevo en el coche, saliendo del aparcamiento. Me pregunto desde cuándo soy capaz de hacer esto y qué otras habilidades inmortales podría tener.

Al llegar a la entrada de la urbanización, Sheila, la guardia de seguridad que me ha visto bastantes veces y que sabe que soy uno de los visitantes bienvenidos de la lista de Damen, sonríe y me hace una señal con la mano para que pase. Cuando subo la colina hacia su casa y aparco en el camino de entrada, lo primero que noto es que todas las luces están apagadas.

Y cuando digo todas, me refiero a todas. Incluyendo la que hay sobre la puerta, la que él siempre deja encendida.

Permanezco sentada en el Escarabajo; el motor ronronea mientras observo todas esas ventanas a oscuras. Una parte de mí quiere entrar por la puerta, subir a toda prisa las escaleras y adentrarse en su habitación «especial», esa en la que almacena sus recuerdos más preciados: los retratos que le hicieron Picasso, Van Gogh y Velázquez, junto a un montón de primeras ediciones de libros excepcionales… Reliquias de valor incalculable que hablan de su largo y remoto pasado y que están atesoradas en una estancia abarrotada en la que predominan los tonos dorados. Sin embargo, otra parte de mí prefiere quedarse donde está, a sabiendas de que no es necesario entrar para demostrar que no está en casa. El gélido e inquietante exterior del edificio con las paredes de piedra, la cubierta de tejas y las ventanas vacías carecen por completo de su cálida y afectuosa presencia.

Cierro los ojos y me esfuerzo por recordar lo último que dijo… algo sobre ir a buscar el coche para poder salir antes. Está claro que se refería a nosotros: podríamos salir antes para estar juntos por fin.

Nuestra cruzada de cuatrocientos años culminaría esta noche perfecta.

Es evidente que no quería salir antes para librarse de mí...

¿O no?

Respiro hondo y salgo del coche, porque sé que la única forma de obtener respuestas es poniéndome en movimiento. Las plantas de mis pies, fríos y húmedos, resbalan sobre el camino cubierto de rocío mientras busco las llaves, pero de pronto recuerdo que las he dejado en casa, ya que no imaginaba que fuera a necesitarlas precisamente esta noche.

Me quedo frente a la puerta, memorizando la curva de su arco, su acabado en caoba y los audaces y detallados grabados. Luego cierro los ojos y visualizo otra igual que esta. «Veo» mi puerta imaginaria abierta de par en par; nunca he intentado esto antes, pero sé que es posible, ya que en una ocasión fui testigo de cómo abría Damen la puerta de nuestro instituto... una puerta que estaba cerrada escasos momentos antes.

Sin embargo, cuando vuelvo a abrir los ojos descubro que lo único que he conseguido es manifestar otra puerta gigante de madera. Y puesto que no tengo ni la menor idea de qué hacer con ella (hasta ahora solo había hecho aparecer cosas que quería conservar), la apoyo contra la pared y me dirijo hacia la parte trasera.

Hay una ventana en la cocina; la misma ventana situada sobre el fregadero que él siempre deja entreabierta. Y después de deslizar los dedos bajo el borde y subirla hasta arriba, paso sobre el fregadero lleno de botellas de cristal vacías y salto al suelo. Mis pies aterrizan sobre las baldosas con un sonido apagado y no puedo evitar preguntarme si el allanamiento de morada se aplica también a las novias.

Observo la estancia y me fijo en la mesa y las sillas de madera, en la hilera de cacerolas de acero inoxidable, en la cafetera, la batidora y el exprimidor de última generación... Todo forma parte de la colección de los artilugios de cocina más modernos que el dinero puede comprar (o que Damen puede manifestar). Y todo ha sido seleccionado meticulosamente para dar la apariencia de una vida normal y acaudalada, como los accesorios de la hermosa decoración de una casa en miniatura, organizada a la perfección y sin utilizar.

Echo un vistazo al frigorífico esperando ver el abundante y habitual surtido de botellas de líquido rojo, pero solo encuentro unas cuantas. Y cuando miro en su despensa, el lugar donde deja que las nuevas remesas fermenten, se sazonen o lo que sea, en la oscuridad durante tres días, me quedo atónita al ver que también está casi vacía.

Permanezco inmóvil, contemplando el escaso número de botellas. Se me encoge el estómago y mi corazón empieza a latir con fuerza ante esta terrible imagen. Damen se muestra casi obsesivo en su empeño por tener siempre mucho líquido rojo disponible (más incluso desde que debe suministrármelo a mí también), y jamás permitiría que las cosas llegaran hasta este extremo.

No obstante, últimamente bebe muchísimo, tanto que su consumo casi se ha duplicado. Así que es muy posible que no haya tenido tiempo de hacer más.

Eso suena bien en la teoría, claro, pero no es muy plausible.

¿A quién pretendo engañar? Damen es de lo más organizado con estas cosas; demasiado, quizá. Jamás dejaría a un lado su obligación de fabricar el líquido... ni siquiera por un día.

No, a menos que algo vaya terriblemente mal.

Y, aunque no tengo ninguna prueba, el instinto me dice que esto está relacionado con el extraño comportamiento que muestra de un tiempo a esta parte: esas miradas vacías que me resulta imposible pasar por alto por más rápido que desaparezcan, los sudores, los dolores de cabeza, la incapacidad para manifestar objetos o el portal a Summerland... Sumado todo, parece evidente que está enfermo.

Solo que Damen no se pone enfermo.

Y cuando se clavó la espina del tallo de la rosa hace un rato, yo misma pude comprobar cómo sanaba la herida delante de mis narices.

Sin embargo, quizá tendría que empezar a llamar a los hospitales... solo para estar segura.

Damen jamás iría a un hospital. Lo vería como una señal de debilidad, de derrota. Es mucho más probable que se arrastrara como un animal herido y se escondiera en algún lugar en el que pudiera estar solo.

Solo que Damen no tiene heridas, porque estas se curan al instante. Además, jamás se arrastraría hasta ningún sitio sin decírmelo primero.

Con todo, también estaba convencida de que jamás se iría en el coche sin mí, pero tal y como han ido las cosas...

Registro sus cajones en busca de las Páginas Amarillas... otra de las cosas que utiliza en su esfuerzo por parecer normal. Porque, si bien es cierto que Damen nunca iría al hospital por voluntad propia, si se hubiera producido un accidente o cualquier otro incidente que escapara a su control, es posible que alguien lo hubiera llevado hasta allí sin su consentimiento.

Y, aunque eso contradice por completo la historia de Roman (falsa, a buen seguro) de que vio a Damen largándose a toda prisa, no me impide llamar a todos los hospitales de Orange County, preguntar si Damen Auguste ha sido ingresado y acabar en el mismo punto.

Después de llamar al último hospital, pienso en telefonear a la policía, pero descarto la idea con rapidez. ¿Qué iba a decirles? ¿Que mi novio inmortal de seiscientos años ha desaparecido?

Tendría la misma suerte recorriendo la autopista de la costa en busca de un BMW negro con los cristales tintados y un conductor guapísimo... la proverbial aguja en el pajar de Laguna Beach.

O... Bueno, siempre puedo quedarme aquí sentada, ya que él aparecerá tarde o temprano.

Mientras subo las escaleras hacia su habitación, me consuelo con la idea de que si no puedo estar con él, al menos puedo estar con sus cosas. Y cuando me acomodo en su sofá de terciopelo, contemplo las cosas que más aprecia con la esperanza de ser todavía una de ellas.

Capítulo quince

Me duele el cuello. Y tengo una sensación rara en la espalda. Y cuando abro los ojos y miro a mi alrededor… comprendo por qué. He pasado la noche en esta habitación. Justo aquí, en este antiguo sofá de terciopelo que fue diseñado para charlas triviales y coqueteos pícaros, pero no para dormir, desde luego.

Hago un esfuerzo para incorporarme y mis músculos se tensan en señal de protesta cuando me estiro, primero hacia arriba y luego hacia la punta de los pies. Y, después de mover el torso de un lado a otro y de inclinar el cuello adelante y atrás, me dirijo hacia las gruesas cortinas de terciopelo y las echo a un lado. La habitación se inunda de una luz tan brillante que se me llenan los ojos de lágrimas, así que las cierro de nuevo antes de que transcurra el tiempo necesario para acostumbrarme a la claridad. Me aseguro de que los bordes están bien juntos, de que no entra ni un rayo de luz en la estancia. Es necesario devolver al lugar su acostumbrado estado de noche, ya que Damen me ha advertido de que el fuerte sol del sur de California puede causar estragos en los objetos de esta habitación.

Damen.

El mero hecho de pensar en él me llena el corazón de tal anhelo, de tal dolor, que se me nubla la vista y empiezo a marearme. Mientras busco con la mano el aparador para aferrarme al detallado y elegante borde de madera, mis ojos recorren la sala y me recuerdan que no estoy tan sola como creo.

Su imagen me rodea por todas partes. Su retrato ha sido plasmado a la perfección por los más grandes maestros del mundo, encuadrado en marcos dignos de un museo y colgado en todas las paredes. Con el traje oscuro en el Picasso, con el semental blanco en el Velázquez… Cada uno de ellos muestra ese rostro que yo creía conocer tan bien, aunque ahora sus ojos me resultan fríos y burlones; su barbilla, alta y desafiante; y sus labios, esos labios cálidos y maravillosos que tanto he deseado saborear, parecen remotos, reservados, enloquecedoramente distantes, como si me advirtieran de que no me acercara.

Cierro los ojos, decidida a bloquear esa sensación, convencida de que el estado de pánico que invade mi mente solo conseguirá que me sienta peor. Me obligo a respirar hondo en varias ocasiones antes de llamarlo al móvil una vez más. Salta otra vez su buzón de voz, que registra una nueva ronda de: «Llámame»… «¿Dónde estás?»… «¿Te encuentras bien?»… «Llámame.» Mensajes que ya le he dejado un millón de veces.

Vuelvo a guardar el teléfono móvil en el bolso y echo un último vistazo a la habitación; mis ojos recorren la estancia con atención (evitando los retratos) para asegurarme de que no he pasado nada por alto. Debo cerciorarme de que no hay ninguna pista evidente sobre su desaparición que no haya tenido en cuenta, sin importar lo pequeña o insignificante que parezca. Ninguna pista que pueda aclararme «cómo» o «por qué».

Y, cuando tengo la certeza de que he hecho todo lo que está en mi mano, cojo el bolso y me dirijo hacia la cocina. Me detengo solo para escribir una breve nota en la que repito las mismas palabras que le he dicho por teléfono, porque sé que en el momento en que salga por la puerta, mi conexión con Damen será mucho más tenue de lo que ya es.

Tomo una honda bocanada de aire y cierro los ojos. Imagino el futuro que ayer mismo me parecía tan claro: ese futuro en el que Damen y yo estábamos juntos, felices, completos. Ojalá fuera posible hacer aparecer algo así, aunque sé en lo más profundo de mi corazón que no serviría de nada.

No se puede hacer aparecer a otra persona. Al menos no durante mucho tiempo.

Así pues, concentro mi atención en algo que sí puedo manifestar. Visualizo el tulipán rojo más perfecto del mundo, con pétalos suaves y un tallo largo. El símbolo de nuestro amor eterno. Y cuando siento que toma forma en mi mano, vuelvo a la cocina, rompo la nota y dejo el tulipán sobre la encimera.

Capítulo dieciséis

E cho de menos a Riley.

La echo tanto de menos que es como un dolor físico.

Porque en el momento en que comprendí que no me quedaba más remedio que informar a Sabine de que Damen no vendría a cenar (algo para lo que esperé hasta diez minutos después de las ocho, cuando quedó claro que no aparecería), comenzaron las preguntas. Y continuaron durante el resto del fin de semana, porque mi tía no dejó de acribillarme a preguntas: «¿Qué pasa? Sé que pasa algo malo. Ojalá hablaras conmigo. ¿Ha ocurrido algo con Damen? ¿Os habéis peleado?».

Y, aunque sí que hablé con ella (durante la cena, en la cual conseguí comer lo suficiente para convencerla de que no padecía ningún desorden alimenticio) y traté de asegurarle que todo iba bien, que Damen estaba ocupado y que yo me encontraba agotada después una noche muy larga en casa de Haven…, está claro que no me creyó. O, al menos, no creyó la parte en la que le aseguré que estaba bien. Lo de que pasé la noche en casa de Haven se lo creyó a pies juntillas.

Insistió una y otra vez en que debía de haber una explicación mejor para mis suspiros constantes y mis cambios de estado de ánimo, para pasar tan fácilmente del mal humor a la furia y luego a la depresión, y vuelta a empezar. Pero, aunque me sentía mal por mentirle, permanecí fiel a mi relato. Temía que al volver a revivir lo sucedido, al explicar que, a pesar de que mi corazón se niega a creerlo, mi mente no puede evitar preguntarse si él me dejó tirada a propósito... eso se convirtiera en realidad.

Si Riley estuviera aquí, las cosas serían diferentes. Podría hablar con ella. Podría contarle toda la sórdida historia de principio a fin. Porque ella no solo me comprendería, también conseguiría algunas respuestas.

Estar muerta es como tener un código de acceso universal. Riley puede ir allí donde le da la gana con solo pensarlo. Ningún lugar está fuera de su alcance: el planeta al completo es un objetivo permitido. Y no me cabe ninguna duda de que ella tendría mucho más éxito que todas mis llamadas telefónicas frenéticas y mis paseos en coche.

Porque al final, toda mi incoherente, torpe e ineficiente investigación ha dado como resultado: _____ (nada).

Sé tan poco este lunes por la mañana como el viernes por la noche. Y no importa cuántas veces llame a Miles o a Haven, porque su respuesta siempre es la misma: «Nada nuevo, pero te llamaremos en cuanto sepamos algo».

Sin embargo, si Riley estuviera aquí cerraría el caso en un abrir y cerrar de ojos. Obtendría resultados rápidos y respuestas exhaustivas, así que podría decirme exactamente a qué me enfrento y cómo debo proceder.

Pero Riley no está aquí. Y a pesar de que prometió enviarme alguna señal, segundos antes de que se marchara empecé a dudar de que lo hiciera. Y tal vez, solo tal vez, sea el momento de dejar de buscar esa señal y seguir con mi vida.

Me pongo unos vaqueros, unas chanclas, una camiseta sin mangas y otra de manga larga… y justo cuando estoy a punto de cruzar la puerta para ir al instituto, me doy la vuelta y cojo el iPod, la sudadera con capucha y las gafas de sol. Prefiero prepararme para lo peor, porque no tengo ni la menor idea de lo que me voy a encontrar.

—¿Lo has encontrado?

Hago un gesto negativo con la cabeza mientras observo a Miles, que se mete en mi coche, deja la mochila a sus pies y me mira con compasión.

—He intentado llamarlo —dice al tiempo que se aparta el pelo de la cara. Todavía tiene las uñas pintadas de rosa brillante—. He tratado incluso de pasarme por su casa, pero no me dejaron cruzar la puerta de entrada a la urbanización. Y, créeme, es mejor no meterse con la Gran Sheila. Se toma su trabajo muy, pero que muy en serio. —Se echa a reír con la esperanza de animarme un poco.

Sin embargo, me limito a encogerme de hombros. Desearía poder reírme con él, pero sé que no puedo. Estoy hundida desde el viernes, y la única cura es volver a ver a Damen.

—No deberías preocuparte demasiado —dice Miles, girándose hacia mí—. Estoy seguro de que está bien. Bueno, hay que admitir que no es la primera vez que desaparece.

Lo miro y percibo sus pensamientos antes de que las palabras salgan de sus labios. Sé que se refiere a la última vez que Damen desapareció, la vez que le dije que se marchara.

—Pero eso fue diferente —replico—. Confía en mí, esto no se parece en nada a lo de aquella vez.

—¿Cómo puedes estar tan segura? —Habla con pies de plomo, controlado, sin quitarme la vista de encima.

Respiro hondo y clavo la mirada en la carretera mientras me pregunto si debería contárselo o no. En realidad no he hablado con nadie desde hace mucho tiempo, no he confiado en ningún amigo desde antes del accidente… desde antes de que todo cambiara. Y en ocasiones cargar con tantos secretos hace que te sientas muy solo. Ojalá pudiera quitarme la capucha y chismorrear como una chica normal de nuevo.

Miro a Miles; estoy segura de que puedo confiar en él, pero no estoy tan segura de si él puede confiar en mí. Soy como una lata de refresco sacudida y agitada cuyos secretos burbujean en la superficie.

—¿Te encuentras bien? —me pregunta mirándome atentamente.

Trago saliva con fuerza.

—El viernes por la noche, después de tu representación… —Me quedo callada, consciente de que cuento con toda su atención—. Bueno… nosotros… teníamos planes.

—¿Planes? —Se inclina hacia mí.

—Grandes planes. —Asiento con la cabeza y esbozo una leve sonrisa, que desaparece de inmediato cuando recuerdo lo mal que salió todo.

—¿Cómo de grandes? —pregunta con los ojos puestos en los míos.

Sacudo la cabeza y observo la carretera que tengo al frente antes de responder:

—Bueno, los normales para un viernes por la noche. Ya sabes, habitación en el Montage, lencería nueva, fresas con chocolate y dos copas de champán…

—Ay, Dios… ¡No puede ser! —exclama con un chillido.

Le echo un vistazo y me fijo en cómo cambia su expresión cuando comprende lo ocurrido.

—Ay, Dios… No pudo ser, ¿verdad? No tuviste la oportunidad, ya que él… —Me mira—. Ay, Ever, lo siento muchísimo…

Hago un gesto de indiferencia con los hombros al ver la desolación que muestra su rostro.

—Escucha… —empieza a decir. Me coge del brazo cuando me detengo en un semáforo, aunque lo retira de inmediato cuando recuerda que no me gusta que me toque nadie que no sea Damen. Lo que desconoce es que solo intento hacer todo lo posible para evitar cualquier tipo de intercambio de energía indeseado—. Ever, eres guapísima, en serio. Sobre todo ahora que has dejado de llevar esas sudaderas holgadas con capucha… —Sacude la cabeza—. Bueno, lo que quería decir es que estoy seguro de que Damen no te ha dejado de manera voluntaria. Dejemos las cosas claras: cualquiera se daría cuenta de que ese chico está loco por ti. Y, gracias a que los dos dais muestras constantes de ello, todo el mundo se ha dado cuenta, créeme. ¡Es imposible que te haya dejado!

Lo miro con el deseo de recordarle lo que dijo Roman acerca de que Damen se había largado a toda prisa, de decirle que tengo la impresión de que ese tío está relacionado de algún modo con toda esta historia, que tal vez sea incluso el responsable… Pero, justo cuando estoy a punto de hacerlo, me doy cuenta de que no puedo, porque no tengo ninguna prueba en que basarme.

—¿Has llamado a la policía? —pregunta con expresión seria.

Aprieto los labios y entorno los ojos para protegerme de la luz del sol. Detesto tener que admitir que sí, lo he hecho, he llamado a la policía. Sé que si todo sale bien, si Damen aparece ileso, se enfadará bastante conmigo por haber atraído esa clase de atención sobre él.

Pero ¿qué otra cosa podía hacer? Supuse que si hubiera ocurrido un accidente o algo así, ellos serían los primeros en saberlo, así que el domingo por la mañana fui a la comisaría y rellené un informe. Respondí a todas las preguntas habituales: hombre de raza blanca, ojos castaños, cabello castaño... Hasta que llegamos a la edad y casi me atraganto cuando estuve a punto de responder: «Bueno... tiene aproximadamente seiscientos diecisiete años...».

—Sí, rellené un informe —respondo al final. Piso a fondo el acelerador en el mismo instante en que el semáforo se pone en verde y contemplo cómo sube la aguja del velocímetro—. Tomaron notas y dijeron que lo investigarían.

—¿Eso es todo? ¿Estás de broma? ¡Es menor de edad! ¡Ni siquiera es un adulto!

—Ya, pero está emancipado y eso cambia por completo las circunstancias: es legalmente responsable de sí mismo, y otras cosas más que no entendí muy bien. De todas formas, no estoy al tanto de sus técnicas de investigación y no me explicaron qué pensaban hacer —le digo.

Aminoro la marcha hasta conseguir una velocidad más normal ahora que nos acercamos al instituto.

—¿Crees que deberíamos pasar folletos que adviertan de su desaparición o montar una vigilia con velas como las que salen en la tele?

Se me encoge el estómago al escucharlo, aunque sé que Miles se está mostrando tan melodramático y bienintencionado como siempre. Sin embargo, hasta ahora nunca me había puesto a pensar que la cosa podía llegar hasta esos extremos. Estoy segura de que Damen aparecerá pronto. Tiene que hacerlo. ¡Es inmortal! ¿Qué puede haberle ocurrido?

Apenas acabo de formularme esa pregunta cuando me adentro en el aparcamiento y lo veo saliendo de su coche. Está tan impecable, tan sexy y tan guapo... que cualquiera diría que no ha pasado nada fuera de lo normal. Que los últimos días no han existido.

Piso los frenos a fondo y detengo el coche, obligando al conductor que viene por detrás a frenar en seco también. El corazón me late a mil por hora y me tiemblan las manos mientras contemplo al que hasta ahora era mi escultural novio desaparecido en combate, que se pasa la mano por el pelo con tanta deliberación, con tanta insistencia y concentración que cualquiera diría que es su única preocupación en el mundo.

Esto no es lo que esperaba.

—Pero ¿qué mierda está pasando aquí? —grita Miles, que mira a Damen con la boca abierta mientras se escucha el pitido del claxon de los coches que están detrás—. ¿Y por qué narices ha aparcado por ahí? ¿Por qué no ha cogido el segundo mejor sitio y nos ha reservado el primero a nosotros?

Y, puesto que no conozco las respuestas a ninguna de esas preguntas, aparco al lado de Damen con la esperanza de que él pueda dármelas.

Bajo la ventanilla, y me siento inexplicablemente tímida y torpe al ver que él no hace más que mirarme de reojo.

—Oye… ¿todo va bien? —le pregunto.

No puedo evitar encogerme por dentro al ver que él se limita a asentir, ya que no podía haber hecho nada más imperceptible para reparar en mi presencia.

Introduce el brazo en su coche y coge la mochila, aunque aprovecha la oportunidad para mirar su reflejo en la ventanilla del conductor.

Trago saliva con fuerza y le digo:

—Porque te marchaste sin más el viernes por la noche… y no pude localizarte en todo el fin de semana… y estaba bastante preocupada… Te he dejado algunos mensajes… ¿No los has escuchado? —Aprieto los labios, sintiéndome algo violenta después de tan patética, inútil y pusilánime sarta de preguntas.

¿«Te marchaste sin más»»? ¿«Bastante preocupada»?

Lo que quiero, en realidad, es gritarle: «OYE, TÚ, EL DE LA ROPA NEGRA Y AJUSTADA, ¿QUÉ MIERDA HA PASADO?».

Observo cómo se cuelga la mochila del hombro antes de mirarme. Sus rápidas y poderosas zancadas recorren la distancia que nos separa en pocos segundos. Pero solo la distancia física, no la emocional; porque cuando me mira a los ojos, parece estar a kilómetros de distancia.

Y, justo cuando me doy cuenta de que estoy conteniendo la respiración, se inclina hacia la ventanilla y acerca su cara a la mía para decirme:

—Sí. Recibí tus mensajes. Los cincuenta y nueve.

Siento su aliento cálido sobre mi mejilla y mi boca se abre de par en par. Busco sus ojos para encontrar la calidez que siempre me proporciona su mirada y me echo a temblar cuando solo obtengo por respuesta una expresión fría, oscura y vacía; mucho peor que la falta de reconocimiento que atisbé el otro día.

Porque cuando lo miro a los ojos me queda claro que me reconoce... y que desearía no hacerlo.

—Damen, yo... —Mi voz se rompe mientras un coche pita detrás de mí y Miles murmura algo entre dientes.

Y, antes de que tenga la oportunidad de aclararme la garganta y comenzar de nuevo, Damen sacude la cabeza y se aleja caminando.

Capítulo diecisiete

—¿Te encuentras bien? —pregunta Miles, cuyo rostro refleja la angustia y el dolor que mi entumecimiento me impide sentir.

Me encojo de hombros. No estoy bien. ¿Cómo voy a estar bien si ni siquiera estoy segura de qué va mal?

—Damen es un gilipollas —señala secamente.

Me limito a suspirar. Aunque no puedo explicarlo, aunque no logro comprenderlo, sé por instinto que las cosas son mucho más complicadas de lo que parecen.

—No, no lo es —murmuro. Salgo del coche y cierro la puerta con más fuerza de la necesaria.

—Ever, por favor… Venga, siento ser yo quien te lo diga, pero tú has visto lo que yo he visto, ¿verdad?

Empiezo a caminar hacia Haven, que espera junto a la puerta.

—Créeme, lo he visto todo —respondo.

Revivo la escena en mi mente una y otra vez; me fijo en sus ojos distantes, en su energía carente de entusiasmo, en su absoluta falta de interés en mí…

—Entonces, ¿estás de acuerdo en que es un gilipollas? —Miles me mira con atención para asegurarse de que no soy del tipo de chica que permite que un tío la trate de esa manera.

—¿Quién es un gilipollas? —pregunta Haven, que nos mira a uno y a otro.

Miles me pide permiso con la mirada y, al ver mi gesto indiferente, clava la vista en Haven y contesta:

—Damen.

Haven frunce el ceño mientras su mente se llena de preguntas. Pero yo tengo mi propio repertorio, cuestiones que probablemente no tengan respuesta. Por ejemplo:

«¿Qué narices ha ocurrido?».

Y:

«¿Desde cuándo Damen tiene aura?».

—Miles puede informarte de todo —le digo antes de alejarme.

Hoy más que nunca desearía ser normal, apoyarme en ellos y llorar sobre sus hombros como una chica normal y corriente. Pero resulta que esta situación es mucho más complicada de lo que sus ojos mortales son capaces de apreciar. Y, aunque todavía no puedo demostrarlo, si quiero obtener respuestas, tengo que ir directa a la fuente.

Cuando llego a clase, en lugar de titubear junto a la puerta como suelo hacer, me sorprendo a mí misma entrando sin más. Y cuando veo a Damen apoyado contra el borde de la mesa de Stacia sonriendo, bromeando y coqueteando con ella, me siento inmersa en un caso grave de *déjà vu*.

Puedes manejar la situación, me digo. Ya lo has hecho antes.

Recuerdo la época, no muy lejana, en la que Damen fingía interesarse en Stacia para poder llegar a mí.

Sin embargo, cuanto más me acerco, más segura estoy de que esto no tiene nada que ver con la última vez. En aquel entonces lo único que tenía que hacer era mirarlo a los ojos para encontrar un efímero brillo de compasión, un atisbo de arrepentimiento que no podía ocultar.

Ahora no aparta la vista de Stacia mientras ella lleva a cabo el ritual de batir pestañas, sacudir el pelo y presumir de escote… como si yo fuera invisible.

—Hum… perdonad. —Ambos levantan la vista, claramente molestos por mi interrupción—. Damen, ¿podría… hablar contigo un momento? —Me meto las manos en los bolsillos para que no vean cómo me tiemblan. Me esfuerzo por respirar tal y como lo haría una persona normal y relajada: inspirar y espirar, lenta y regularmente, nada de jadeos ni resuellos.

Stacia y él se miran un instante y estallan en carcajadas al mismo tiempo. Y justo cuando Damen está a punto de hablar, llega el señor Robins y exclama:

—¡Todo el mundo a su sitio! ¡Quiero veros a todos en vuestro lugar!

Así pues, señalo nuestras mesas y le digo:

—Después de ti.

Lo sigo y resisto el impulso de agarrarlo del hombro, darle la vuelta y obligarlo a mirarme a los ojos mientras le grito: «¿Por qué me has abandonado? ¿Qué te ha ocurrido? ¿Cómo pudiste hacerlo… esa noche precisamente?».

No obstante, sé que esa clase de confrontación directa me perjudicaría. Sé que si quiero llegar a alguna parte tengo que mantener la calma y la tranquilidad.

Dejo la mochila en el suelo y coloco el libro, el cuaderno y el bolígrafo sobre mi mesa. Sonrío como si no fuera otra cosa que una compañera circunstancial que quiere charlar un poco el lunes por la mañana y le digo:

—Bueno, ¿qué has hecho este fin de semana?

Él se encoge de hombros y recorre mi cuerpo con la mirada antes de clavar los ojos en los míos. Y es en ese preciso instante cuando me doy cuenta de los horribles pensamientos que me llegan desde su mente.

«Bueno, tengo que reconocer que mi acosadora al menos está buena», piensa, y frunce el ceño al verme extender la mano para coger el iPod. Quiero dejar de escucharlo, aunque sé que no puedo arriesgarme a perderme algo importante, por mucho que me duela. Además, nunca antes he tenido acceso a la mente de Damen, jamás he sido capaz de escuchar lo que pensaba. Pero ahora que puedo, no sé muy bien si quiero.

Luego tuerce la boca hacia un lado y entorna los ojos mientras piensa: «Es una lástima que sea una psicópata... Está claro que no merece la pena tirársela».

Esas palabras hirientes son como una puñalada en el pecho. Su crueldad me deja tan atónita que olvido que no estaba hablando en alto y le pregunto a voz en grito:

—¿Perdona? ¿Qué es lo que acabas de decir?

Todos mis compañeros se giran y me miran fijamente. Se compadecen de Damen por tener que sentarse a mi lado.

—¿Ocurre algo? —pregunta el señor Robins, que está mirándonos a ambos.

Permanezco sentada, sin habla. Mi corazón se derrumba cuando Damen mira al señor Robins y dice:

—No pasa nada. Esta tía es un bicho raro.

Capítulo dieciocho

Lo seguí. No me avergüenza admitirlo. Tenía que hacerlo. No me había dejado otra opción. Lo cierto es que si Damen insiste en evitarme, no me queda más remedio que vigilarlo.

Así que lo sigo cuando se termina la clase de lengua, y lo espero después de la clase de segunda hora… y también después de las que hay a tercera y a cuarta. Me quedo al fondo y lo observo desde la distancia, deseando haber cambiado todas mis clases como él quería en un principio. No se lo permití porque me parecía demasiado dependiente, demasiado agobiante; y ahora me veo obligada a merodear cerca de su puerta, a escuchar a escondidas sus conversaciones y los pensamientos que rondan su cabeza… Pensamientos que, por más que me horrorice admitirlo, son vanos, narcisistas y superficiales.

Pero ese no es el verdadero Damen. De eso estoy segura. No es que piense que es una manifestación de Damen, porque solo duran unos minutos. Lo que quiero decir es que está claro que le ha ocurrido algo. Algo grave que hace que actúe y se comporte como…, como la mayoría de los chicos del instituto. Porque, aunque nunca había tenido acceso a su mente hasta ahora, sé a ciencia cierta que antes no pensaba así. Ni tampoco actuaba así. No, este nuevo Damen es una criatura completamente distinta. Puede que exteriormente resulte igual… pero interiormente no se parece en nada.

Me dirijo a la mesa del comedor mientras me preparo para enfrentarme a cualquier cosa, pero no es hasta que abro la fiambrera y froto la manzana contra mi manga cuando me doy cuenta de que la verdadera razón por la que estoy sola no es que haya llegado temprano.

Se debe a que todos los demás me han abandonado también.

Levanto la vista al escuchar la risa familiar de Damen y lo encuentro rodeado por Stacia, Honor, Craig y el resto de la banda guay. Pero no me habría sorprendido tanto si no fuera porque Miles y Haven también están allí. Y mientras recorro con la mirada la mesa, dejo caer la manzana al suelo y siento que se me seca la boca al ver que ahora todas las mesas están juntas.

Los lobos comen ahora con los corderos.

Lo que significa que la predicción de Roman se ha cumplido.

El sistema de castas de la hora del almuerzo en el instituto Bay View ha sido derrocado.

—Bueno, ¿qué piensas? —pregunta Roman, que se sienta en el banco que hay frente a mí con una sonrisa de oreja a oreja, mostrando su orgullo por llevar razón—. Siento haberme presentado aquí así, pero te he visto admirando mi trabajo y he creído que debía venir a charlar contigo. ¿Te encuentras bien? —pregunta al tiempo que se inclina hacia mí. La expresión preocupada de su rostro parece auténtica, pero, por suerte, no soy tan estúpida como para tragármela.

Le sostengo la mirada, decidida a no apartar la vista mientras pueda. Tengo la impresión de que él es el responsable del comportamiento de Damen, de la deserción de Miles y de Haven, y de que el instituto al completo viva en paz y armonía… pero carezco de pruebas para demostrarlo.

Bueno, este tío es un héroe para todo el mundo, un auténtico Che Guevara, un revolucionario del almuerzo.

Pero para mí es una amenaza.

—Deduzco que llegaste a casa sana y salva, ¿no? —pregunta antes de darle un trago a su refresco sin apartar la vista de mí.

Echo un vistazo a Miles, que le está diciendo algo a Craig que hace que los dos estallen en carcajadas; luego observo a Haven, que le susurra algo al oído a Honor.

Sin embargo, no miro a Damen.

Me niego a ver cómo mira a los ojos a Stacia con la mano puesta encima de su rodilla, cómo bromea con ella y le dedica la mejor de sus sonrisas mientras sus dedos trepan hacia arriba por el muslo…

Ya he visto demasiado en clase de lengua. Además, estoy bastante segura de que solo están jugueteando… un primer paso titubeante hacia las cosas horribles que he visto en la mente de Stacia. Esa visión que me asustó tanto que tiré una sección entera de sujetadores a causa del pánico. No obstante, para cuando logré ponerme en pie y calmarme de nuevo, tuve la certeza de que lo había hecho a propósito; jamás se me ocurrió pensar que fuese una especie de premonición. Y, aunque todavía creo que ella creó esa imagen por despecho y que el hecho de que estén juntos ahora no es más que una mera coincidencia, debo admitir que resulta un poco perturbador ver que se ha cumplido.

Con todo, aunque me niego a mirar, intento prestar oídos a lo que dicen… con la esperanza de escuchar algo importante, algún intercambio de información vital. Pero justo cuando concentro mi atención e intento sintonizar con ellos, me encuentro con un enorme muro de sonidos: todas las voces y los pensamientos se mezclan, con lo cual me resulta imposible distinguir ninguno en particular.

—Me refiero al viernes por la noche, ya sabes… —continúa Roman, cuyos largos dedos golpean la lata. Al parecer, se niega a abandonar esa línea de interrogatorio a pesar de que yo no estoy dispuesta a participar— cuando te encontré sola. Debo decirte que me sentí fatal por dejarte así allí, Ever; pero después de todo, tú insististe.

Lo miro de reojo. No me interesa seguir su jueguecito, pero pienso que si respondo su pregunta tal vez me deje en paz.

—Llegué bien a casa. Gracias por preocuparte.

Esboza esa sonrisa suya que seguramente haya roto un millón de corazones… pero que a mí solo me provoca escalofríos. Se inclina hacia delante y dice:

—Vaya, mira por dónde… Eso ha sido un sarcasmo, ¿no?

Me encojo de hombros y bajo la vista hasta mi manzana antes de hacerla rodar adelante y atrás por encima de la mesa.

—Me gustaría que me dijeras qué he hecho para que me odies tanto. Estoy seguro de que tiene que haber una solución, una forma de remediar esto.

Aprieto los labios y clavo la mirada en la manzana; la hago rodar de lado, la aprieto con fuerza contra la mesa y noto cómo su piel suave comienza a resquebrajarse.

—Deja que te invite a cenar —dice con sus ojos azules fijos en los míos—. ¿Qué me dices? Una cita en toda regla. Solo nosotros dos. Llevaré a revisar el coche, compraré algo de ropa nueva, haré una reserva en algún lugar elegante… ¡La diversión está garantizada!

Por única respuesta, sacudo la cabeza y pongo los ojos en blanco. Sin embargo, Roman no se desanima, se niega a rendirse.

—Venga, Ever… Dame una oportunidad para hacerte cambiar de opinión. Podrás marcharte cuando quieras, te lo prometo. Pondremos incluso una palabra clave. Si en algún momento te parece que las cosas se han apartado demasiado de la zona donde te sientes cómoda, solo tienes que pronunciar la palabra clave y todo acabará; ninguno de nosotros volverá a hablar de ello de nuevo. —Aparta el refresco a un lado y extiende las manos hacia mí. Las puntas de sus dedos están tan cerca que aparto las manos de inmediato—. Vamos, cede un poco, ¿quieres? ¿Cómo puedes rechazar una oferta como esta?

Su voz es profunda y persuasiva; me mira directamente a los ojos, pero yo sigo haciendo rodar la manzana, contemplando cómo la pulpa empieza a librarse de la piel.

—Te prometo que no se parecerá en nada a las citas de mierda que tenías con el gilipollas de Damen. Para empezar, yo jamás dejaría a una chica tan preciosa como tú tirada en un aparcamiento. —Me mira y esboza una sonrisa antes de decir—: Bueno, lo cierto es que dejé a una chica preciosa como tú tirada en un aparcamiento, pero solo porque me lo pediste. ¿Ves? Ya he demostrado que estoy a tu servicio, dispuesto a obedecer todas tus órdenes.

—¿Qué pasa contigo? —digo al final. Clavo la vista en esos ojos azules sin acobardarme y sin apartar la mirada. Lo único que quiero es que me deje en paz y que vuelva a la otra mesa del comedor, en la que todo el mundo es bien recibido menos yo—. ¿Es que tienes que caerle bien a todo el mundo o qué? Y, si es así, ¿no te parece que eso refleja un poquito de inseguridad?

Suelta una carcajada. Y me refiero a una auténtica carcajada… vamos, que se está partiendo de risa. Y cuando por fin se calma, sacude la cabeza y dice:

—Bueno, no a todo el mundo. Aunque debo admitir que por lo general sí caigo bien a la gente. —Se inclina hacia mí y coloca su cara a escasos centímetros de la mía—. ¿Qué quieres que te diga? Soy un tipo simpático. La mayoría de la gente me encuentra encantador.

Hago un gesto negativo con la cabeza y aparto la mirada, cansada de que me tomen el pelo e impaciente por ponerle fin al juego.

—Bueno, pues siento tener que decírtelo, pero me temo que vas a tener que contarme entre las raras excepciones que no te consideran un encanto. Pero, te lo ruego, haznos un favor a los dos y no te tomes esto como un reto para hacerme cambiar de opinión. ¿Por qué no vuelves a tu mesa y me dejas en paz? ¿Para qué has juntado a todo el mundo si no querías formar parte de la diversión?

Me mira, sonríe y sacude la cabeza mientras se levanta del banco. Sus ojos se clavan en los míos cuando dice:

—Estás para comerte, Ever. En serio. Y, si no estuviera seguro de lo contrario, creería que intentas volverme loco a propósito.

Pongo cara de exasperación y miro hacia otro lado.

—Sin embargo, como no quiero estropear mi bienvenida y sé reconocer cuando alguien me manda a la mierda, creo que simplemente… —Apunta con el pulgar hacia la mesa donde está sentado todo el instituto—. Si cambias de opinión y quieres venir conmigo, estoy seguro de que podré convencerlos de que te dejen un sitio.

Niego con la cabeza y le hago una señal para que se largue. Noto la garganta tan seca que no me salen las palabras; porque, a pesar de las apariencias, sé que no he ganado esta batalla. De hecho, ni siquiera he estado cerca de hacerlo.

—Ah, por cierto... Pensé que querrías recuperar esto —dice mientras deja mis zapatos sobre la mesa, como si esas sandalias de falsa piel de serpiente fueran algo así como una oferta de paz—. Pero no te preocupes, no hace falta que me lo agradezcas. —Se echa a reír y me mira por encima del hombro para decir—: Deberías tratar un poco mejor a esa manzana, le estás dando una verdadera paliza.

La aprieto con más fuerza mientras lo veo acercarse a Haven, deslizar un dedo por su nuca y presionar los labios contra su oreja. Al final, la manzana revienta en mi mano. Su zumo pegajoso ha empezado a deslizarse por mis dedos y por mi muñeca cuando Roman vuelve la mirada y estalla en carcajadas.

Capítulo diecinueve

Cuando llego a clase de arte, voy directa hacia mi taquilla, me pongo el blusón, cojo las cosas y vuelvo de inmediato al aula, en la que he visto a Damen apoyado contra la puerta con una expresión peculiar en la cara. Una expresión que, a pesar de su extrañeza, me llena de esperanza, ya que sus ojos están vacíos, tiene la boca abierta y parece perdido y vacilante, como si necesitara urgentemente mi ayuda.

A sabiendas de que debo aprovechar el momento, me inclino hacia él y le toco con delicadeza el brazo antes de decir:

—¿Damen? —Tengo la voz ronca y temblorosa, como si fuera la primera vez que la uso en todo el día—. Damen, cielo, ¿estás bien? —Lo recorro con la mirada mientras lucho contra el impulso de apretar mis labios contra los suyos.

Él me observa con una pizca de reconocimiento al que pronto se unen el cariño, el anhelo y el amor. Y yo lo miro con los ojos llenos de lágrimas mientras acerco los dedos a su mejilla. Veo que su aura marrón rojiza se desvanece y sé que es mío una vez más...

Y luego:

—Oye, tía, muévete, venga... Estás cerrando el paso.

Y sin más dilación, el antiguo Damen desaparece y vuelve el nuevo.

Me aparta de un empujón y su aura resplandece: mi contacto le produce repulsión. Me apoyo contra la pared y me encojo al ver que Roman entra justo detrás y que, «accidentalmente», frota su cuerpo contra el mío.

—Lo siento, encanto. —Sonríe con mirada lasciva.

Cierro los ojos y me aferro a la pared en busca de apoyo. Me da vueltas la cabeza mientras la euforia del aura alegre y brillante de Roman, su energía intensa, efusiva y optimista me recorre de arriba abajo y me llena la mente de imágenes tan vivaces, tan afectuosas y tan inocuas que siento vergüenza: vergüenza por todas mis sospechas y por ser tan poco amable.

Y, sin embargo, hay algo que no encaja. Algo que desentona. La mayoría de las mentes son un torbellino de hechos, palabras apresuradas, remolinos de imágenes y sonidos estridentes que se mezclan para crear una sinfonía de lo más desafinada. Pero Roman tiene una mente ordenada, organizada, en la que un pensamiento sigue al otro con fluidez. Y eso hace que parezca forzado y artificial, como un guión escrito de antemano...

—A juzgar por tu aspecto, encanto, parece que eso te ha gustado tanto como a mí. ¿Seguro que no vas a cambiar de opinión con respecto a la cita?

Su gélido aliento me roza la mejilla; sus labios están tan cerca que temo que intente besarme. Y, justo cuando estoy a punto de empujarlo, Damen se sitúa a nuestro lado y dice:

—Venga, colega, no fastidies... ¿Qué estás haciendo? No merece la pena perder el tiempo con esta lerda.

No merece la pena perder el tiempo con esta lerda. No merece la pena perder el tiempo con esta lerda. No merece la pena perder el tiempo con esta lerda. No merece la pena perder el tiempo con esta lerda. No merece la pena perder el tiempo con esta lerda. No merece la pena perder el tiempo con esta...

—Ever, ¿has crecido?

Levanto la vista y descubro a Sabine a mi lado, pasándome un bol recién enjuagado que debe ir al lavaplatos. Y, solo después de parpadear unas cuantas veces, recuerdo que mi trabajo consiste en ponerlo ahí.

—Perdona, ¿qué has dicho? —le pregunto mientras mis dedos aferran la porcelana llena de jabón para meterla en el lavavajillas. Soy incapaz de pensar en otra cosa que no sea Damen, y las hirientes palabras que repito una y otra vez para torturarme.

—Me da la impresión de que has crecido. De hecho, estoy segura de ello. ¿No son esos vaqueros los que te compré hace poco?

Me miro los pies y me sorprendo al comprobar que se me ven varios centímetros de tobillo. Y eso me resulta aún más extraño cuando recuerdo que esta misma mañana los bajos me arrastraban por el suelo.

—Hum… tal vez —miento, porque ambas sabemos que sí son los mismos vaqueros.

Ella entorna los ojos y sacude la cabeza antes de decir:

—Estaba segura de que serían de tu talla. Según parece estás dando un estirón. —Se encoge de hombros—. Pero solo tienes dieciséis años, así que supongo que no es demasiado tarde.

«Solo dieciséis, sí, pero muy cerca de los diecisiete», pienso para mis adentros. Me muero de ganas de que llegue el día en que cumpla los dieciocho, me gradúe y me vaya a vivir a mi propia casa para poder estar a solas con mis oscuros secretos y permitir que Sabine recupere su vida tranquila y rutinaria. No tengo ni la menor idea de cómo voy a compensarla por toda su generosidad, y ahora, encima, debo añadir un par de pantalones vaqueros carísimos a la lista.

—Yo dejé de crecer a los quince, pero parece que tú vas a ser mucho más alta que yo. —Sonríe antes de pasarme un puñado de cucharas.

Le devuelvo una sonrisa débil mientras me pregunto cuánto más creceré. No quiero convertirme en uno de esos bichos raros gigantes, en una de esas chicas de las portadas de *Esto es increíble*. Crecer más de siete centímetros en un día no es normal… ni de lejos.

No obstante, ahora que Sabine lo menciona, también he notado que me crecen las uñas tan rápido que tengo que cortármelas casi todos los días, y que el flequillo me llega ahora por debajo de la barbilla, aunque solo hace unas semanas que me lo corté. Por no mencionar que el azul de mis ojos parece estar oscureciéndose paulatinamente y que mis dientes incisivos, que estaban torcidos, se han enderezado solos. Y, sin importar lo mal que la trate y lo poco que la limpie, la piel de mi rostro se mantiene tersa, sin manchas ni puntos negros.

¿Y ahora he crecido siete centímetros desde el desayuno?

Es obvio que solo puede deberse a una cosa: el brebaje rojo que he estado bebiendo. Bueno, aunque he sido inmortal durante casi la mitad del año, nada cambió realmente hasta que empecé a beberlo (salvo mi capacidad para curarme al instante). Sin embargo, desde que he comenzado a tomarlo, mis mejores rasgos físicos se han magnificado y realzado de repente, y los más mediocres se han perfeccionado.

Y, aunque una parte de mí se siente entusiasmada ante la perspectiva y siente curiosidad por averiguar en qué más voy a cambiar, otra parte no puede evitar notar que mi cuerpo se está preparando para la inmortalidad justo a tiempo para pasar el resto de la eternidad sola.

—Tal vez sea esa bebida que tomas siempre. —Sabine se echa a reír—. Quizá deba probarla. ¡No me importaría pasar la barrera del metro y sesenta y tres centímetros sin la ayuda de los tacones!

—¡No! —Las palabras salen de mis labios antes de que logre detenerlas, y sé que esa respuesta solo incrementará su curiosidad.

Sabine me mira con el ceño fruncido y el estropajo mojado en la mano.

—Lo que quiero decir es que seguro que no te gusta. De hecho, tengo la certeza de que detestarías esa bebida. En serio, tiene un sabor muy raro. —Asiento con la cabeza e intento componer una expresión despreocupada, ya que no quiero que sepa que lo que ha dicho me ha dejado preocupadísima.

—Bueno, no lo sabré hasta que la pruebe, ¿verdad? —me dice sin apartar la mirada de mis ojos—. De todas formas, ¿de dónde la sacas? No recuerdo haberla visto en los supermercados. Ni siquiera he visto que tenga etiqueta. ¿Cómo se llama?

—Me la trae Damen —respondo. Disfruto del sonido de su nombre en mis labios, aunque eso no ayuda a llenar el vacío que me ha dejado su ausencia.

—Bueno, pues pregúntaselo y tráeme alguna botellita, ¿quieres?

Y en el momento en que lo dice, sé que todo esto no se debe solo a la bebida. Sabine intenta que hable un poco, que le explique por qué Damen no fue a la cena del sábado y por qué no ha venido a casa desde entonces.

Cierro el lavavajillas y me doy la vuelta. Finjo limpiar la encimera, que ya está limpia, y evito mirarla a los ojos cuando digo:

—Bueno, la verdad es que no podré hacerlo. Porque lo cierto es que... nosotros... bueno... nos hemos dado algo así como un respiro. —Mi voz se rompe al final de una manera bochornosa.

Mi tía estira los brazos hacia mí con la intención de abrazarme, de consolarme, de decirme que todo irá bien. Y, aunque estoy de espaldas a ella y no puedo verla, puedo visualizarla en mi cabeza, así que doy un paso a un lado para ponerme fuera de su alcance.

—Ay, Ever, lo siento mucho. No sabía... —me dice. Deja los brazos a los costados, sin saber muy bien qué hacer con ellos ahora que me he apartado.

Hago un gesto afirmativo con la cabeza. Me siento culpable por mostrarme tan fría y distante con ella. Desearía poder explicarle que no puedo arriesgarme a un contacto físico porque no quiero conocer sus secretos. Que eso solo me distraería y me mostraría imágenes que no deseo ver. La verdad es que apenas puedo apañármelas con mis secretos, así que no tengo ningunas ganas de añadir los suyos a la lista.

—Ha sido algo... bastante repentino —le explico, aunque sé que no dejará el asunto hasta que me haya sonsacado algo más—. Ocurrió sin más, y... bueno... en realidad no sé qué más decir...

—Si necesitas hablar, cuenta conmigo.

—La verdad es que todavía no estoy preparada para hablar. Todo es demasiado reciente y aún estoy intentando superarlo. Quizá más adelante…

Me encojo de hombros con la esperanza de que, cuando llegue ese «más adelante», Damen y yo estemos juntos de nuevo y todo este asunto haya quedado resuelto.

Capítulo veinte

Estoy un poco nerviosa cuando llego a casa de Miles, ya que no sé muy bien qué voy a encontrarme. Sin embargo, cuando lo veo fuera esperando en el porche delantero, dejo escapar un pequeño suspiro de alivio al ver que las cosas no están tan mal como había imaginado.

Aparco en el camino de entrada, bajo la ventanilla y grito:

—Venga, Miles, ¡sube!

Él aparta la vista de su teléfono móvil, sacude la cabeza y dice:

—Lo siento, creí que te lo había dicho. Iré en el coche de Craig.

Me quedo mirándolo atónita; mi sonrisa se queda congelada mientras repito sus palabras en mi cabeza.

¿Con Craig? ¿El mismo Craig que sale con Honor? ¿El atleta troglodita sexualmente confuso cuyas verdaderas preferencias he descubierto escuchando sus pensamientos? ¿El mismo que vive para reírse de Miles porque eso hace que se sienta «seguro», como si no fuera uno de «ellos»?

¿Ese Craig?

—¿Desde cuándo eres amigo de Craig? —le pregunto mirándolo con los ojos entornados.

Miles se levanta de mala gana y se acerca a mí, dejando por un momento los mensajes de texto para decirme:

—Desde que decidí dejar de desperdiciar mi vida, dejar de ser un corto de miras y ampliar horizontes. Quizá tú deberías probar también. Resulta un tío bastante majo cuando lo conoces.

Lo observo mientras sus pulgares se afanan de nuevo y me esfuerzo por encontrar sentido a sus palabras. Me siento como si hubiera aterrizado de pronto en un universo paralelo absurdo en el que las animadoras cotillean con los góticos y los atletas salen con los colgados de teatro. Un lugar tan antinatural que en realidad jamás podría existir.

Pero existe. En un lugar conocido como instituto Bay View.

—¿El mismo Craig que te llamó marica y que te dio una paliza tu primer día de clase?

Miles se encoge de hombros.

—La gente cambia.

A mí me lo vas a decir…

Pero no es cierto.

O al menos no cambia tanto en un solo día, no a menos que tenga una buena razón para hacerlo… a menos que alguien esté manejando y controlando a la gente bajo cuerda, por decirlo de alguna manera. A menos que alguien los manipule contra su voluntad y los obligue a hacer y decir cosas que van completamente en contra de su naturaleza… Y todo sin su permiso, sin que ni siquiera se den cuenta.

—Lo siento, creía que te lo había dicho, pero supongo que he estado muy ocupado. No hace falta que vuelvas a venir a buscarme: ya tengo quien me lleve —me dice, descartando nuestra amistad con un gesto indiferente de los hombros, como si no tuviera más importancia que un viaje en coche hasta el instituto.

Trago saliva para resistir el impulso de agarrarlo por los hombros y exigirle que me cuente lo que ha ocurrido, por qué actúa así (por qué todo el mundo actúa de esa manera) y por qué todos han decidido ponerse en mi contra al mismo tiempo.

Pero no lo hago. De algún modo, consigo controlarme. Sobre todo, porque tengo la terrible sospecha de que ya conozco la respuesta. Y si resulta que tengo razón, Miles no tiene la culpa.

—Vale, me alegra saberlo. —Me despido con un movimiento de cabeza y me obligo a esbozar una sonrisa—. Supongo que nos veremos por ahí —le digo mientras tamborileo con los dedos sobre la palanca de cambios, a la espera de una respuesta que no va a llegar. Me alejo del camino de entrada cuando Craig aparca detrás de mí, toca el claxon un par de veces y me hace una señal para que me aparte.

En lengua las cosas van incluso peor de lo que había imaginado. No he llegado siquiera a la mitad del pasillo cuando descubro que ahora Damen se sienta con Stacia.

Habla de mí, le pasa notas y le susurra cosas al oído, mientras yo permanezco sola al fondo, como una completa y total marginada.

Aprieto los labios mientras me dirijo hacia mi sitio y escucho todos los susurros de mis compañeros de clase: «¡Lerda! ¡Ten cuidado, Lerda! ¡No vayas a caerte, Lerda!».

Las mismas palabras que he estado escuchando desde que salí de mi coche.

Y, aunque no tengo ni la menor idea de lo que significan, lo cierto es que no me molestan mucho, al menos hasta que Damen se une al coro. Porque en el instante en que él empieza a reírse y a burlarse igual que los demás, lo único que deseo es volver atrás. Regresar al coche e irme a casa, donde me siento segura...

Pero no lo hago. Necesito quedarme donde estoy. Asegurarme a mí misma que esto es temporal... que pronto llegaré al fondo de la cuestión... que no es posible que haya perdido a Damen para siempre.

Y, de alguna manera, eso me ayuda a seguir adelante. Bueno, eso y también el hecho de que el señor Robins le pide a todo el mundo que se calle. Cuando por fin suena el timbre y la gente se marcha, estoy ansiosa por largarme. Me encuentro junto a la puerta cuando oigo:

—¿Ever? ¿Puedo hablar contigo un momento?

Aprieto el picaporte de la puerta, con los dedos preparados para girarlo.

—No te entretendré demasiado.

Respiro hondo y me rindo, aunque pongo en marcha el iPod en cuanto veo la expresión de su rostro.

El señor Robins nunca me pide que me quede después de clase. No es de esos a los que les gusta hablar. Y lo cierto es que siempre he creído que hacer los deberes y sacar buenas notas en los exámenes me protegería de cosas así.

—No sé muy bien cómo decirte esto, no quiero sobrepasar mis límites... pero creo sinceramente que es mi obligación hablarte de un asunto. Se trata de...

Damen.

Se trata de mi auténtica alma gemela. Mi amor eterno. Mi mayor admirador durante los últimos cuatrocientos años, a quien ahora le doy asco.

Se trata de que esta misma mañana él le ha pedido permiso para cambiarse de sitio.

Porque piensa que soy una acosadora.

Y ahora, el señor Robins, un profesor de lengua recientemente separado que, a pesar de sus buenas intenciones, no sabe nada sobre mí, sobre Damen ni sobre otra cosa que no sean esas rancias novelas antiguas escritas por autores muertos, quiere decirme cómo funcionan las relaciones.

Que el amor de la juventud es muy intenso. Que todos los sentimientos son apremiantes, como si fueran lo más importante del mundo... aunque no lo sean. Habrá muchos más amores, solo debo dejar que pase el tiempo. Tengo que seguir adelante. Es crucial, sobre todo porque:

—Porque el acoso no es la solución —me dice—. Es un delito. Un delito muy grave, con consecuencias muy serias. —Frunce el ceño con la esperanza de resaltar la importancia de sus palabras.

—No lo estoy acosando —aclaro, aunque me doy cuenta demasiado tarde de que defenderme de esa palabra que empieza por «a» antes de seguir todos los pasos habituales («¿Le ha dicho eso?», «¿Por qué habrá hecho una cosa así?», «¿Qué pretendía?») como habría hecho una persona normal y corriente, me hace parecer sospechosa y culpable. Así pues, trago saliva con fuerza antes de añadir—: Oiga, señor Robins, me consta que tiene usted buenas intenciones y no sé lo que le habrá dicho Damen, pero, con el debido respeto...

Lo miro a los ojos y «veo» exactamente lo que le ha dicho Damen: que estoy obsesionada con él, que estoy loca, que me paseo en coche por delante de su casa día y noche, que lo llamo por teléfono una y otra vez para dejar mensajes escalofriantes, insistentes y patéticos... Y puede que eso sea cierto en parte, pero aun así...

De cualquier forma, el señor Robins no está dispuesto a dejarme terminar la frase; sacude la cabeza y dice:

—Ever, lo último que quiero es tomar posición en esto o interponerme entre Damen y tú, porque, para serte sincero, esto no es asunto mío y es algo que al final tendrás que solucionar tú sola. Y, a pesar de tu reciente expulsión, a pesar de que rara vez prestas atención en clase y de que dejas el iPod encendido mucho después de que yo te pida que lo apagues, aun así... eres una de mis mejores y más brillantes alumnas. No me gustaría ver cómo pones en peligro lo que podría ser un esplendoroso futuro... por un chico.

Cierro los ojos y vuelvo a tragar saliva. Me siento tan humillada que desearía poder desvanecerme en el aire... y desaparecer.

No, en realidad es algo mucho peor que eso: me siento mortificada, abochornada, horrorizada, deshonrada, cualquier cosa que defina el hecho de desear morirse de vergüenza.

—No es lo que usted piensa —le digo, sosteniendo su mirada y rogándole en silencio que me crea—. A pesar de las historias que pueda haberle contado Damen, las cosas no son lo que parecen —añado.

Escucho el suspiro del señor Robins y los pensamientos que cruzan su cabeza. El profesor desearía poder compartir conmigo lo perdido que se sintió cuando su mujer y su hija se fueron, que nunca creyó que pudiera seguir adelante... pero teme que sea inapropiado. Y lo cierto es que es inapropiado.

—Deberías darte un poco de tiempo, concentrar tu atención en otras cosas —dice. Es sincero en su deseo de ayudarme, pero teme estar sobrepasando sus límites—. Pronto descubrirás que…

Suena el timbre.

Me cuelgo la mochila del hombro, aprieto los labios y lo miro.

Observo cómo niega con la cabeza antes de decir:

—Está bien. Te escribiré un justificante. Eres libre para marcharte.

Capítulo veintiuno

Soy una estrella de YouTube.

Al parecer, las imágenes en las que aparezco intentando librarme de una inacabable cadena de sujetadores, tangas y ligueros en Victoria's Secret no solo me han hecho merecer el brillante apodo de «Lerda», sino que también han sido vistas 2.323 veces. Que resulta ser el número exacto de estudiantes del Bay View… Bueno, siempre que se tenga en cuenta a unos cuantos miembros del cuerpo facultativo.

Ha sido Haven quien me lo ha dicho. Me la he encontrado después de abrirme paso a trancas y barrancas entre un grupo de gente que me gritaba: «¡Hola, Lerda! ¡No te caigas, Lerda!», y ha sido lo bastante amable como para explicarme el origen de mi reciente popularidad y para mostrarme la dirección web del vídeo a fin de que pudiera observarme *lerdeando* en mi iPhone.

—Vaya, genial —le digo mientras sacudo la cabeza, consciente de que es el menor de mis problemas, pero aun así…

—Es una mierda, sí —conviene al tiempo que cierra la taquilla y me mira con una expresión que solo puede interpretarse como de lástima… Bueno, un breve instante de lástima, los pocos segundos que merece una lerda como yo—. ¿Algo más? Porque resulta que tengo que irme. Le prometí a Honor que…

La miro; y cuando digo que la miro, me refiero a que la miro de verdad: la escruto. Me fijo en que el mechón rojo de su flequillo es ahora de color rosa y que su piel pálida y su ropa oscura, típicas del look Emo, han sido sustituidas por un bronceado de aerosol, un vestido de colores vivos y el cabello ondulado, lo que la hace parecer uno de esos clones exclusivistas de los que siempre se reía. Sin embargo, a pesar de su nueva vestimenta, a pesar de que ahora pertenece a la banda guay, a pesar de todas las evidencias que tengo ante mis narices, no puedo creer que mi amiga sea responsable de lo que viste, lo que dice o lo que hace. Porque, aunque Haven tiene una marcada tendencia a pegarse a los demás y a imitar su comportamiento, conserva sus propias normas. Y sé con certeza que la brigada de Stacia y Honor es uno de los grupos al que jamás ha deseado unirse.

No obstante, soy consciente de que todo eso no hará que me resulte más fácil aceptarlo. Y, aunque me consta que es inútil, aunque está claro que no cambiará las cosas, la miro fijamente y le digo:

—No puedo creer que seas amiga de esas dos después de todo lo que me han hecho. —Sacudo la cabeza. Mi único deseo es que entienda lo mucho que me duele.

Escucho su respuesta unos segundos antes, pero eso no suaviza el golpe cuando dice en voz alta:

—¿Te empujaron? ¿Te dieron un empellón y te hicieron caer sobre esas perchas? ¿O eso lo hiciste tú solita? —Me mira con las cejas enarcadas, los labios fruncidos y los ojos entornados. Y yo permanezco inmóvil, atónita, callada, con la garganta tan constreñida que me resultaría imposible hablar aun en el caso de que deseara hacerlo—. Me parece… que deberías tomarte las cosas menos en serio, ¿no crees? —Pone los ojos en blanco y hace un gesto negativo con la cabeza—. Pretendían gastarte una broma. Serías muchísimo más feliz si cedieras un poco y dejaras de hablar de ti misma y de todo lo que te rodea con tanta seriedad. ¡Tienes que empezar a vivir la vida! En serio, Ever, piensa en ello, ¿vale?

Se da la vuelta y se adentra sin problemas entre la multitud de estudiantes, que se dirigen a la mesa extralarga del comedor en el nuevo éxodo del almuerzo. Yo, en cambio, echo a correr hacia la puerta de salida.

¿Para qué torturarme? ¿Para qué quedarme por aquí y ver a Damen coqueteando con Stacia? ¿Para que mis amigos me llamen «lerda»? ¿Para qué tener todas estas habilidades psíquicas si no puedo aprovecharlas y darles un buen uso… como marcharme del instituto?

—¿Te marchas tan pronto?

Hago caso omiso de la voz que escucho a mi espalda y sigo andando. Roman es la última persona con la que quiero hablar en estos momentos.

—¡Oye, Ever, espera un momento! —Se echa a reír y acelera el paso hasta que consigue caminar a mi lado—. En serio, ¿dónde está el fuego?

Abro el coche y me meto dentro antes de tirar de la puerta; me faltan unos centímetros para conseguir cerrarla cuando Roman la sujeta con la palma de la mano. Y, aunque sé que soy más fuerte, que si quisiera podría cerrar la puerta de golpe y salirme con la mía, lo cierto es que todavía no estoy acostumbrada a utilizar mi nueva fuerza inmortal… Y eso es lo único que me impide hacerlo, porque, aunque me cae muy mal, no me gustaría golpearlo con tanta fuerza como para arrancarle la mano.

Prefiero reservarme eso para cuando pueda necesitarlo.

—Tengo que irme, así que si no te importa… —Tiro de la puerta una vez más, pero él se limita a sujetarla con más fuerza. La expresión divertida de su rostro junto con la sorprendente fuerza de sus dedos me hace sentir una extraña punzada en el estómago, ya que esas dos cosas aparentemente inconexas apoyan mis más secretas sospechas.

Sin embargo, cuando lo miro de nuevo, cuando observo cómo levanta la mano para darle un trago a su refresco y veo que no tiene marcas en la muñeca ni tatuajes de serpientes que se muerden su propia cola (el mítico símbolo del uróboros, la señal de que un inmortal se ha convertido en un ser peligroso), las cosas dejan de encajar.

Porque el hecho es que Roman no solo come y bebe, no solo tiene aura y pensamientos accesibles (bueno, al menos para mí), sino que además, aunque que me cueste admitirlo, no muestra signos externos de maldad que yo pueda ver. Y, si se suman todas esas cosas, resulta obvio que mis sospechas no son solo paranoicas, sino también infundadas.

Lo que significa que no es el malévolo inmortal renegado que yo creía que era.

Lo que significa que no es el responsable de que Damen me haya dejado ni de la traición de Miles y Haven. No, parece que eso es culpa mía.

Y aunque todas las evidencias me llevan hasta este punto… me niego a aceptarlo.

Porque cuando vuelvo a mirarlo, se me acelera el pulso, se me hace un nudo en el estómago y me siento abrumada por una sensación de miedo e intranquilidad. Y eso hace que me resulte imposible creer que Roman sea un joven inglés que ha acabado por casualidad en nuestro instituto y que se ha colado por mí.

Porque si hay algo que sé con certeza es que todo iba bien hasta que él llegó.

Y que desde entonces nada ha vuelto a ser igual.

—¿Te piras durante el almuerzo?

Pongo los ojos en blanco. Es bastante obvio que lo voy a hacer, así que no tengo por qué malgastar el tiempo dándole una respuesta.

—Y veo que tienes espacio para uno más. ¿Te molestaría que te acompañara?

—La verdad es que sí. Así que, si no te parece mal, quita esa... —Señalo su mano y agito los dedos de ese modo que internacionalmente significa: «¡Lárgate!».

Roman levanta las manos en un gesto de rendición y sacude la cabeza antes de decirme:

—No sé si te has dado cuenta, Ever, pero cuanto más me evitas, más ganas me dan de atraparte. Sería mucho más sencillo para ambos que te rindieras y me dejaras ganar la carrera.

Entorno los ojos en un intento por ver más allá de su aura resplandeciente y sus bien ordenados pensamientos, pero encuentro una barrera tan impenetrable que, o bien es el final de la carretera, o es algo mucho peor de lo que pensaba en un principio.

—Si insistes en darme caza... —le digo con mucho más aplomo del que siento—, será mejor que empieces a entrenarte. Porque tendrás que correr una maratón, colega.

Roman se encoge, da un respingo y abre los ojos de par en par, como si lo hubiera herido. Y, si no supiera lo contrario, pensaría que es cierto. Pero resulta que sé que no lo es. Solo está actuando, poniendo en práctica unas cuantas expresiones faciales para dar un efecto dramático al asunto. Y yo no tengo tiempo para ser el blanco de sus bromas.

Pongo la marcha atrás y salgo de la plaza de aparcamiento con la esperanza de poder dejar las cosas como están.

Sin embargo, él sonríe y golpea la capota de mi coche antes de decir:

—Como quieras, Ever. Que empiece el juego.

Capítulo veintidós

No me voy a casa.

Iba a hacerlo. De hecho, tenía toda la intención de conducir hasta casa, subir las escaleras, saltar hasta la cama, enterrar la cara en una enorme pila de almohadas y echarme a llorar como un bebé enorme y patético.

Sin embargo, cuando estoy a punto de girar hacia mi calle, me lo pienso mejor. La verdad es que no puedo permitirme ese tipo de lujos. No puedo malgastar el tiempo. Así que, en lugar de eso, cambio de sentido y me dirijo hacia el centro urbano de Laguna. Me abro camino entre las empinadas y estrechas calles, paso junto a chalets bien atendidos con hermosos jardines y junto a las mansiones en forma de «L» que hay al lado. Voy a ver a la única persona que sé que puede ayudarme.

—Ever.

Sonríe al tiempo que se aparta el cabello rojizo ondulado de la cara y fija sus ojos castaños en los míos. Y, aunque he llegado sin previo aviso, no parece sorprendida lo más mínimo. Sus poderes psíquicos hacen que resulte muy difícil sorprenderla.

—Siento aparecer así, sin llamarte antes. Supongo que…

No me deja terminar la frase. Se limita a abrirme la puerta y hacerme un gesto para que pase. Me acompaña hasta la mesa de la cocina junto a la que ya me senté en otra ocasión: la última vez que tuve problemas y no tenía nadie más a quien acudir.

Hubo un tiempo en el que la despreciaba; la despreciaba con toda mi alma. Y, cuando empezó a convencer a Riley de que debía avanzar (de que debía cruzar el puente hacia el lugar donde la esperaban nuestros padres y Buttercup), la odié incluso más. No obstante, aunque antes la consideraba mi peor enemiga junto con Stacia, ahora me parece que ha pasado ya mucho tiempo desde todo aquello. La miro mientras se mueve por la cocina para preparar un té verde con galletitas y me siento culpable por no haberme mantenido en contacto con ella, por venir solo cuando necesito ayuda desesperadamente.

Intercambiamos los cumplidos de rigor y después toma asiento enfrente de mí, acuna entre sus manos la taza de té y me dice:

—¡Has crecido! Sé que no soy muy alta, pero es que ahora me sacas casi un palmo…

Me encojo de hombros. No sé muy bien cómo lidiar con esto, pero tengo la certeza de que es mejor que me vaya acostumbrando. Si creces varios centímetros en cuestión de días, la gente suele notarlo.

—Supongo que he madurado tarde. Estoy «dando un estirón»… o algo así —replico. Esbozo una sonrisa torpe al darme cuenta de que necesito buscar una respuesta mucho más convincente, o al menos aprender a responder con más convicción.

Ella me mira y asiente con la cabeza. No se ha tragado ni una palabra, pero deja pasar el tema.

—Bueno, ¿cómo va el escudo? ¿Aguanta?

Trago saliva con fuerza y parpadeo una vez… y luego otra. Estaba tan concentrada en mi misión que había olvidado el escudo que me ayudó a crear. El escudo que me sirvió para bloquear todos los ruidos y sonidos la última vez que se fue Damen. El mismo escudo que desmantelé cuando regresó.

—Ah, bueno… digamos que me deshice de él —le digo. No puedo evitar encogerme por dentro cuando las palabras salen de mis labios, ya que recuerdo que nos llevó casi una tarde entera ponerlo en su lugar.

Ella sonríe y me observa por encima de su taza.

—No me sorprende. Ser normal no es tan bueno como dicen, al menos cuando ya has experimentado otras cosas…

Parto un trozo de la galletita de avena y hago un gesto indiferente con los hombros. Sé que si dependiera de mí, sería normal en ese sentido todos los días.

—Así que nos has venido por el escudo… ¿De qué se trata, entonces?

—¿Quieres decir que no lo sabes? ¿Qué clase de vidente eres tú? —Me echo a reír, aunque demasiado alto para un chiste tan pobre y estúpido.

Sin embargo, Ava se limita a encogerse de hombros y recorre el reborde de su taza con un dedo en el que lleva un anillo enorme antes de decir:

—Bueno, no tengo tanta experiencia como tú a la hora de leer mentes. Aunque sí que percibo algo muy serio en este asunto.

—Se trata de Damen —comienzo, aunque hago una pausa para apretar los labios—. Él… él… Ha cambiado. Se ha convertido en una persona fría, distante, incluso cruel, y yo… —Bajo la mirada. La verdad que subyace bajo esas palabras hace que resulte mucho más difícil pronunçiarlas—. No me devuelve las llamadas, no habla conmigo en el instituto, incluso ha cambiado de sitio en clase de lengua, y ahora… ahora sale con una chica que… Bueno, digamos sin más que es una chica horrible. Y, cuando digo horrible, me refiero a horrible de verdad. Así que ahora él también es horrible…

—Ever… —empieza a decirme con voz amable y mirada dulce.

—No es lo que piensas —le digo—. No es eso en absoluto. Damen y yo no rompimos, no teníamos problemas, no es eso. Un día todo iba genial… y al siguiente… no.

—¿Y ocurrió algo que precipitara ese cambio? —Tiene una expresión pensativa y no aparta sus ojos de los míos.

«Sí, vino Roman. Eso fue lo que ocurrió», pienso. Pero, dado que no puedo explicarle mis sospechas y decirle que Roman es un inmortal renegado (a pesar de todas las pruebas de lo contrario) que está empleando algún tipo de método de control mental de masas, la hipnosis o algún hechizo (aunque no estoy segura de si esto último es posible o no) con los estudiantes de Bay View, me limito a contarle el extraño comportamiento que muestra Damen últimamente: los dolores de cabeza, los sudores y otras cuantas cosas de las que me parece seguro hablar.

Después contengo el aliento mientras ella da un sorbo de su té y contempla el hermoso jardín a través de la ventana antes de volver a concentrar su mirada en mí.

—Cuéntame todo lo que sepas sobre Summerland —me dice.

Miro fijamente las dos mitades de la galletita que aún no me he comido y mantengo los labios cerrados. Nunca había oído mencionar esa palabra de una forma tan abierta y casual. Siempre lo había considerado un lugar sagrado que nos pertenecía a Damen y a mí. No tenía ni la menor idea de que los mortales también conocieran su existencia.

—Seguro que has estado allí. —Deja la taza y arquea las cejas—. ¿Durante tu experiencia cercana a la muerte, quizá?

Asiento mientras recuerdo las dos ocasiones en que he estado allí: la primera cuando morí; la segunda, con Damen. Y me quedé tan fascinada con aquella dimensión mágica y mística de grandes prados fragantes y árboles palpitantes... que no quería marcharme de aquel lugar.

—¿Visitaste los templos cuando estuviste allí?

¿Templos? Yo no vi ningún templo. Elefantes, playas y caballos... cosas que ambos hicimos aparecer, pero ningún tipo de residencia ni edificio.

—Los templos de Summerland, también conocidos como los Grandes Templos del Conocimiento, son legendarios. Creo que las respuestas que buscas se encuentran allí.

—Pero... pero ni siquiera sé muy bien cómo llegar allí sin Damen. Bueno, al menos sin morir y todo eso... —La miro—. ¿Cómo es posible que hayas oído hablar de ese lugar? ¿Has estado allí?

Ella niega con la cabeza.

—Llevo años intentando acceder. Y, aunque he estado muy cerca en varias ocasiones, jamás he conseguido atravesar el portal. Pero puede que, si combinamos nuestra energía, si aunamos nuestras fuentes por decirlo de alguna manera, consigamos pasar.

—Es imposible —le aseguro, recordando la última vez que intenté acceder de esa manera. Y, aunque Damen ya había empezado a mostrar signos de malestar, tenía más poder que Ava en su mejor día—. No es tan sencillo. Aunque juntáramos nuestra energía, nos resultaría mucho más difícil de lo que crees.

Sin embargo, ella sacude la cabeza y sonríe antes de levantarse de la silla.

—Nunca lo sabremos si no lo intentamos, ¿verdad?

Capítulo veintitrés

La sigo hasta que llegamos a un pasillo corto. Mis chanclas golpetean contra una alfombra roja trenzada mientras pienso: «Esto nunca funcionará».

Si no logré acceder al portal con Damen, ¿cómo voy a poder hacerlo con Ava? Porque, aunque parece una mujer con bastantes dotes psíquicas, la mayoría de sus habilidades solo sirven para las fiestas en las que se predice el futuro con cartas sobre una mesa plegable y se embellece con la esperanza de obtener una buena propina.

—Nunca funcionará si no crees en ello —me dice justo cuando se detiene frente a una puerta de color añil—. Tienes que tener fe en el proceso. Y, además, antes de entrar debes dejar libre tu mente de cualquier tipo de negatividad. Necesitas deshacerte de todos los pensamientos tristes, o de cualquier otra cosa que pueda deprimirte y llevarte a las palabras «No puedo».

Respiro hondo y contemplo la puerta mientras lucho contra el impulso de poner los ojos en blanco. No puedo evitar pensar: «Genial. Debería habérmelo imaginado». Este es el tipo de supercherías que te ves obligada a tolerar cuando tratas con Ava.

Pero lo único que digo es:

—No te preocupes por mí, estoy bien. —Asiento con la esperanza de parecer convincente, ya que quiero evitar su sistema de meditación en veinte pasos o cualquier otro rollo místico que pueda tener en mente.

No obstante, Ava permanece inmóvil, con las manos en las caderas y los ojos clavados en los míos. Se niega a dejarme entrar hasta que acceda a aligerar mi carga emocional.

Así pues, cuando me pide que cierre los ojos, lo hago.

Solo para acelerar los acontecimientos.

—Ahora, quiero que imagines que unas largas raíces emergen de las plantas de tus pies y se introducen profundamente en la tierra, que penetran en el suelo y se extienden sin cesar. Siente cómo profundizan más y más hondo, hasta que alcanzan el núcleo de la tierra y no pueden ir más allá. ¿Lo tienes?

Asiento mientras imagino lo que me cuenta, pero solo para que podamos ir al grano, no por que crea en ello.

—Ahora respira hondo; respira hondo unas cuantas veces y deja que tu cuerpo se relaje. Siente cómo se relajan tus músculos y la tensión se desvanece. Permite que cualquier emoción o pensamiento negativo desaparezca. Destiérralos de tu campo de energía y mándalos a paseo. ¿Puedes hacer eso?

Claro, lo que sea, pienso. Hago lo que me pide y me sorprendo bastante al descubrir que mis músculos empiezan a relajarse. Y, cuando digo que se relajan, me refiero a que se relajan de verdad. Como si descansara después de una larga batalla.

Supongo que no era consciente de lo tensa que estaba ni de cuánta negatividad arrastraba hasta que Ava me pidió que me liberara de ellas. Y, aunque estoy dispuesta a hacer cualquier cosa con tal de entrar en esa habitación y acercarme un poco más a Summer-land, debo admitir que parte de este rollo abracadabra funciona de verdad.

—Ahora concentra toda tu atención en la parte superior de la cabeza, en la coronilla. Imagina que un rayo sólido de luz blanca y dorada penetra por ese lugar y baja por tu cuello, el torso y las piernas hasta llegar a los pies. Siente cómo esa luz cálida y maravillosa sana cada parte de ti, cómo baña cada una de tus células tanto por dentro como por fuera. Todo rastro de tristeza y rabia se transforma en una energía llena de amor gracias a esta poderosa fuerza sanadora. Siente cómo esa luz inunda tu interior como un rayo constante de luminosidad, amor y absolución, un rayo sin principio ni fin. Y, cuando empieces a notarte más ligera, cuando empieces a sentirte limpia y purificada, abre los ojos y mírame. Pero solo cuando estés lista.

Hago lo que me dice, sigo todo el ritual de la luz blanca, decidida a participar y a fingir al menos que me tomo todos los pasos con seriedad, ya que parece importante para Ava. Y, cuando imagino un rayo dorado que atraviesa mi cuerpo, baña mis células y todo ese rollo, intento también calcular durante cuánto tiempo debo mantener los ojos cerrados para que no parezca que finjo.

Sin embargo, sucede algo extraño. Me siento más ligera, más feliz, más fuerte y, a pesar del estado de desesperación en el que he llegado a su casa, satisfecha.

Y cuando abro los ojos, veo que ella me sonríe y que todo su cuerpo está rodeado del aura de color violeta más hermosa que he visto jamás.

Abre la puerta y la sigo al interior. No puedo evitar parpadear y entornar los ojos mientras me acostumbro a las paredes de color púrpura de esa pequeña estancia casi sin amueblar que, a juzgar por su aspecto, parece servir de santuario.

—¿Es aquí donde lees el futuro? —pregunto mientras contemplo la gran colección de cristales, velas y símbolos icónicos que cubren las paredes.

Ella niega con la cabeza y se sienta en un almohadón bordado que hay sobre el suelo antes de darle unos golpecitos al que hay justo a su lado para indicarme que me siente también.

—La mayoría de las personas que vienen a mi casa ocupan un espacio emocional oscuro, y no puedo arriesgarme a que entren aquí. Me he esforzado mucho por mantener la energía de esta estancia pura, limpia y libre de toda oscuridad, así que no permito que nadie, ni siquiera yo, entre a menos que su energía haya sido purificada. Porque, aunque sé que crees que es una estupidez, también sé que te has sorprendido al ver lo bien que te sientes.

Aprieto los labios y aparto la mirada. Sé que no hace falta que me lea la mente para saber lo que estoy pensando. Mi rostro me delata... es incapaz de mentir.

—He pillado todo ese rollo de la luz sanadora —le digo mientras contemplo la persiana de bambú que cubre la ventana y la estantería llena de estatuillas de deidades de todo el mundo—. Y debo admitir que ha hecho que me sienta mejor. Pero ¿de qué va todo eso de las raíces? Me ha parecido bastante raro.

—Se llama «conectar con la tierra». —Sonríe—. Cuando has llegado a mi puerta, tu energía parecía muy dispersa, y eso te ha ayudado a contenerla. Te sugiero que lleves a cabo este ejercicio a diario.

—Pero ¿no nos impedirá llegar a Summerland si ya hemos conectado con la tierra aquí...?

Se echa a reír.

—No; en todo caso, te ayudará a permanecer concentrada en el lugar al que quieres ir realmente.

Contemplo la habitación y me fijo en que está tan abarrotada que resulta difícil ver lo que hay.

—Así que este es tu santuario personal, ¿no? —pregunto al final.

Ava sonríe mientras sus dedos juguetean con una hebra suelta de su almohadón.

—Es el lugar al que vengo a orar, meditar e intentar alcanzar las dimensiones del más allá. Y tengo el fuerte presentimiento de que esta vez conseguiré llegar hasta allí.

Flexiona las piernas para adoptar la posición del loto y me hace una señal para que yo haga lo mismo. Al principio no puedo evitar pensar que mis nuevas y larguiruchas piernas jamás se doblarán y se entrelazarán como las suyas; pero al cabo de un momento me quedo atónita al ver que se flexionan a la perfección y se colocan una encima de la otra de una manera cómoda y natural, sin el menor tipo de resistencia.

—¿Preparada? —me pregunta Ava al tiempo que clava sus ojos castaños en los míos.

Me encojo de hombros mientras me miro las plantas de los pies, asombrada de que estén tan visibles encima de mis rodillas. Me pregunto qué clase de ritual vamos a realizar a continuación.

—Estupendo. Porque ahora te toca a ti dirigir la sesión. —Suelta una risotada—. Yo nunca he estado allí antes, así que cuento con que tú nos muestres el camino.

Capítulo veinticuatro

No creí que sería tan fácil. Pensaba que no conseguiríamos llegar hasta allí. Sin embargo, después de realizar el ritual de cerrar los ojos e imaginar un brillante portal de luz resplandeciente, unimos nuestras manos, lo atravesamos de un salto y aterrizamos juntas sobre esa extraña hierba vibrante.

Ava me mira con los ojos desorbitados y la boca abierta de par en par, incapaz de pronunciar palabra.

Yo me limito a asentir y observo lo que me rodea. Sé muy bien cómo se siente, porque, aunque ya he estado aquí antes, eso no significa que me parezca menos surrealista.

—Oye, Ava —le digo mientras me pongo en pie y me sacudo la parte trasera de los vaqueros, impaciente por ejercer de guía turística y mostrarle lo mágico que puede resultar este lugar—, imagina algo. Cualquier cosa. Un objeto, un animal… incluso a una persona. Cierra los ojos y visualízalo con tanta claridad como puedas, y después…

La observo mientras cierra los ojos. Mi nerviosismo aumenta cuando frunce el ceño y se concentra en el objeto de su elección.

Y cuando los abre de nuevo, se lleva las manos al pecho y mira fijamente hacia delante.

—¡Ay! ¡Ay! ¡No puede ser! Pero mira… Es igualito que él, ¡y parece tan real!

Se arrodilla sobre la hierba, da palmadas y no deja de reír de felicidad mientras un hermoso golden retriever salta a sus brazos y cubre sus mejillas con torpes lametones. Ella lo abraza con fuerza contra su pecho mientras murmura su nombre una y otra vez; y es entonces cuando sé que debo advertirle de que en realidad no es su perro.

—Ava, siento tener que decírtelo, pero me temo que él no es…
—Sin embargo, antes de que pueda terminar de hablar, el perro se aparta de sus brazos y se desdibuja en un patrón de píxeles vibrantes que pronto desaparece por completo. Y, cuando veo la desolación de su rostro, siento un nudo en el estómago. Me siento culpable por haber iniciado este juego—. Debería habértelo explicado —le digo. Desearía no haber sido tan impulsiva—. Lo siento mucho.

Ella asiente con la cabeza y parpadea para deshacerse de las lágrimas mientras se sacude la hierba de las rodillas.

—No pasa nada. De verdad. Sabía que era demasiado bueno para ser verdad, pero quería verlo de nuevo, disfrutar de este momento… —Se encoge de hombros—. Bueno, no me arrepiento en absoluto, aunque no fuera real. Así que tú tampoco te arrepientas, ¿vale? —Me coge la mano y me la aprieta con fuerza—. Lo he echado muchísimo de menos y volver a verlo, aunque fuera unos segundos, ha sido un extraño y precioso regalo. Un regalo que he recibido gracias a ti.

Asiento y trago saliva con la esperanza de que hable en serio. Y, aunque podríamos pasar las próximas horas manifestando todo aquello que nuestro corazón desee, lo cierto es que mi corazón solo desea una cosa. Además, después de presenciar el encuentro de Ava con su adorada mascota, me da la impresión de que el placer que proporcionan las cosas materiales no merece la pena.

—Así que esto es Summerland… —me dice mientras mira a su alrededor.

—Así es. —Asiento con la cabeza—. Pero lo único que he visto ha sido este prado, ese arroyo y unas cuantas cosas más que no existían hasta que yo las hice aparecer. ¿Ves ese puente de allí a lo lejos, donde se asienta la niebla?

Se da la vuelta y hace un gesto afirmativo al verlo.

—No te acerques allí. Conduce al otro lado. Ese es el puente del que te habló Riley, el que cruzó cuando la convencí de que lo hiciera… después de un poco de persuasión por tu parte.

Ava lo observa atentamente con los ojos entornados.

—Me pregunto qué ocurriría si alguien intentara atravesarlo… —dice—. Ya sabes, sin estar muerto, sin ese tipo de invitación…

Hago un gesto de indiferencia con los hombros, ya que no siento la menor curiosidad por descubrirlo.

—Yo no te lo recomendaría —replico cuando veo la expresión de su mirada y me doy cuenta de que está sopesando sus opciones, preguntándose si debería intentar cruzarlo aunque solo sea para satisfacer su curiosidad—. Es posible que no regreses —añado en un intento por recalcar la seriedad del asunto, ya que ella no parece verla. Aunque supongo que Summerland tiene ese efecto: es un lugar tan hermoso y mágico que te incita a correr riesgos que por lo general no correrías.

Me mira, no del todo convencida; está impaciente por marcharse de aquí y ver más cosas. Así que enlaza su brazo con el mío y me dice:

—¿Por dónde empezamos?

Puesto que ninguna de las dos tiene la menor idea de por dónde empezar… nos limitamos a caminar. Paseamos por el prado de flores danzantes y nos abrimos camino a través del bosque de árboles palpitantes; atravesamos el arroyo irisado lleno de todo tipo de peces y encontramos un sendero que, después de muchas curvas y recodos, nos conduce hasta un largo camino desierto.

Sin embargo, no se trata de un camino de baldosas amarillas ni pavimentado con oro. No es más que una calle normal con asfalto normal, como las que se ven en la ciudad.

Aunque tengo que admitir que es mejor que las calles de mi ciudad, porque esta está limpia y prístina, sin baches ni marcas de frenazos; de hecho, todo parece tan nuevo y resplandeciente que cualquiera diría que nunca ha sido usado, cuando lo cierto es, al menos según Ava, que Summerland es más antiguo que el propio tiempo.

—¿Qué es lo que sabes exactamente sobre esos templos, sobre los Grandes Templos del Conocimiento como los llamaste? —pregunto mientras alzo la vista para contemplar un impresionante edificio de mármol blanco con todo tipo de ángeles y criaturas místicas grabadas en sus columnas. Me pregunto si podría ser el lugar que buscamos. Parece lujoso aunque formal, soberbio sin llegar a ser formidable, tal y como me imaginaba que sería un templo del conocimiento.

Ava se encoge de hombros, como si ya no le interesara lo más mínimo. Lo cual no me hace ninguna gracia.

Parecía muy segura de que la respuesta se encontraba allí; insistió muchísimo en que uniéramos nuestra energía y viajáramos juntas, y sin embargo, ahora que lo hemos hecho, está tan fascinada con el poder de la manifestación instantánea que es incapaz de concentrarse en nada más.

—Solo conocía su existencia —dice mientras extiende las manos por delante y las gira de un lado a otro—. He leído unas cuantas veces sobre ellos en mis estudios.

Y, con todo, ¡lo único que pareces estudiar ahora son esos enormes anillos llenos de joyas que has hecho aparecer en tus dedos!, exclamo para mis adentros. No pronuncio las palabras, pero sé que si ella se molestara en mirar, vería el enfado reflejado en mi cara.

Sin embargo, Ava se limita a sonreír mientras hace aparecer un cargamento de pulseras a juego con sus nuevos anillos. Y, cuando comienza a mirarse los pies en busca de unos zapatos nuevos, sé que ha llegado el momento de ponerle fin.

—¿Qué debemos hacer cuando lleguemos allí? —pregunto, decidida a mantenerla concentrada en la verdadera razón por la que estamos aquí. Yo he cumplido mi parte, así que lo mínimo que puede hacer ella es cumplir la suya y ayudarme a encontrar el camino—. ¿Y qué debemos investigar una vez que lo encontremos? ¿Dolores súbitos de cabeza? ¿Brotes incontrolables de sudoración? Por cierto, ¿crees que nos dejarán entrar?

Me doy la vuelta esperando que me eche la bronca por mi persistente negatividad, por ese pesimismo rampante que se desvanece durante un tiempo pero que nunca desaparece del todo… y descubro que Ava ya no está.

La mujer está completa, inconfundible e irremisiblemente… ¡ausente!

—¡Ava! —grito mientras me giro a uno y otro lado. Entorno los ojos para intentar ver algo más allá del brillo de la niebla, ese resplandor eterno que no emana de ningún lugar específico y que sin embargo parece impregnarlo todo en este lugar—. Ava, ¿dónde estás? —exclamo mientras corro por esa larga calle desierta.

Me detengo para mirar por las ventanas y las puertas, y me pregunto por qué hay tantas tiendas, restaurantes, galerías de arte y salas de exposiciones si no hay nadie que pueda utilizarlas.

—No la encontrarás.

Me giro y veo a una niña pequeña de pelo oscuro detrás de mí. Su cabello liso le llega a los hombros, y sus ojos, casi negros, están enmarcados por un flequillo tan recto que parece cortado con una navaja.

—La gente se pierde aquí. Ocurre todo el tiempo.

—¿Quién…? ¿Quién eres tú? —pregunto. Me fijo en que lleva una blusa blanca recién planchada, una falda de tablas, una chaqueta de punto azul y calcetines hasta las rodillas… la ropa típica de una alumna de una escuela privada. Pero sé que no es una alumna normal y corriente… no, si está aquí.

—Soy Romy —dice sin mover los labios. La voz que he escuchado viene de detrás de mí.

Me giro y veo a la misma chica, que se echa a reír y dice:

—Y ella es Rayne.

Vuelvo a girarme y veo que Rayne sigue detrás de mí, y que Romy camina para reunirse con ella. Hay dos chicas idénticas delante de mí y todo en ellas (su cabello, sus ropas, sus rostros, sus ojos…) es exactamente igual.

Salvo los calcetines. Romy los lleva caídos, mientras que Rayne los lleva subidos hasta las rodillas.

—Bienvenida a Summerland. —Romy sonríe mientras Rayne me recorre con la mirada con expresión suspicaz—. Sentimos lo de tu amiga. —Le da un codazo a su gemela y, al ver que esta no responde, añade—: Y Rayne también lo siente. Lo que pasa es que no quiere admitirlo.

—¿Sabéis dónde puedo encontrarla? —digo, preguntándome de dónde pueden haber salido.

Romy se encoge de hombros.

—Ella no quiere que la encuentren. Así que te hemos encontrado a ti.

—¿De qué estás hablando? ¿De dónde habéis salido? —pregunto. Nunca he visto a nadie en mis anteriores visitas.

—Eso es porque no querías ver a nadie —dice Romy en respuesta al pensamiento que me ronda por la cabeza—. No lo has querido hasta ahora.

La miro con expresión incrédula. La cabeza empieza a darme vueltas al comprender que esa niña puede leerme los pensamientos…

—Los pensamientos son energía. —Hace un gesto despreocupado con los hombros—. Y Summerland no es otra cosa que energía magnificada, intensa y dinámica. Tan intensa que puedes leerla.

Y, en el momento en que lo dice, recuerdo que cuando vine aquí con Damen podíamos comunicarnos telepáticamente. Sin embargo, en aquel momento creía que era cosa de nosotros dos.

—Pero, si eso es cierto, ¿por qué no podía leer la mente de Ava? ¿Y cómo es posible que haya desaparecido así?

Rayne pone los ojos en blanco mientras Romy se inclina hacia delante. A pesar de que parece mucho más joven que yo, su voz es suave y grave, como si le estuviese hablando a un niño pequeño:

—Porque tienes que desear algo para que pueda hacerse realidad. —Luego, al ver la expresión atónita de mi rostro, explica—: Dentro de Summerland todo es posible. Todo. Pero debes desearlo primero para que se haga realidad. De otra manera, se queda solo en una posibilidad (una de muchas posibilidades) sin manifestar e incompleta.

La miro mientras intento encontrar sentido a sus palabras.

—El motivo por el que no viste a nadie aquí antes es que no querías hacerlo. Pero ahora mira a tu alrededor y dime lo que ves.

Y, cuando lo hago, veo que tiene razón. Las tiendas y los restaurantes están llenos de gente, están preparando una nueva exposición en la galería de arte y una multitud se agolpa en la escalera de entrada al museo. Y, cuando me concentro en su energía y sus pensamientos, me doy cuenta de lo heterogéneo que es este lugar, en el que todas las nacionalidades y religiones están representadas y coexisten en paz.

«Madre mía…» pienso mientras paseo la mirada por todas partes, intentando fijarme en todo.

Romy asiente.

—Así que en el momento en que deseaste encontrar el camino hasta los templos, nosotras aparecimos para ayudarte. Y Ava desapareció.

—Entonces, ¿he sido yo quien la ha hecho desaparecer? —pregunto. Creo que empiezo a comprender cómo funcionan las cosas aquí.

Romy se echa a reír; Rayne sacude la cabeza, pone los ojos en blanco y me mira como si fuera la persona más dura de entenderas que hubiese conocido en su vida.

—Pues no.

—¿Toda esta gente…? —Señalo a la multitud—. ¿Todos están… muertos? —le hago la pregunta a Romy, ya que me he dado por vencida con Rayne.

Veo que esta última se inclina hacia su hermana y le susurra algo al oído, haciendo que Romy se aparte y diga:

—Mi hermana dice que haces demasiadas preguntas.

Rayne frunce el ceño y le golpea el brazo con el puño, pero Romy se echa a reír.

Mientras las miro a las dos, me fijo en la expresión enfadada de Rayne, en la tendencia de Romy a hablar con acertijos, y me doy cuenta de que, por más interesante que haya sido este momento, estas niñas empiezan a ponerme de los nervios. Tengo cosas que hacer, templos que encontrar, y entretenerme con esta clase de bromas confusas está resultando ser una enorme pérdida de tiempo.

Recuerdo demasiado tarde que pueden leerme los pensamientos cuando Romy asiente y dice:

—Como quieras. Te mostraremos el camino.

Capítulo veinticinco

Me llevan por una serie de calles. Ambas caminan juntas, con un paso tan rítmico y apresurado que me cuesta seguirlas. Dejamos atrás a comerciantes que venden todo tipo de géneros (desde velas hechas a mano a pequeños juguetes de madera); los clientes hacen fila para recibir esos objetos cuidadosamente envueltos y ofrecen tan solo una palabra amable o una sonrisa a cambio. Pasamos al lado de puestos de frutas, tiendas de caramelos y unas cuantas boutiques de moda antes de detenernos en una esquina cuando se cruza en nuestro camino un caballo que tira de un carruaje, seguido de un Rolls-Royce conducido por un chófer.

Estoy a punto de preguntar cómo es posible que todas esas cosas coexistan en un mismo lugar, cómo es posible que los edificios antiguos estén situados junto a los de diseño más moderno y elegante, cuando Romy me mira y dice:

—Ya te lo he dicho. En Summerland es posible cualquier cosa. Todas las cosas. Y, puesto que la gente desea cosas diferentes, aquí existe casi todo lo que puedas imaginar.

—Entonces, ¿todo esto ha sido manifestado? —pregunto mientras miro a mi alrededor con asombro. Romy asiente y Rayne sale corriendo hacia delante—. Pero ¿quién ha hecho realidad estas cosas? ¿Son visitantes de un día como yo? ¿Están vivos o muertos? —Paseo la mirada entre las gemelas a sabiendas de que mi pregunta también puede aplicarse a ellas dos, porque, aunque tienen una apariencia exterior normal, hay algo muy extraño en ellas. Algo casi… escalofriante… y atemporal.

Y, cuando mi mirada se posa sobre Romy, Rayne decide dirigirse a mí por primera vez en todo el rato.

—Tú deseaste encontrar los templos, y por eso te ayudamos. Pero no te equivoques, no tenemos ninguna obligación de responder tus preguntas. Hay cosas en Summerland que no son asunto tuyo.

Trago saliva con fuerza y miro a Romy para ver si interviene en la conversación y se disculpa en nombre de su hermana. Sin embargo, ella se limita a conducirnos hacia una nueva calle llena de gente, después a un callejón vacío y luego a una avenida tranquila, donde se detiene frente a un magnífico edificio.

—Dime lo que ves —me pide mientras su hermana y ella me miran con atención.

Contemplo asombrada la espléndida construcción que se eleva ante mí; tengo la boca abierta y los ojos como platos mientras observo sus hermosos y elaborados grabados, su majestuoso tejado inclinado, sus imponentes columnas, sus impresionantes puertas principales… Todas sus enormes y variadas partes, que cambian sin cesar para conjurar imágenes del Partenón, el Taj Mahal, las grandes pirámides de Giza, el templo de Loto… Mi mente se convierte en un torbellino de imágenes mientras el edificio se reestructura y se reforma, hasta que todos los grandes templos y las maravillas del mundo quedan claramente representados en sus fachadas cambiantes.

Lo veo… ¡Lo veo todo!, pienso, incapaz de pronunciar las palabras. La increíble belleza que tengo ante mí me ha dejado sin habla.

Me giro hacia Romy y me pregunto si ve lo que yo. Ella le da un fuerte golpe a Rayne en el brazo al tiempo que exclama:

—¡Te lo dije!

—El templo está construido con la energía, el amor y los conocimientos de todas las cosas buenas. —Sonríe—. Aquellos que puedan ver eso tienen permiso para entrar.

En el instante que escucho sus palabras, corro hacia los fantásticos escalones de mármol, impaciente por cruzar la preciosa fachada y ver lo que hay en el interior. Pero justo cuando llego a las descomunales puertas dobles, me doy la vuelta para preguntar:

—¿Venís conmigo?

Rayne me mira fijamente con los ojos entornados, suspicaz, deseando no haberse molestado conmigo. Romy, sin embargo, sacude la cabeza y responde:

—Encontrarás las respuestas que buscas en el interior. Ahora ya no nos necesitas.

—Pero ¿por dónde debo empezar?

Romy observa de reojo a su hermana e intercambia una mirada cargada de significado con ella. Luego, se gira hacia mí y dice:

—Debes buscar los registros akásicos. Son un registro permanente de todo aquello que ha sido dicho, pensado o hecho… o que será dicho, pensado o hecho jamás. Pero solo los encontrarás si ese es tu destino. Si no… —Se encoge de hombros con la esperanza de poder dejarlo así, pero la expresión de pánico de mis ojos la obliga a continuar—. Si tu destino no es saberlo, entonces no lo sabrás. Tan sencillo como eso.

Me quedo allí de pie mientras pienso que esa respuesta no me reconforta lo más mínimo, y casi me siento aliviada cuando veo que ambas se dan la vuelta para marcharse.

—Ahora debemos irnos, señorita Ever Bloom —me dice. Ha utilizado mi nombre completo, aunque estoy segura de que no se lo he dicho—. Estoy segura de que volveremos a vernos.

Las observo mientras se alejan, pero recuerdo una última pregunta y grito:

—Pero ¿cómo volveré? ¿Cómo regresaré una vez que haya acabado aquí?

La espalda de Rayne se pone rígida y Romy se da la vuelta. Una sonrisa paciente se dibuja en su rostro mientras responde:

—De la misma manera que has llegado. A través del portal, por supuesto.

Capítulo veintiséis

En el momento en que me giro hacia el templo, las puertas se abren ante mí. Y, puesto que no son como las puertas automáticas de los supermercados, imagino que eso significa que soy digna de entrar.

Me adentro en un enorme y espacioso vestíbulo lleno de una luz brillante y cálida, un resplandor luminoso que, al igual que en el resto de Summerland, inunda hasta el último recoveco, hasta el último rincón y hasta el último espacio sin proyectar sombras o zonas oscuras, sin emanar de ningún sitio en particular. Luego avanzo por un corredor flanqueado por columnas de mármol blanco esculpidas al estilo de la antigua Grecia; un corredor en el que hay dispuestas unas gigantescas mesas de madera tallada a las que se sientan monjes ataviados con túnicas, sacerdotes, rabinos, chamanes y todo tipo de buscadores espirituales. Todos ellos observan grandes esferas de cristal y tablillas flotantes con la intención de estudiar las imágenes que aparecen en ellas.

Me detengo un instante para decidir si sería grosero interrumpirles y preguntarles si pueden indicarme dónde se encuentran los registros akásicos. Pero hay tanto silencio en la estancia y ellos parecen tan absortos en su trabajo que me resulta imposible molestarles, así que sigo adelante. Dejo atrás una serie de magníficas estatuas esculpidas en el más puro mármol blanco y me adentro en una sala grande y recargada que me recuerda a las grandes catedrales italianas (o, al menos, a las fotografías que he visto de ellas). Tiene el mismo tipo de techos abovedados y vidrieras de colores, y también frescos con imágenes tan maravillosas que habrían hecho llorar al mismísimo Miguel Ángel.

Me quedo en mitad de la sala, atónita, con la cabeza echada hacia atrás para intentar verlo todo. Doy vueltas y más vueltas hasta que me canso y me siento mareada, hasta que comprendo que es imposible contemplarlo todo de una sentada. A sabiendas de que ya he malgastado bastante tiempo, cierro los párpados con fuerza y sigo el consejo de Romy: para obtener algo, debo desearlo primero.

Deseo que me conduzcan hasta las respuestas que busco y, cuando abro los ojos, veo aparecer un largo pasillo ante mí.

La iluminación es más tenue de lo acostumbrado en este lugar, una especie de resplandor incandescente. Y, aunque no tengo ni la menor idea de adónde conduce, empiezo a andar. Sigo la hermosa alfombra persa que parece continuar hasta el infinito y deslizo las manos sobre el muro cubierto de jeroglíficos, acariciando las imágenes con la yema de los dedos mientras las veo en mi mente: toda la historia se revela con un simple contacto, como una especie de braille telepático.

De repente, sin ningún tipo de señal o advertencia, me encuentro en la entrada de otra sofisticada estancia. Aunque esta es sofisticada en un sentido distinto, ya que no tiene grabados ni murales; es sofisticada por su pura y absoluta simplicidad.

Sus muros circulares son lisos y brillantes y, aunque en un principio me han parecido simplemente blancos, cuando los observo con atención me doy cuenta de que no tienen nada de «simple». Se trata de un blanco auténtico, un blanco en el más estricto sentido de la palabra. Un blanco que solo puede obtenerse con la mezcla de «todos» los colores: un espectro completo de pigmentos mezclados para crear el verdadero color de la luz… tal y como aprendí en clase de arte. Del techo cuelgan gigantescos conjuntos de prismas que albergan en su interior cristales de talla impecable, los cuales brillan y reflejan la luz para crear un caleidoscopio multicolor que llena la estancia de espirales irisadas. Aparte de eso, el único objeto que hay en la sala es un solitario banco de mármol que parece extrañamente cálido y confortable, sobre todo porque ese material es conocido por ser cualquier cosa menos eso.

Después de tomar asiento y entrelazar las manos sobre mi regazo, contemplo las paredes y veo que se cierran con suavidad tras de mí, como si el pasillo que me ha conducido hasta aquí no hubiera existido jamás.

Sin embargo, no tengo miedo. A pesar de que no existe ninguna salida visible y de que parece que estoy atrapada en esta extraña habitación circular, me siento segura, en paz, protegida. Como si la estancia me acurrucara, me reconfortara; como si sus paredes redondeadas fueran enormes y fuertes brazos que me encerraran en un abrazo de bienvenida.

Tomo una honda bocanada de aire, impaciente por obtener respuestas a todas mis preguntas, y veo que una enorme pantalla de cristal aparece justo delante de mí, suspendida en lo que antes era un espacio vacío, a la espera de que yo haga el siguiente movimiento.

Ahora que estoy tan cerca de obtener respuestas, mi pregunta ha cambiado de repente.

Así que en lugar de concentrarme en «¿Qué le ha ocurrido a Damen y qué puedo hacer para solucionarlo?», pienso: «Muéstrame todo lo que necesito saber sobre Damen».

Porque creo que esta puede ser mi única oportunidad para descubrir todo lo posible sobre ese elusivo pasado del que él se niega a hablar. Intento convencerme de que no me estoy entrometiendo en su vida, de que solo busco soluciones y de que cualquier información que obtenga servirá para ayudarme a conseguir mi objetivo. Además, si en realidad no soy digna de obtener ese conocimiento, nada me será revelado. Así que ¿qué hay de malo en preguntar?

Tan pronto como el pensamiento queda completado, el cristal empieza a emitir un zumbido. Vibra con energía mientras la pantalla se inunda con un torrente de imágenes tan nítidas como las de un televisor de alta definición.

Aparece un pequeño y desordenado taller de trabajo. Las ventanas están cubiertas con densos y oscuros jirones de algodón y las paredes están iluminadas por una multitud de velas. Damen se encuentra allí. Tiene alrededor de tres años y lleva una sencilla túnica marrón que le llega por debajo de las rodillas. Está sentado junto a una mesa plagada de pequeños frascos burbujeantes, un montón de rocas, latas llenas de polvos de colores, majas y morteros y tarros de tintura. Observa a su padre mientras este introduce su pluma en un pequeño bote de tinta para registrar el trabajo del día con una serie de complicados símbolos. El hombre se detiene de vez en cuando para consultar un libro titulado *Corpus hermeticum*, de un tal Ficino. Damen lo imita y garabatea su propio pedazo de papel.

Está tan adorable con esas mejillas regordetas de querubín, ese flequillo castaño que llega hasta sus inconfundibles ojos oscuros y esos rizos que le cubren la nuca que no puedo reprimir el impulso de extender los brazos hacia él. Todo parece tan real, tan accesible y tan cercano que tengo la certeza de que puedo experimentar ese mundo con solo tocarlo.

Sin embargo, en cuanto mis dedos se acercan, el cristal se calienta hasta un punto insoportable y me veo obligada a apartar la mano. Mi piel se quema y se llena de ampollas que se curan de inmediato. Me doy cuenta de que se han establecido ciertos límites: puedo observar, pero no interferir.

Las imágenes avanzan hasta el décimo cumpleaños de Damen, un día muy especial caracterizado por los regalos, los dulces y una visita tardía al taller de su padre. Ambos comparten algo más que el cabello oscuro, la piel morena y una hermosa mandíbula cuadrada: el apasionado deseo de perfeccionar un brebaje alquímico que promete no solo transformar el plomo en oro, sino también prolongar la vida durante un tiempo indefinido... La piedra filosofal.

Se sumergen en su trabajo y siguen su rutina habitual: Damen machaca las hierbas con la maja y el mortero antes de añadir con cuidado la cantidad precisa de sales, aceites, líquidos de colores y minerales. Luego le entrega la mezcla a su padre para que este la agregue a los frascos burbujeantes. El hombre hace una pausa antes de cada paso para anunciar lo que piensa hacer y aleccionar a su hijo sobre la tarea que llevan a cabo:

—*Buscamos la transmutación. Intentamos conseguir que la enfermedad se convierta en salud, el plomo en oro, la vejez en juventud... y, muy posiblemente, también la inmortalidad. Todo procede de un*

único elemento básico y, si logramos reducirlo hasta su núcleo funda-
mental, ¡podremos crear cualquier cosa a partir de él!

Damen lo escucha hechizado; está pendiente de todas y cada una de sus palabras, a pesar de que ha escuchado ese mismo discurso muchas veces con anterioridad. Y, aunque hablan en italiano, un idioma que jamás he estudiado, entiendo todo lo que dicen.

Su padre nombra cada ingrediente antes de añadirlo y luego, tras decidir que ya es suficiente por ese día, se guarda el último. Está convencido de que ese es el componente final, de que esa hierba de aspecto extraño tendrá un efecto aún más mágico si se le añade a un elixir que haya reposado durante tres días.

Tras verter el líquido rojo opalescente en un frasco de cristal más pequeño, Damen lo tapa con mucho cuidado y lo coloca en una alacena secreta. Apenas han terminado de limpiar los últimos restos del desorden que han montado cuando su madre (una belleza de piel cremosa ataviada con un sencillo vestido de muaré y con el cabello rubio recogido bajo una cofia de la que se le escapan unos mechones rizados) les advierte de que el almuerzo está listo. El amor de la mujer es tan sincero, tan claro, que se refleja en la sonrisa que reserva para su marido y en la mirada que le dirige a Damen. Sus entrañables ojos oscuros y los de su hijo son como dos gotas de agua.

Y, justo cuando se preparan para marcharse a casa a almorzar, tres hombres de piel oscura cruzan la puerta. Reducen al padre de Damen y exigen que les entregue el elixir. La madre empuja a su hijo hacia el interior de la alacena para que se esconda, y le advierte de que se quede ahí quieto, que no haga ningún ruido y que no salga hasta que sea seguro.

Damen se acurruca en ese espacio oscuro y húmedo, y lo observa todo a través de un pequeño agujero que hay en la madera. Ve cómo esos hombres destrozan el taller de su padre, el trabajo de toda su vida, en el afán de su búsqueda. Y, aunque su padre les entrega sus notas, eso no basta para salvarlos. El pequeño Damen se echa a temblar mientras contempla indefenso cómo asesinan a sus padres a sangre fría.

Permanezco sentada en el banco de mármol; la cabeza me da vueltas y tengo el estómago hecho un nudo. Siento todo lo que siente Damen, sus turbulentas emociones, su absoluta desesperación… Se me nubla la vista con sus lágrimas y mi respiración, cálida y jadeante, resulta indistinguible de la suya. Ahora somos uno. Estamos unidos por un dolor inimaginable.

Ambos conocemos el mismo tipo de pérdida.

Ambos nos consideramos culpables en cierto modo.

Lava sus heridas y cuida de los cadáveres, convencido de que al cabo de tres días podrá añadir al elixir el ingrediente final, esa hierba de aspecto extraño, y devolverles la vida. Pero al tercer día lo despiertan un grupo de vecinos alertados por el olor; unos vecinos que lo encuentran tendido al lado de los cuerpos, con la botella de líquido rojo aferrada en la mano.

Lucha contra ellos, consigue recuperar la hierba y la introduce en el líquido con desesperación. Está decidido a llegar hasta sus padres, a darles de beber a ambos, pero sus vecinos lo reducen antes de que pueda hacerlo.

Puesto que todo el mundo tiene la certeza de que practica algún tipo de brujería, se decide que quede a cargo de la iglesia, donde, destrozado por la pérdida y alejado de todo aquello que conoce y quiere, debe soportar los maltratos de varios sacerdotes empecinados en librarlo del demonio que lleva dentro.

Damen sufre en silencio. Sufre durante años... hasta que llega Drina. Y Damen, que ahora es un chico fuerte y guapo de catorce años, queda hechizado al ver su flameante cabello rojo, sus ojos verde esmeralda y su piel de alabastro... Su belleza es tan impactante que resulta imposible no mirarla embobado.

Los veo juntos. Apenas puedo respirar mientras ellos forjan un vínculo tan afectuoso y protector que me arrepiento de haber querido contemplarlo. He sido impulsiva, temeraria e imprudente... he actuado sin pensar. Porque, aunque sé que está muerta y que ya no supone ninguna amenaza para mí, ver cómo Damen cae bajo su hechizo es más de lo que puedo soportar.

Atiende las heridas que le han infligido los sacerdotes y la trata con reverencia y cuidado infinitos. Rechaza la innegable atracción que siente y se hace la promesa de protegerla, de salvarla, de ayudarla a escapar. Y ese día llega mucho antes de lo esperado, ya que una plaga se extiende por Florencia: la temida peste negra que mató a millones de persona y las convirtió en una masa agonizante, abotargada y purulenta.

Damen contempla indefenso cómo varios de sus compañeros del orfanato caen enfermos y mueren, pero no es hasta que Drina se ve afectada cuando recupera el trabajo de su padre. Vuelve a fabricar el elixir del que había renegado tantos años atrás... el que había asociado con la pérdida de todo aquello que quería. Pero ahora, sin otra elección y reacio a perderla, obliga a Drina a beberlo. Reserva lo suficiente para él y el resto de los huérfanos con la esperanza de librarlos de la enfermedad, sin tener ni idea de que eso también los convertirá en inmortales.

Con un poder que no son capaces de comprender e inmunes a los gritos agonizantes de los enfermos y los sacerdotes moribundos, los huérfanos se desbandan. Regresan a las calles de Florencia y saquean a los muertos. Sin embargo, Damen, con Drina a su lado, solo tiene un objetivo en mente: vengarse de los tres hombres que asesinaron a sus padres. Sigue su rastro hasta el final solo para descubrir que, sin el último ingrediente, han sucumbido a la plaga.

Espera a que mueran, tentándolos con la promesa de una cura que no piensa proporcionarles. Sorprendido por el vacío emocional que le deja la victoria cuando por fin contempla sus cadáveres, se vuelve hacia Drina y busca consuelo entre sus amorosos brazos...

Cierro los ojos con la intención de bloquear toda esta información, pero sé que quedará grabada a fuego en mi mente, sin importar cuánto me esfuerce por borrarla. Porque saber que fueron amantes ocasionales durante casi seiscientos años es una cosa.

Y verlo... es otra muy distinta.

Aunque detesto admitirlo, no puedo evitar darme cuenta de que el antiguo Damen, con su crueldad, su avaricia y su vanidad infinita, tiene un horrible y enorme parecido con el nuevo Damen, el que me ha dejado por Stacia.

Después de contemplar un siglo en el que ambos forman un vínculo caracterizado por una avaricia y una lujuria inagotables, ya no me interesa llegar a la parte en la que nos conocemos. Ya no me interesa ver esa versión anterior a mí, si tengo que ver otros cien años más de esto.

Justo cuando cierro los ojos y ruego en silencio: «¡Mostradme el final, por favor! ¡No puedo seguir contemplando esto!», el cristal fluctúa y resplandece, y las imágenes empiezan a pasar hacia delante con tal rapidez que apenas puedo distinguirlas. No veo más que un breve destello de Damen, de Drina y de mí en mis muchas encarnaciones (una morena, una pelirroja, una rubia) mientras todo pasa a una velocidad vertiginosa ante mis ojos (un rostro y un cuerpo irreconocibles, aunque los ojos siempre me resultan familiares).

He cambiado de opinión y deseo que la velocidad se reduzca un poco, pero las imágenes siguen pasando como una exhalación. Imágenes que culminan con una en la que Roman (con los labios fruncidos y los ojos llenos de regocijo) contempla a un Damen muy envejecido... y muy muerto.

Y luego...

Y luego... nada.

El cristal se queda en blanco.

—¡No! —grito. Mi voz resuena en los altos muros de la estancia vacía y el eco vuelve hasta mí—. ¡Por favor! —suplico—. ¡Vuelve atrás! ¡Esta vez lo haré mejor! ¡De verdad! Prometo que no me enfadaré ni me sentiré celosa. ¡Estoy dispuesta a verlo todo, pero vuelve atrás, por favor!

Sin embargo, a pesar de mis ruegos, el cristal se desvanece y desaparece de mi vista.

Miro a mi alrededor en busca de alguien que pueda ayudarme, un bibliotecario experto en registros akásicos o algo así, pero soy la única persona presente en la habitación. Hundo la cabeza entre las manos y me pregunto por qué he sido tan estúpida como para permitir que mis celos e inseguridades controlaran mi vida una vez más.

Ya sabía lo de Drina y Damen. Sabía lo que iba a ver. Y por ser una cobarde incapaz de enfrentarme a la información que se me ha proporcionado, ahora no tengo ni la menor idea de cómo salvarlo. Ni la menor idea de cómo hemos podido pasar de una maravillosa «A» a una horrible «Z».

Lo único que sé es que Roman es el responsable. Una patética confirmación de lo que ya había supuesto. Ese tío lo está debilitando de algún modo, le está arrebatando la inmortalidad. Y, si quiero tener alguna oportunidad de salvar a Damen, necesito descubrir si no el «por qué», sí al menos «cómo».

Porque si hay algo que sé con seguridad es que Damen no envejece. Lleva en el mundo seiscientos años y todavía parece un adolescente.

Apoyo la cabeza en las manos. Me detesto por ser tan miserable, tan ridícula, tan estúpida… tan tremendamente patética que me he privado de las respuestas que he venido a buscar aquí. Desearía poder rebobinar toda la sesión y volver a empezar… Desearía poder volver atrás…

—No puedes volver atrás.

Me giro al escuchar la voz de Romy y me pregunto cómo ha sido capaz de llegar a esta habitación. Sin embargo, cuando miro a mi alrededor me doy cuenta de que ya no estoy en ese hermoso espacio circular. Me encuentro de nuevo en el vestíbulo, a unas cuantas mesas de distancia de donde antes se encontraban los monjes, los sacerdotes, los chamanes y los rabinos.

—Y jamás deberías avanzar hacia el futuro. Porque, cada vez que lo haces, te privas del momento presente, que al fin y al cabo es lo único que existe de verdad.

Vuelvo a mirarla. No sé muy bien si se refiere a mi crisis ante el cristal o a la vida en general.

Sin embargo, ella se limita a sonreír.

—¿Te encuentras bien?

Me encojo de hombros y aparto la vista. ¿Para qué voy a molestarme en explicárselo? De todas formas, lo más probable es que ya lo sepa.

—La verdad es que no. —Se apoya contra la mesa y sacude la cabeza—. No sé nada. Sea lo que sea lo que te ha ocurrido ahí dentro, solo lo sabes tú. Lo único que he oído ha sido tu grito de desesperación, y he decidido averiguar lo que pasaba. Eso es todo. Ni más ni menos.

—¿Y dónde está tu malvada gemela? —pregunto mientras miro a mi alrededor por si está escondida en alguna parte.

Romy sonríe y me hace un gesto para que la siga.

—Está fuera, vigilando a tu amiga.

—¿Ava está aquí? —pregunto. Me asombra el alivio que siento al saber que sí que está, porque la verdad es que aún estoy enfadada con ella por haberme dejado tirada.

Romy se limita a indicarme que la siga una vez más y me conduce al exterior a través de las puertas principales. Ava me espera en los escalones.

—¿Dónde te has metido? —pregunto en un tono de reprobación, casi de acusación.

—Me distraje un poco. —Hace un gesto despreocupado con los hombros—. Este lugar es tan asombroso que… —Me mira con la esperanza de que haga algún tipo de broma y le dé un respiro, pero aparta la vista cuando queda claro que no voy a hacerlo.

—¿Cómo has llegado hasta aquí? ¿Romy y Rayne…? —No obstante, cuando me doy la vuelta, veo que han desaparecido.

Ava entorna los ojos mientras sus dedos juguetean con los aretes de oro que ha hecho aparecer en sus orejas.

—Quise encontrarte y he acabado aquí. Pero, al parecer, no puedo entrar. —Contempla la puerta con el ceño fruncido—. Entonces, ¿es este el templo que estabas buscando?

Afirmo con la cabeza mientras me fijo en sus carísimos zapatos y en su bolso de diseño. Mi enfado aumenta con cada segundo que pasa.

La traje a Summerland para que me ayudara a salvar la vida de una persona, y su único propósito es ir de compras.

—Lo sé —replica Ava al escuchar los pensamientos que me rondan la cabeza—. Perdí el control y te pido disculpas por ello. Pero ya estoy lista para ayudarte si aún lo necesitas. ¿O ya has obtenido las respuestas que buscabas?

Aprieto los labios y clavo la vista en el suelo mientras niego con la cabeza.

—Yo… bueno… he tenido algunos problemas —explico mientras la sensación de culpabilidad me inunda por dentro, sobre todo al recordar que esos «problemas» no han sido más que tonterías mías—. Y me temo que estoy donde empecé —añado, sintiéndome como la mayor fracasada del mundo.

—Tal vez pueda ayudarte. —Sonríe y me aprieta el brazo para que sepa que es sincera.

Mi única respuesta es un encogimiento de hombros, ya que dudo mucho que Ava pueda hacer algo a estas alturas.

—Vamos, no te rindas tan fácilmente —me dice con intención de animarme—. Después de todo, esto es Summerland, ¡el lugar donde todo es posible!

La miro fijamente. Sé que tiene razón, pero también sé que tengo un importante trabajo por delante cuando vuelva al plano terrestre. Un trabajo que requiere toda mi atención y concentración; algo que no permite distracciones.

Así pues, la conduzco escaleras abajo y la miro a los ojos antes de decir:

—Bueno, hay una cosa que sí puedes hacer.

Capítulo veintisiete

Aunque Ava quería quedarse, la agarré de la mano y la obligué más o menos a marcharse, porque sabía que ya habíamos malgastado demasiado tiempo en Summerland y que había otros lugares a los que necesitaba ir.

—¡Maldita sea! —exclama mientras se mira los dedos con el ceño fruncido justo después de aterrizar en los cojines de su pequeña habitación púrpura—. Esperaba que no se desvanecieran...

Asiento al ver que los anillos llenos de joyas que había manifestado han recuperado su plata habitual y que los zapatos y el bolso de diseño tampoco han sobrevivido al viaje.

—Me preguntaba qué pasaría con todas esas fruslerías —le digo al tiempo que me pongo en pie—. Pero sabes que puedes hacerlo aquí también, ¿verdad? Puedes hacer aparecer cualquier cosa que quieras, solo tienes que ser paciente —explico con una sonrisa.

He repetido las palabras de ánimo que me dijo Damen al comienzo de nuestra primera lección con la esperanza de darle una nota positiva a todo este asunto. Ahora desearía haber prestado mucha más atención a esas lecciones, ya que asumí erróneamente que al ser inmortal teníamos tiempo de sobra.

Además, me siento un poco culpable por haber sido tan dura con ella. ¿Quién no se habría despistado un poco en su primera visita a ese lugar?

—Bueno, ¿y ahora qué? —pregunta mientras me sigue hasta la puerta principal—. ¿Cuándo volveremos? Porque no vas a regresar allí sin mí... ¿verdad?

Me giro para mirarla a los ojos. La visita a Summerland la ha dejado tan obsesionada que me pregunto si no habré cometido un error al llevarla allí. Evito su mirada mientras me dirijo al coche y le digo por encima del hombro:

—Te llamaré.

A la mañana siguiente, dejo el coche en el aparcamiento y me encamino hacia las aulas. Me adentro en el acostumbrado enjambre de alumnos como cualquier otro día, aunque esta vez no me esfuerzo por mantener las distancias ni por conservar intacto mi espacio vital. En lugar de eso, me limito a aceptar las cosas tal y como vienen. No reacciono en absoluto cuando alguien me roza de forma accidental, a pesar de que he dejado el iPod, la sudadera con capucha y las gafas de sol en casa.

No pienso volver a depender de esos viejos accesorios, que, de todas formas, jamás me han servido de mucho. Ahora llevo mi mando a distancia cuántico allí donde voy.

Ayer, justo cuando estábamos a punto de marcharnos de Summerland, le pedí a Ava que me ayudara a construir un escudo mejor. Sabía que podía volver al vestíbulo mientras ella me esperaba fuera y averiguar cómo hacerlo yo misma, pero, puesto que ella quería ayudar y me pareció que también podría aprender algo, nos demoramos un poco al pie de las escaleras y concentramos nuestra energía en «desear» un escudo que nos permitiera a ambas (bueno, a mí sobre todo, ya que Ava no lee los pensamientos ni visualiza la vida de una persona con un simple contacto) sintonizar con la gente a voluntad. Y al instante siguiente, las dos nos miramos y exclamamos al unísono: «¡Un mando a distancia cuántico!».

Así pues, ahora, siempre que quiero escuchar los pensamientos de alguien, navego por su campo de energía y pulso «OK». Y si no quiero ser molestada, pulso «Silencio». Igual que con el mando a distancia que tengo en casa. Solo que este es invisible, así que puedo llevármelo donde me dé la gana.

Entro en clase de lengua. Llego temprano porque quiero observar todo lo que ocurre de principio a fin. No estoy dispuesta a saltarme ni un solo segundo de la vigilancia que he planeado. Porque, aunque tengo pruebas visuales de que Roman es el responsable de lo que le ha ocurrido a Damen... eso solo me ha conducido hasta aquí. Y ahora que el «quién» de la ecuación está resuelto, es hora de pasar al «cómo» y al «por qué».

Solo espero que no me lleve mucho tiempo. Porque lo cierto es que echo mucho de menos a Damen. Y, además, me queda tan poco líquido rojo que ya me he visto obligada a racionarlo. Como Damen nunca encontró necesario darme la receta, no tengo ni la menor idea de cómo fabricarlo, y mucho menos de qué me ocurrirá sin él. Aunque tengo claro que no será nada bueno.

Al principio, Damen creyó que podría beber el elixir una sola vez y curarse de todas las enfermedades. Y, aunque eso funcionó durante los primeros ciento cincuenta años, cuando comenzó a notar sutiles signos de envejecimiento decidió volver a beberlo. Y luego otra vez. Hasta que se volvió completamente dependiente.

Tampoco sabía que un inmortal (o, al menos, uno con un suministro constante de elixir) podía ser asesinado hasta que acabé con su ex esposa, Drina. Ambos teníamos la certeza de que apuntar al chacra más débil (el chacra corazón, en el caso de Drina) era el único método de acabar con un inmortal, y aunque todavía estoy segura de que nosotros somos los únicos que saben eso, según pude ver ayer en los registros akásicos, Roman ha descubierto otra manera. Lo que significa que, si quiero tener alguna esperanza de salvar a Damen, debo averiguar lo que sabe Roman antes de que sea demasiado tarde.

Por fin se abre la puerta y levanto la vista para observar a la horda de estudiantes que se adentra en el aula. No es la primera vez que contemplo algo así, pero aún me resulta extraño verlos reírse y bromear juntos cuando la semana pasada apenas se miraban los unos a los otros. Y, aunque es el tipo de escena que cualquiera desearía ver en su instituto, dadas las circunstancias, no me entusiasma tanto como debería.

Y no porque yo lo observe desde fuera, sino porque es raro, escalofriante y antinatural. Los institutos no funcionan así. Por favor… todo el mundo sabe que las personas no se comportan así. La gente busca a sus semejantes, y punto. Es una de esas reglas tácitas. Además, esto no es algo que hayan decidido hacer por sí mismos. Porque no se dan cuenta de que todas esas risas, todos esos abrazos y esos ridículos choques de mano no se deben al nuevo afecto que sienten los unos por los otros… sino a Roman.

Roman es… como un experto titiritero que juega con sus marionetas por simple diversión. Y, aunque todavía no he logrado descubrir cómo o por qué lo está haciendo, aunque todavía no puedo demostrar que lo está haciendo realmente, sé en lo más profundo de mi corazón que no me equivoco. Me resulta tan evidente como el pinchazo que noto en el estómago o el escalofrío que recorre mi piel siempre que él está cerca.

Observo a Damen, que ocupa su silla al tiempo que Stacia se inclina sobre su mesa. Mi archienemiga balancea su escote *wonderbraniano* de relleno frente al rostro de Damen, se coloca el pelo sobre el hombro y se echa a reír después de hacer alguno de sus estúpidos comentarios graciosos. Y, aunque no he escuchado la broma porque la he dejado fuera de sintonía a propósito para poder escuchar mejor a Damen, el hecho de que él piense que es estúpido me basta por ahora.

Y también me provoca un pequeño brillo de esperanza.

Un brillo de esperanza que se extingue en el mismo segundo en que su atención se centra en el canalillo de Stacia.

Me resulta vulgar, pueril y, para ser sincera, completamente bochornoso. Si pensaba que lo de ayer había herido mis sentimientos, lo de ver cómo se enrollaba con Drina, ahora me doy cuenta de que aquello no fue nada comparado con esto.

Porque Drina es el pasado, como una imagen hermosa, vacía y superficial tallada sobre una roca.

Pero Stacia es el presente.

Y, aunque también es hermosa, vacía y superficial… resulta que está justo delante de mí en todo su esplendor tridimensional.

Percibo que el cerebro derretido de Damen se entusiasma con las virtudes y abundancias del escote de relleno de Stacia y no puedo evitar preguntarme si de verdad le gustan las mujeres así.

Si las chicas consentidas, ambiciosas y petulantes son en realidad el tipo de mujer que le gusta.

Si yo no soy más que una extraña excepción, una rara avis que no ha dejado de inmiscuirse en su camino durante los últimos cuatrocientos años.

No le quito los ojos de encima durante toda la clase. Lo observo desde mi solitario sitio al fondo. Respondo de manera automática a las preguntas del señor Robins, sin pensarlas siquiera; repito sin más las respuestas que veo en su cabeza. Mi mente nunca se aparta de Damen y no hago otra cosa que repetirme a mí misma quién es en realidad. Me repito que, pese a lo que pueda parecer, es bueno, amable, afectuoso y leal... el auténtico amor de mis numerosas vidas, y que esta versión que está sentada delante de mí no es la verdadera, por más que su comportamiento y su aspecto se parezcan a los que vi ayer en ese cristal. Damen no es así.

Cuando por fin suena el timbre, lo sigo. Consigo tenerlo vigilado durante la hora que dura mi clase de educación física, sobre todo porque decido quedarme junto a su aula en lugar de correr por la pista de atletismo como se supone que debería hacer. Me escondo en el momento en que percibo que el supervisor de los pasillos está a punto de pasar a mi lado y regreso tan pronto como se aleja. Observo a Damen a través de la ventana y escucho a escondidas todos sus pensamientos, como si fuera de verdad la acosadora que él cree que soy. Y no sé si sentirme preocupada o aliviada al descubrir que su atención no se centra solo en Stacia; también está disponible para cualquier chica más o menos guapa que se siente cerca de él... a menos, claro, que esa chica sea yo.

Y, aunque durante la tercera hora sigo espiando a Damen, cuando llega la cuarta me concentro en Roman. Lo miro a los ojos mientras me dirijo a mi mesa, y me giro para saludarlo cada vez que percibo que su atención está puesta en mí. Aunque las ideas que rondan su cabeza cuando piensa en mí son tan vulgares y bochornosas como las de Damen cuando piensa en Stacia, me niego a ruborizarme o a reaccionar. Mantengo la sonrisa y asiento, decidida a poner al mal tiempo buena cara; porque si quiero descubrir quién es este tipo en realidad, no puedo seguir evitándolo como si se tratara de la peste negra.

Cuando suena el timbre, decido librarme del papel de paria «lerda» que me han impuesto a la fuerza y me dirijo derecha hacia la larga fila de mesas. Paso por alto el hecho de que el nudo de mi estómago se tensa más y más a cada paso que doy, ya que estoy decidida a ocupar mi lugar y a sentarme con el resto de mi clase.

Cuando Roman asiente al ver que me acerco, me decepciona comprobar que en absoluto está tan sorprendido como me imaginaba.

—¡Ever! —Sonríe y da unos golpecitos con la mano en el estrecho lugar que hay a su lado—. Así que no eran imaginaciones mías: hoy hemos compartido un momento especial en clase.

Esbozo una sonrisa tensa y me siento a su lado. Mi mirada se dirige por instinto hacia Damen, pero me obligo al instante a apartar los ojos de él. Me recuerdo a mí misma que debo permanecer concentrada en Roman, que es fundamental que no me distraiga.

—Sabía que al final entrarías en razón. Mi único deseo era que no tardaras demasiado. Hemos perdido mucho tiempo y debemos recuperarlo. —Se inclina hacia delante y sitúa su rostro tan cerca del mío que puedo ver las motas de color de sus ojos: brillantes puntitos violetas en los que resultaría muy fácil perderse...

—Esto es genial, ¿no te parece? Todos juntos, todos unidos como si fuéramos uno. Y te has perdido esa conexión durante todo este tiempo… Pero ahora que estás aquí, mi misión está completa. Y tú que creías que era imposible…

Echa la cabeza hacia atrás y suelta una risotada. Con los ojos cerrados, los dientes visibles y ese cabello rubio despeinado que refleja los rayos de sol… lo cierto es que el tío resulta fascinante, por más que deteste admitirlo.

Aunque no tanto como Damen. De hecho, ni siquiera se le acerca. Roman es guapo de una forma que me recuerda los viejos tiempos: posee la cantidad justa de encanto y fingida cordialidad por la que me habría sentido atraída antes. Mucho antes, cuando aceptaba las cosas tal cual eran y pocas veces (casi ninguna, más bien) me molestaba en averiguar lo que hay bajo la superficie.

Lo observo mientras le da un mordisco a su barrita de Mars, y luego poso la mirada en Damen. Contemplo su glorioso perfil moreno y mi corazón se llena de un deseo tan abrumador que apenas puedo soportarlo. Me fijo en sus manos mientras divierte a Stacia con alguna historia estúpida, aunque estoy mucho menos interesada en la anécdota que en las manos en sí. Recuerdo lo maravilloso que me parecía su tacto contra mi piel…

—… así que, por más agradable que sea el hecho de que te hayas unido a nosotros, no puedo evitar preguntarme a qué se debe en realidad —dice Roman, que no ha apartado los ojos de mí.

Sin embargo, yo sigo mirando a Damen. Observo cómo presiona los labios contra la mejilla de Stacia antes de deslizarlos hasta su oreja y bajarlos por su cuello…

—Porque, aunque me gustaría creer que has caído presa de mi innegable encanto y mi cara bonita, sé que no es así. De modo que dime, Ever, ¿de qué va esto en realidad?

Oigo a Roman; su voz zumba en mi mente como un murmullo vago e incesante que resulta fácil ignorar, pero mi mirada sigue clavada en Damen: el amor de mi vida, mi alma gemela eterna… el chico que ahora ni siquiera sabe que existo. Se me retuercen las tripas cuando desliza los labios por el cuello de Stacia antes de volver a su oreja. Mueve la boca muy despacio mientras le susurra zalamerías al oído para convencerla de que lo mejor es saltarse las clases e ir a su casa…

Un momento… ¿Convencerla? ¿Está tratando de persuadirla? ¿Significa eso que ella todavía no está preparada y dispuesta? ¿Soy la única que ha asumido que ellos ya habían quemado la cama?

Sin embargo, cuando estoy a punto de sintonizar con Stacia y ver qué es lo que trama haciéndose la dura, Roman me da unos golpecitos en el brazo y me dice:

—Ay, venga, Ever, no seas tímida. Dime por qué estás aquí. Dime exactamente qué es lo que te saca de quicio.

Y antes de que pueda responder, Stacia me mira y dice:

—Por Dios, Lerda, ¿se puede saber qué estás mirando?

No contesto. Solo finjo no haberla oído mientras me concentro en Damen. Me niego a reconocer su presencia, aunque están tan entrelazados que parecen casi fundidos. Ojalá él se diera la vuelta y me viera… de verdad, como antes.

No obstante, cuando por fin se gira, su mirada me atraviesa, como si no mereciera la pena molestarse conmigo, como si fuera invisible.

Y ver que me mira de esa manera me deja entumecida, sin respiración, paralizada…

—¿Hola? ¿Hay alguien ahí? —pregunta Stacia en un tono de voz lo bastante alto para que todo el mundo lo oiga—. En serio, ¿puedo ayudarte? ¿Hay alguien en este mundo que pueda ayudarte?

Observo a Miles y a Haven, que están sentados a escasa distancia, y veo que sacuden la cabeza, como si ambos desearan no haberme conocido nunca. Luego trago saliva con fuerza y me recuerdo a mí misma que no son dueños de sí mismos… que Roman es el escritor, productor, director y creador de este horroroso espectáculo.

Sostengo la mirada de Roman e intento atisbar los pensamientos que anidan en su cabeza, a pesar del intenso aguijonazo que siento en el estómago. Estoy decidida a ir más allá de la capa superficial de estupideces habituales. Siento curiosidad por ver si hay algo más que el adolescente calenturiento, irritante y adicto al azúcar que finge ser. Porque lo cierto es que no me lo trago. La imagen que vi en ese cristal, la que lo mostraba con una diabólica sonrisa de victoria dibujada en la cara, dejaba entrever una faceta suya mucho más siniestra.

Y cuando su sonrisa se hace más y más amplia y empieza a mirarme con los ojos entornados… todo lo demás desaparece.

Todo excepto Roman y yo.

Me precipito a través de un túnel, cada vez más rápido, impulsada por una fuerza que escapa a mi control. Me deslizo sin remisión hacia el oscuro abismo de su mente mientras Roman selecciona con mucho cuidado las escenas que quiere que vea: Damen dando una fiesta en nuestra suite del Montage, una fiesta en la que están Stacia, Honor, Craig, y muchos otros chicos que jamás habían hablado con nosotros antes; una fiesta que dura varios días, hasta que al final lo echan a patadas por dejar la habitación hecha un asco. Me obliga a presenciar toda clase de actos desagradables, cosas que habría preferido no ver… y que culminan con la última imagen que vi en el cristal ese día… justo la escena final.

Me caigo hacia atrás del asiento y aterrizo en el suelo con las piernas por alto, todavía atrapada en sus redes. Me recupero por fin cuando todo el instituto empieza a corear con un tono burlón y estridente: «¡Ler-daaa!, ¡Ler-daaa!». Y contemplo horrorizada cómo mi elixir rojo, que se ha derramado sobre la mesa, se escurre y cae por uno de los lados.

—¿Te encuentras bien? —pregunta Roman, que me mira mientras me esfuerzo por ponerme en pie—. Sé que resulta duro verlo. Créeme, Ever, yo también he pasado por eso. Pero es lo mejor, de verdad. Y me temo que no te queda otro remedio que confiar en mí cuando te digo esto.

—Sabía que era cosa tuya —susurro mientras me pongo delante de él, temblando de rabia—. Lo he sabido siempre.

—Lo sabías, sí. —Sonríe—. Lo sabías. Un punto para ti. Aunque debo advertirte que todavía te saco al menos diez puntos de ventaja.

—No te saldrás con la tuya —le digo.

Observo aterrada cómo sumerge el dedo corazón en el charco que ha formado el líquido rojo antes de dejar que las gotas caigan sobre su lengua de una forma tan cuidadosa y deliberada que parece que quiera decirme algo, hacerme algún tipo de advertencia.

Sin embargo, justo cuando una idea empieza a tomar forma en mi cabeza, él se lame los labios y dice:

—Verás… en eso te equivocas. —Gira la cabeza para mostrarme la marca de su cuello: un detallado tatuaje del uróboros que aparece y desaparece entre destellos—. Ya me he salido con la mía, Ever. —Esboza una sonrisa—. Ya he ganado.

Capítulo veintiocho

No voy a clase de arte. Me marcho justo después del almuerzo. No, retiro lo dicho. Porque lo cierto es que me marcho en mitad del almuerzo. Segundos después de mi horrible encuentro con Roman, corro hacia el aparcamiento (seguida por un interminable coro de «¡Ler-daaa!»), me meto en el coche y salgo a toda velocidad mucho antes de que suene el timbre.

Necesito alejarme de Roman. Distanciarme lo más posible de ese escalofriante tatuaje... del intrincado uróboros que aparece y desaparece de la vista entre destellos, igual que el de la muñeca de Drina.

La prueba irrefutable de que Roman es un inmortal renegado... como yo supuse desde el principio.

Y, aunque Damen no me advirtiera sobre ellos, aunque ni siquiera supiera que existían hasta que Drina pasó al lado oscuro, no puedo creer que me haya costado tanto darme cuenta. Roman come y bebe, tiene un aura visible y pensamientos accesibles (bueno, al menos para mí), pero ahora comprendo que todo eso no es más que una fachada. Como esos escenarios de Hollywood que se colocan esmeradamente para que parezcan lo que no son. Eso es lo que ha hecho Roman: ha proyectado la imagen de un chico inglés despreocupado y alegre, con un aura resplandeciente y pensamientos felices y calenturientos, mientras que por dentro es todo menos eso.

El verdadero Roman es siniestro.

Y espeluznante.

Y diabólico.

Y cualquier otra cosa que sea sinónimo de «malo». Pero lo peor es que planea matar a mi novio, y todavía no sé por qué.

Porque el motivo es una de las cosas que no conseguí averiguar durante mi perturbadora visita a los recovecos más profundos de su mente.

El motivo será algo muy importante si me veo obligada a matarlo, ya que es imperativo apuntar al chacra correcto si quiero librarme de él para siempre. Y no saber el motivo significa que podría fallar.

Quiero decir, ¿debería apuntar al chacra principal (o «chacra raíz», como lo llaman a veces), el centro de la furia, la violencia y la ambición? ¿O quizá al chacra del ombligo o chacra sacro, que es donde se asientan la envidia y los celos? Si no averiguo qué es lo que lo mueve, sería muy fácil elegir el equivocado. Algo que no solo no acabaría con él, sino que también lo pondría increíblemente furioso. Me dejaría con seis chacras más donde elegir, pero para entonces, me temo que él ya habría comprendido cuáles son mis intenciones.

Además, matar a Roman demasiado pronto solo me acarrearía consecuencias nefastas: sería como asegurarme de que se lleva consigo a la tumba el secreto de lo que le ha hecho a Damen y al resto de los chicos del instituto. Por no mencionar que no se me da muy bien matar a la gente… Las únicas veces que he llegado a las manos en el pasado ha sido cuando no tenía otra elección más que luchar o morir. Y tan pronto como me di cuenta de lo que le había hecho a Drina, deseé no tener que volver a hacerlo nunca más. Porque, aunque ella me había matado muchas veces antes, aunque admitió haber asesinado a toda mi familia (incluyendo a mi perro), eso no hizo que me sintiera menos culpable. La verdad es que saber que soy la única responsable de su muerte hace que me sienta fatal.

Y, puesto que estoy más o menos donde empecé, decido volver al principio. Giro hacia la autopista de la costa y me dirijo a casa de Damen con la idea de aprovechar las dos próximas horas, mientras todavía están en el instituto, para colarme en su casa y echar un vistazo por allí.

Me detengo junto al puesto de guardia, saludo a Sheila con la mano y continúo hacia la entrada. Como es natural, he asumido que se abriría antes de que llegara, así que tengo que pisar el freno a fondo para evitar daños mayores en la parte frontal del coche, porque la puerta no se mueve.

—¡Oiga! ¡Oiga! —grita Sheila, que se apresura a llegar hasta mi coche como si yo fuera una intrusa, como si no me hubiera visto nunca antes. Y lo cierto es que, hasta la semana pasada, yo venía aquí casi todos los días.

—Hola, Sheila. —Sonrío de manera agradable, amistosa y nada amenazadora—. Voy a casa de Damen, así que si no te importa abrir la verja para que pueda continuar…

Me mira con los ojos entornados y los labios fruncidos en una mueca seria.

—Debo pedirle que se marche.

—¿Qué? Pero ¿por qué?

—No está en la lista —explica. Tiene los brazos en jarras y su rostro no muestra ni el menor signo de remordimiento, aun después de todos estos meses de sonrisas y saludos.

Me quedo inmóvil, con los labios apretados, mientras asimilo sus palabras.

Estoy fuera de la lista. Estoy fuera de la lista permanente. Excluida, desterrada o cualquiera que sea el término utilizado para expresar que te han denegado el acceso a una gloriosa comunidad privada durante un tiempo indefinido.

Eso de por sí solo ya es bastante malo, pero tener que escuchar el mensaje de destierro oficial de boca de Sheila y no de mi novio… hace que sea mucho peor.

Clavo la vista en mi regazo y agarro la palanca de cambios con tanta fuerza que estoy a punto de arrancarla. Luego trago saliva y la miro a los ojos antes de decir:

—Bueno, es evidente que ya te han advertido de que Damen y yo hemos roto. Solo quería hacer una visita rápida para recoger algunas de mis cosas, porque como podrás ver… —Abro la cremallera de la mochila y meto la mano en el interior— todavía tengo la llave.

La mantengo en alto y observo cómo el sol de mediodía se refleja en el brillante metal dorado, demasiado absorta en mi propia mortificación como para prever que ella estiraría la mano para arrebatármela.

—Y ahora le pido educadamente que se retire de ahí —dice antes de meterse la llave en el bolsillo delantero, cuyo contorno resulta visible, ya que el tejido de la camisa se tensa sobre sus descomunales pechos. Apenas me ha dado tiempo a cambiar el pie del pedal del freno al del acelerador cuando añade—: Ahora váyase. Dé marcha atrás. No me obligue a pedírselo dos veces.

Capítulo veintinueve

En esta ocasión, cuando llego a Summerland me salto el aterrizaje habitual en ese enorme y fragrante prado y decido caer sobre la que ahora me gusta considerar la calle principal. Luego me sacudo un poco el polvo y me quedo sorprendida al ver que todos los que me rodean continúan a lo suyo, como si ver a alguien caer en la calle desde lo alto fuera algo que ocurre todos los días. Aunque supongo que en este lugar sí que lo es…

Dejo atrás los bares de karaoke y los salones de peluquería, siguiendo el camino que Romy y Rayne me mostraron. Sé que lo más probable es que bastara con «desear» estar allí, pero la verdad es que tengo ganas de aprender a llegar por mí sola. Y, después de un trayecto rápido por el callejón y el giro súbito hacia la avenida, subo a la carrera los escalones de mármol y me detengo frente a las gigantescas puertas de entrada, que se abren ante mí.

Me adentro en el enorme vestíbulo de mármol y me doy cuenta de que está mucho más abarrotado que la última vez que estuve aquí. Repaso las preguntas en mi mente, sin tener muy claro si debo buscar los registros akásicos o si puedo conseguir respuestas aquí mismo. Me pregunto si cuestiones del tipo: «¿Quién es Roman exactamente y qué es lo que le ha hecho a Damen?» o «¿Cómo puedo detenerlo y salvarle la vida a Damen?» son dignas de mí.

No obstante, puesto que necesito simplificar las cosas y resumirlo todo en una frase ordenada, cierro los párpados y pienso: «Básicamente, lo que deseo saber es esto: ¿cómo puedo hacer que todo sea como era antes?».

Y, tan pronto como el pensamiento está completado, una puerta se abre ante mí. Su luz cálida y resplandeciente parece llamarme mientras me adentro en una habitación de un color blanco puro, el mismo color blanco irisado de antes, aunque en esta ocasión, en lugar de un banco de mármol blanco, hay un sillón reclinable de cuero gastado.

Me acerco a él y me dejo caer en el asiento antes de extender la pieza para reposar las piernas y acomodarme bien. No me doy cuenta de que me encuentro en una réplica exacta del sillón favorito de mi padre hasta que veo las iniciales «R.B.» y «E.B.» arañadas en el brazo. Ahogo una exclamación al reconocerlas: son las marcas que hizo Riley con su navaja de campo de girl scout (aunque fui yo quien la instigué para que las hiciera). Las mismísimas marcas que no solo demostraban que nosotras éramos las culpables, sino que también nos granjearon una semana sin salir como castigo.

Aunque mi castigo se prolongó otros diez días cuando mis padres supieron que había sido yo quien la había persuadido para que lo hiciera… Un hecho que, a sus ojos, me convertía en el cerebro del delito, merecedora de un tiempo extra de penalización.

Deslizo los dedos sobre los surcos del cuero y hundo las uñas en el relleno allí donde mi hermana hizo la curva de la «R» demasiado profunda. Contengo un sollozo mientras recuerdo aquel día. Todos aquellos días. Cada uno de esos maravillosos y espléndidos días que una vez di por seguros y que ahora añoro tanto que apenas puedo soportarlo.

Haría cualquier cosa por volver atrás. Cualquier cosa que me permitiera regresar y lograr que todo volviera a ser como antes...

Y, tan pronto como el pensamiento está completado, el espacio vacío empieza a transformarse. Se reestructura y deja de ser una habitación vacía con un solitario sillón reclinable para convertirse en el duplicado exacto de nuestra antigua sala de estar de Oregón.

El aire comienza a impregnarse con el aroma de los famosos brownies de mamá mientras las paredes pasan del blanco iridiscente al tono pardo que ella denominaba tono «madera perlado». Y, cuando la manta de punto en tres tonos de azul que tejió mi abuela cubre de repente mis rodillas, miro hacia la puerta y veo que la correa de Buttercup cuelga del picaporte y que las viejas bambas de Riley están colocadas junto a las de mi padre. No dejo de observar mientras todos los objetos vuelven a su lugar, hasta que cada foto, cada libro, cada adorno regresa a su sitio. Y no puedo evitar preguntarme si esto se debe a mi deseo... ¿Está ocurriendo porque he pedido que todo vuelva a ser como era antes?

Porque lo cierto es que me refería a las cosas entre Damen y yo.

¿Verdad?

¿Acaso es posible volver atrás en el tiempo?

¿O es esta réplica de la vida, este diorama de la familia feliz, lo más aproximado que voy a conseguir?

No obstante, mientras me cuestiono lo que me rodea y el verdadero significado de mis palabras, la tele se enciende y un destello de colores recorre la pantalla... una pantalla de cristal igual que la que vi el otro día.

Tiro de la manta con más fuerza y me arropo bien las rodillas mientras las palabras «L'heure bleue» llenan la pantalla. Y, justo en el momento en que me pregunto qué significan, aparece la definición, escrita con una preciosa caligrafía:

«*L'heure bleue*» o «La hora azul» es una expresión francesa que hace referencia a la hora que separa el día de la noche. Un momento venerado por la calidad de la luz y también porque el aroma de las flores alcanza su máxima intensidad.

Miro la pantalla con los ojos entornados mientras las palabras desaparecen para dar paso a una imagen de la luna, una espléndida luna llena que resplandece en el más hermoso tono de azul... un tono azul que casi iguala el del cielo.

Y entonces... entonces me veo a mí... en esa misma pantalla. Voy vestida con vaqueros y un suéter negro, y llevo el pelo suelto. Contemplo esa misma luna azul a través de una ventana y consulto el reloj de mi muñeca de vez en cuando, como si esperara algo... algo que ocurrirá de un momento a otro. A pesar de la confusión y la sensación de irrealidad que supone estar viendo a una «yo» que no soy realmente yo, puedo sentir lo que ella siente y escuchar lo que piensa. Se va a algún sitio, a un sitio que antes creía fuera de su alcance. Espera con impaciencia a que el cielo adquiera el mismo color de la luna, un maravilloso tono azul oscuro sin rastro de la luz del sol, porque sabe que es su única oportunidad para regresar a esta habitación, para volver a un lugar que consideraba perdido para siempre.

Clavo la vista en la pantalla y ahogo una exclamación cuando la veo extender la mano contra el cristal y volver atrás en el tiempo.

Capítulo treinta

Salgo a toda velocidad del vestíbulo y corro escaleras abajo. Tengo el pulso tan acelerado y la visión tan borrosa que no veo a las gemelas hasta que ya es demasiado tarde y Rayne se encuentra aplastada bajo mi cuerpo.

—Madre mía… Lo siento mucho, yo…

Me inclino hacia delante con la mano extendida, esperando que ella se agarre para poder ayudarla a ponerse en pie. No dejo de preguntarle si se encuentra bien y me encojo de vergüenza al ver que ella rechaza mi ayuda y se pone en pie con bastante dificultad. La niña se alisa la falda y se sube los calcetines mientras observo asombrada cómo las heridas de sus rodillas sanan al instante. Nunca había considerado la posibilidad de que fueran como yo.

—¿Sois…? ¿Vosotras sois…?

Pero antes de que pueda elegir el término correcto, Rayne sacude la cabeza y dice:

—Desde luego que no. —Tras asegurarse de que los calcetines están exactamente a la misma altura, añade—: No nos parecemos a ti en nada —murmura mientras se alisa la chaqueta de punto azul y la falda de tablas. Luego mira a su gemela «buena», que sacude la cabeza.

—Rayne, por favor… Recuerda tus modales. —Romy tuerce el gesto.

Aunque Rayne sigue enfadada, su voz pierde parte del tono furioso cuando replica:

—He dicho la verdad. No nos parecemos en nada.

—Así que… así que… ¿sabéis lo mío? —pregunto, y escucho que Rayne piensa: «Qué chica más lista…» mientras Romy asiente con seriedad—. ¿Y creéis que soy mala?

Rayne pone los ojos en blanco, aunque Romy sonríe con dulzura y dice:

—Por favor, no hagas caso a mi hermana. No pensamos nada semejante. No estamos en posición de juzgar.

Paseo la mirada entre ellas y me fijo en su piel pálida, en sus enormes ojos oscuros, en sus rectísimos flequillos y en sus labios finos. Sus rasgos son tan exagerados como si fueran personajes de un manga japonés que hubieran cobrado vida. Y no puedo evitar pensar en lo extraño que resulta que dos personas sean idénticas por fuera y tan distintas por dentro.

—Bueno, cuéntanos lo que has descubierto —dice Romy, que sonríe mientras se encamina calle abajo dando por hecho que la seguiremos, tal como hacemos—. ¿Has encontrado las respuestas que buscabas?

Y mucho más.

Llevo con los ojos como platos y sin habla desde que el cristal se quedó en blanco. No tengo ni la menor idea de qué hacer con los conocimientos que se me han proporcionado, pero soy muy consciente de que esos conocimientos no solo pueden cambiarme la vida, sino también, muy posiblemente, cambiar el mundo. Y, aunque debo admitir que es alucinante poder tener acceso a tan poderosa sabiduría, la responsabilidad que entraña es sin duda enorme.

¿Qué esperan que haga ahora que lo sé? ¿Me han dado esa información por alguna razón? ¿Por alguna especie de gigantesco motivo global? ¿Se espera algo de mí de lo que yo ni siquiera soy consciente? Y, si no es así, ¿qué sentido tiene entonces?

En serio, ¿por qué yo?

Estoy convencida de que no soy la primera persona que hace ese tipo de preguntas.

¿O sí?

Y la única respuesta plausible que se me ocurre es:

Quizá mi destino sea volver atrás.

Quizá mi destino sea regresar.

Nada de evitar asesinatos, detener guerras ni cambiar el curso de la historia… No creo que sea la chica adecuada para ese trabajo.

No obstante, creo de verdad que se me ha dado esa información por algún motivo… un motivo que confirma lo que he pensado siempre: que el accidente, mis poderes psíquicos y el hecho de que Damen me convirtiera en inmortal no son más que una sucesión terrible de errores. Si logro volver atrás en el tiempo y evitar el accidente antes de que ocurra, podría hacer que las cosas fueran como antes. Podría regresar a Oregón y recuperar mi antigua vida, como si la vida que llevo ahora jamás hubiera tenido lugar. Algo que he deseado durante mucho tiempo.

Pero ¿dónde deja eso a Damen? ¿También volverá atrás?

Y, de ser así, ¿seguirá con Drina hasta que ella consiga matarme y todo se repita de nuevo?

¿No estaría retrasando lo inevitable?

¿O todo seguiría igual excepto yo? ¿Moriría Damen a manos de Roman mientras yo vuelvo a Oregón, ajena a su existencia?

Y, si fuera así, ¿cómo voy a permitir que eso ocurra? ¿Cómo puedo volverle la espalda a la única persona a la que he amado de verdad?

Sacudo la cabeza y veo que Romy y Rayne todavía me miran, a la espera de una respuesta. Pero no tengo ni idea de qué contestar, así que me limito a quedarme de pie, con la boca abierta como una mema. Incluso aquí en Summerland, un lugar de amor y perfección, sigo siendo una auténtica estúpida.

Romy sonríe y cierra los ojos mientras sus brazos se llenan de tulipanes rojos… hermosos tulipanes rojos que me ofrece de inmediato.

Sin embargo, me niego a aceptarlos. La miro con los ojos entornados y comienzo a retroceder.

—¿Qué estás haciendo? —pregunto con voz tenue y frágil. Cuando las miro a ambas, me doy cuenta de que parecen tan confundidas como yo.

—Lo siento —dice Romy, intentando aplacar mi nerviosismo—. No sé muy bien por qué lo he hecho. De repente la idea ha aparecido en mi cabeza y…

Contemplo cómo los tulipanes se disuelven entre sus dedos y regresan al lugar de donde vinieron. Sin embargo, el hecho de verlos desaparecer no supone ninguna diferencia; lo único que quiero ahora es que ellas se larguen también.

—¿Es que aquí no existe nada privado? —pregunto a voz en grito.

Sé que me estoy pasando, pero no puedo evitarlo. Porque, si esos tulipanes eran algún tipo de mensaje, si ella ha escuchado mis pensamientos e intentaba persuadirme para que renuncie al pasado y me quede donde estoy... debo decirle que no es asunto suyo. Quizá lo sepan todo sobre Summerland, pero no saben nada sobre mí y no tienen ningún derecho a entrometerse. Nunca han tenido que tomar una decisión como esta. No tienen ni idea de lo que se siente al perder a la única persona en el mundo a la que has querido.

Doy otro paso atrás. Veo que Rayne tuerce el gesto y que Romy hace un gesto negativo con la cabeza antes de decir:

—No hemos escuchado nada. No podemos leer todos tus pensamientos, Ever. Tan solo aquellos que tenemos permitido ver. Sea lo que sea lo que has visto en los registros akásicos, solo te pertenece a ti. Únicamente estamos preocupadas por ti. Eso es todo. Ni más ni menos.

La miro con los ojos entornados: no confío en ella lo más mínimo. Es probable que hayan estado fisgoneando en mis pensamientos todo el tiempo. ¿Por qué si no iba a regalarme los tulipanes? ¿Por qué iba a hacer aparecer algo así?

—Ni siquiera he visitado los registros akásicos —les digo—. Esa habitación era... —Me quedo callada y trago saliva al recordar el olor de los brownies de mi madre, el tacto de la manta de mi abuela... porque sé que puedo sentir todo eso de nuevo. Lo único que debo hacer es esperar a que lleguen el día y el momento adecuados para poder regresar con mi familia y mis amigos. Niego con la cabeza y me encojo de hombros—. Esa habitación era diferente.

—El salón akásico tiene muchas caras. —Romy hace un gesto afirmativo—. Se convierte en lo que tú necesitas. —Recorre mi rostro con la mirada antes de añadir—: Nosotras solo estamos aquí para ayudarte, no queremos molestarte ni confundirte.

—¿Sí? ¿Sois algo así como mis ángeles de la guarda o mis espíritus guía? ¿Dos hadas madrinas vestidas con el uniforme de un colegio privado?

—No exactamente. —Romy se echa a reír.

—¿Quiénes sois, entonces? ¿Y qué estáis haciendo aquí? ¿Cómo es posible que siempre consigáis encontrarme?

Rayne me fulmina con la mirada y tira de la manga de su hermana para pedirle que se marchen. Sin embargo, Romy se queda donde está y me mira a los ojos mientras dice:

—Solo estamos aquí para ayudar y asistirte. Eso es todo cuanto necesitas saber.

La miro durante un instante, echo un vistazo a su hermana y luego sacudo la cabeza y me alejo caminando. Se muestran enigmáticas de forma deliberada: son mucho más que raritas. Y lo cierto es que tengo la corazonada de que sus intenciones no son buenas.

Aunque oigo la voz de Romy a mi espalda llamándome, sigo adelante, impaciente por alejarme de ellas. Me acerco a una mujer de cabello cobrizo que espera justo a la puerta del teatro; una mujer que, al menos por detrás, es idéntica a Ava.

Capítulo treinta y uno

La enorme decepción que me llevo cuando le doy unos golpecitos en el hombro a la mujer de cabello cobrizo y descubro que no es Ava me hace comprender lo mucho que necesito hablar con ella. Así pues, salgo de Summerland y aterrizo de nuevo en el asiento del conductor de mi coche, justo enfrente de Trader Joe's, en el aparcamiento del paseo marítimo de Crystal Cove, asustando tanto a una compradora desprevenida que la mujer deja caer las dos bolsas que lleva, con lo que unas cuantas latas de café y de sopa ruedan bajo una fila de coches. Después de eso, me prometo a mí misma que en adelante mis entradas y salidas serán algo más discretas.

Cuando llego a casa de Ava, está con una clienta, de modo que espero en su soleada cocina a que termine. Aunque sé que no es asunto mío y sé que no debería fisgonear, accedo a mi mando a distancia cuántico para introducirme en su sesión… y lo cierto es que me quedo asombrada ante la precisión y la cantidad de detalles de sus predicciones.

—Impresionante —le digo una vez que la clienta se marcha y Ava viene a la cocina—. Realmente impresionante. De verdad. No tenía ni idea. —Sonrío y la observo mientras realiza su acostumbrado ritual: llena la tetera para ponerla al fuego y coloca unas galletitas en una bandeja antes de empujarla hacia mí.

—Viniendo de ti, es todo un cumplido. —Esboza una sonrisa y se sienta justo delante de mí—. Aunque si no recuerdo mal, también te hice una lectura bastante acertada en cierta ocasión.

Como sé que es lo que se espera de mí, cojo una de las galletitas. Paso la lengua por los pequeños cristalitos de azúcar de la parte superior y no puedo evitar sentirme triste al ver que eso ya no me proporciona tanto placer como antes.

—¿Recuerdas esa ocasión? ¿La noche de Halloween? —Me observa con atención.

Asiento con la cabeza. La recuerdo muy bien. Fue la noche que descubrí que ella también veía a Riley. Hasta ese momento tenía la certeza de que yo era la única que podía comunicarse con mi hermanita muerta, y no me sentó muy bien saber que no era así.

—¿Le has dicho a tu clienta que está saliendo con un fracasado? —Parto la galletita por la mitad—. ¿Que la está engañando con alguien a quien ella considera su amiga y que debería mandarlos a la mierda cuanto antes? —le pregunto antes de sacudir las migajas que han caído sobre mi regazo.

—Alto y claro —responde. Se levanta a por nuestro té en el momento en que la tetera empieza a silbar—. Aunque espero que aprendas a suavizar los términos del mensaje si alguna vez te dedicas a esto.

Me quedo paralizada. Siento una súbita punzada de tristeza al darme cuenta de la cantidad de tiempo que ha pasado desde la última vez que pensé en mi futuro, en lo que quería ser cuando fuera mayor. Pasé por muchas fases: quise ser guarda forestal, profesora, astronauta, supermodelo, estrella del pop… La lista era interminable. Pero ahora que soy inmortal y tengo la posibilidad de intentar ser todas esas cosas en los miles de años de vida que me quedan… No tengo ganas de ser nada de eso.

Últimamente solo he pensado en conseguir que Damen vuelva a ser el mismo de antes.

Y ahora, después de esta última visita a Summerland, solo puedo pensar en volver a ser la misma de antes.

La verdad es que lo de tener el mundo entero a tus pies no es tan emocionante cuando no tienes a nadie con quien compartirlo.

—Yo… todavía no estoy segura de lo que quiero hacer. En realidad, no he pensado mucho en ello —miento. Me pregunto si me resultará fácil retomar mi antigua vida (si es que decido regresar, claro está); si aún querré ser una estrella del pop o si los cambios que he experimentado aquí me seguirán hasta allí.

Sin embargo, al ver cómo Ava se lleva la taza a los labios y sopla un par de veces antes de dar un sorbo, recuerdo que no he venido aquí para hablar de mi futuro. He venido a hablar sobre mi pasado. He decidido confiar en ella y compartir alguno de mis mayores secretos porque estoy convencida no solo de que puedo confiar en ella, sino también de que podrá ayudarme.

Porque lo cierto es que necesito poder contar con alguien. No puedo seguir adelante sola. Y no se trata de que me ayude a decidir si debo quedarme o no, porque comienzo a darme cuenta de que en eso no tengo muchas opciones. La idea de dejar a Damen, pensar que no volvería a verlo nunca, me provoca más dolor del que puedo soportar. Sin embargo, cuando pienso en mi familia, en cómo sacrificaron sus vidas por mí (ya fuera por la estúpida sudadera azul que insistí en que mi padre fuera a buscar o porque Drina colocó al ciervo delante de nuestro coche a fin de poder librarse de mí y quedarse con Damen para ella solita), siento que debo hacer algo para enmendar la situación.

Es lo correcto.

Es lo único que puedo hacer.

Y, tal como van las cosas, con mi destierro social en el instituto y todo eso, Ava es la única amiga que me queda. Lo que significa que la necesitaré para atar cualquier cabo suelto que pueda dejarme.

Me llevo la taza de té a los labios y vuelvo a dejarla donde estaba sin beber. Deslizo los dedos por el asa y respiro hondo antes de decir:

—Creo que alguien está envenenando a Damen. —Ava se queda con la boca abierta—. Creo que alguien está manipulando su... —«Elixir»— bebida favorita. Y está haciendo que se comporte... —«Como un mortal»— de una forma normal, pero no en el buen sentido. —Aprieto los labios y me levanto de la silla. Apenas le doy tiempo de que recupere el aliento antes de agregar—: Y, dado que no tengo acceso a su casa, necesito que me ayudes a colarme.

Capítulo treinta y dos

—Vale, ya hemos llegado. Ahora limítate a actuar con calma. —Me acurruco en la parte trasera cuando Ava se acerca a la verja—. Solo saluda, sonríe y dale el nombre que te he dicho.

Encojo las piernas con la intención de hacerme menos visible, una tarea que me habría resultado mucho más fácil hace tan solo dos semanas, antes de pegar este ridículo estirón. Me agacho todo lo que puedo y coloco mejor la manta que me cubre mientras Ava baja la ventanilla, le dedica una sonrisa a Sheila y le dice que se llama Stacia Miller (la que me ha sustituido en la lista de Damen de huéspedes bienvenidos). Espero que todavía no haya venido por aquí las veces suficientes como para que Sheila la reconozca.

Y, en el momento en que la puerta de la verja se abre y emprendemos la marcha hacia el hogar de Damen, me quito la manta de encima y vuelvo a sentarme. Veo que Ava contempla el vecindario con evidente envidia y que sacude la cabeza mientras murmura:

—Qué ostentoso…

Hago un gesto despreocupado con los hombros y contemplo también los alrededores, ya que nunca les he prestado demasiada atención. Este lugar siempre me ha parecido un cúmulo de falsas granjas de la Toscana y lujosas haciendas hispanas con césped bien cuidado y garajes subterráneos que uno debe dejar atrás si quiere llegar al castillo francés de Damen.

—No entiendo cómo es posible que ese chico pueda permitirse vivir aquí, pero debe de ser agradable —dice mirándome a los ojos.

—Apuesta en las carreras de caballos —murmuro. Me concentro en la puerta del garaje mientras Ava se adentra en el camino de entrada y tomo nota de hasta el más ínfimo detalle antes de cerrar los ojos y «desear» que se abra.

La «veo» abrirse y elevarse en mi mente, y luego separo los párpados justo a tiempo para contemplar cómo rechina y arranca antes de volver a caer con un rotundo golpe. Una señal inconfundible de que aún me queda mucho para ser una experta en telequinesis, el arte de mover cualquier cosa que pese más que un bolso de Prada.

—Hum… creo que debería ir por detrás, como siempre —le digo, algo avergonzada por haber fracasado de forma tan estrepitosa.

Sin embargo, Ava no quiere ni oír hablar del tema. Coge mi mochila y se encamina hacia la puerta principal. Cuando corro tras ella y le digo que es inútil, que está cerrada y que no podemos entrar por ahí, sigue avanzando y afirma que en ese caso tendremos que abrirla.

—No es tan sencillo como crees —le digo—. Confía en mí, lo he intentado varias veces y no ha funcionado. —Echo un vistazo a la puerta que hice aparecer la última vez que estuve aquí… y que sigue apoyada contra el muro del fondo, justo donde la dejé. Según parece, Damen está demasiado ocupado siendo «guay» y persiguiendo a Stacia como para deshacerse de ella.

Sin embargo, en el instante en que pienso eso, desearía poder borrarlo de mi mente. Esa idea me deja triste, vacía y mucho más desesperada de lo que estoy dispuesta a admitir.

—Bueno, esta vez me tienes a mí para ayudarte. —Sonríe—. Y creo que ya hemos demostrado lo bien que trabajamos juntas.

Me mira con tal expectación y optimismo que no me parece lógico negarme a intentarlo. Así pues, cierro los ojos mientras ambas unimos nuestras manos y visualizo la puerta abriéndose ante nosotras. Y, pocos segundos después de oír cómo se retira el pestillo, la puerta se abre de par en par para dejarnos paso libre.

—Después de ti. —Ava asiente con la cabeza, consulta su reloj y frunce el ceño antes de decir—: Dímelo una vez más: ¿cuánto tiempo tenemos exactamente?

Me miro la muñeca y veo la pulsera con forma de herradura de cristal que Damen me regaló aquel día en las carreras, la misma que llena mi corazón de anhelo cada vez que la veo. Pero me niego a quitármela. Bueno, lo cierto es que no puedo hacerlo. Es el único recuerdo de lo que una vez compartimos.

—Oye, ¿te encuentras bien? —me pregunta Ava con la frente arrugada por la preocupación.

Trago saliva con fuerza y asiento.

—Tenemos tiempo de sobra, aunque debo advertirte que Damen tiene la mala costumbre de saltarse las clases y volver a casa antes de tiempo.

—En ese caso será mejor que empecemos. —Ava sonríe, se adentra en el vestíbulo y mira a su alrededor. Pasea la mirada desde la gigantesca lámpara de araña de la entrada hasta el elaborado pasamanos de hierro forjado que adorna las escaleras. Se gira hacia mí con un brillo especial en los ojos y me pregunta—: ¿Dices que este chico tiene diecisiete años?

Me dirijo a la cocina sin molestarme en contestar, puesto que ella ya conoce la respuesta. Además, hay cosas mucho más importantes en juego que los metros útiles del edificio y la improbabilidad de que un chico de diecisiete años que no sea una estrella de la música ni de la televisión posea un lugar como este.

—Oye… espera —dice al tiempo que me agarra del brazo para detenerme—. ¿Qué hay arriba?

—Nada. —Y me doy cuenta de que la he fastidiado en cuanto pronuncio esa palabra, ya que he respondido demasiado rápido como para resultar creíble. Aun así, lo último que quiero es que Ava suba a fisgonear y encuentre su habitación «especial».

—Vamos… —dice ella, sonriendo como una adolescente rebelde cuyos padres se han marchado fuera el fin de semana—. ¿Cuándo acaban las clases? ¿A las tres menos diez?

Asiento levemente, pero eso es suficiente para animarla.

—¿Cuánto se tarda en llegar? ¿Diez minutos desde el instituto hasta aquí?

—Más bien dos. —Niego con la cabeza—. No, borra eso. Más bien treinta segundos. No te haces una idea de lo rápido que conduce Damen.

Vuelve a consultar su reloj y me mira. Una sonrisa juguetea en las comisuras de sus labios cuando me dice:

—Bueno, eso nos deja mucho tiempo para echar un vistazo a la casa, cambiar las bebidas y marcharnos.

Y, cuando la miro, lo único que puedo oír es la vocecilla de mi cabeza que grita: «¡Di que no! ¡Di que no! ¡Limítate a decirle que no!».

Sé muy bien que debería hacerle caso a esa vocecilla. Pero dejo de escucharla de inmediato cuando Ava dice:

—Venga, Ever… No todos los días se presenta la oportunidad de ver una casa como esta. Además, necesitamos encontrar algo útil, ¿has considerado eso?

Aprieto los labios y asiento como si me doliera. La sigo a regañadientes mientras ella echa a correr como una colegiala entusiasmada por ver su habitación nueva, cuando lo cierto es que me lleva más de diez años. Se dirige hacia la primera puerta abierta que ve y que resulta ser el dormitorio de Damen. Cuando la sigo al interior, no estoy segura de si me siento sorprendida o aliviada al ver que está tal y como la dejé.

Aunque más desordenada.

Bastante más desordenada.

Pero me niego a pensar qué puede haber ocurrido para que esté así.

No obstante, las sábanas, los muebles, incluso los cuadros de las paredes (todos, me alegra poder decir) siguen igual que antes. Son las mismas cosas que le ayudé a colocar hace unas semanas, cuando me negué a pasar un minuto más en ese mausoleo en el que solía dormir. La verdad es que enrollarme con él en medio de todos esos recuerdos polvorientos empezaba a darme escalofríos.

Aunque, técnicamente hablando, ahora yo también soy uno de esos recuerdos polvorientos.

Con todo, seguía prefiriendo que nos quedáramos en mi casa una vez que los muebles nuevos estuvieron en su lugar. Supongo que me sentía… no sé, más «segura». Como si la amenaza de que Sabine regresara en cualquier momento pudiera evitar que hiciera algo que no tenía claro si quería hacer.

Algo que ahora, después de todo lo que ha ocurrido, me parece una soberana estupidez.

—Vaya, mira el baño de esta habitación… —comenta Ava mientras contempla la enorme mampara de cristal con el diseño de mosaicos y suficientes cabezales de ducha como para asear a veinte personas—. ¡Podría acostumbrarme a vivir así! —Se sienta en el borde de la bañera del jacuzzi y juguetea con los grifos—. ¡Siempre he querido uno de estos! ¿Lo has utilizado alguna vez?

Aparto la mirada, pero no antes de que ella pueda atisbar el sonrojo que tiñe mis mejillas. El hecho de que le haya contado unos cuantos secretos y haya permitido que venga aquí no significa que tenga acceso libre a mi vida privada.

—Tengo uno en casa —respondo al final con la esperanza de zanjar el tema y acabar de una vez con la visita turística para seguir con lo nuestro. Necesito volver abajo para poder cambiar las botellas de elixir de Damen por las que he traído. Y, si ella se queda aquí arriba sola, me temo que jamás querrá marcharse.

Le doy unos golpecitos a mi reloj de pulsera para recordarle quién de las dos está al mando aquí.

—Está bien… —dice, aunque casi arrastra los pies cuando salimos del dormitorio al pasillo. Sigue avanzando pesadamente y se detiene unas cuantas puertas más allá y dice—: Echemos un vistazo rápido a lo que hay aquí.

Y, antes de que pueda detenerla, entra en «la Habitación»… el lugar sagrado de Damen. Su santuario privado. Su espeluznante mausoleo.

Sin embargo, ha cambiado.

Y me refiero a que ha cambiado drásticamente.

Todos los recuerdos de la trayectoria vital de Damen se han desvanecido; no hay ningún Picasso, ningún Van Gogh... ni siquiera el sofá de terciopelo está a la vista.

Todo ha sido reemplazado por una mesa de billar con fieltro de color rojo, una barra de bar de mármol bien surtida con brillantes taburetes cromados, y una larga fila de sillones reclinables de cara a una pared ocupada por una pantalla plana gigantesca.

No puedo evitar preguntarme qué ha sido de todas sus viejas cosas. Tengo que admitir que antes esos objetos de valor incalculable me ponían los nervios de punta, pero ahora que han sido sustituidos por brillantes artilugios modernos, me parecen algo así como símbolos perdidos de tiempos mucho mejores.

Echo de menos al antiguo Damen. Echo de menos al novio guapo, inteligente y caballeroso que se aferraba con firmeza a su pasado renacentista.

Este Damen del nuevo milenio es un desconocido para mí. Y, mientras contemplo esta habitación una vez más, me pregunto si no será demasiado tarde para ayudarlo.

—¿Qué pasa? —Ava me mira con el ceño fruncido—. Te has quedado pálida.

La agarro del brazo y tiro de ella escaleras abajo.

—Tenemos que darnos prisa... —le digo—. ¡Antes de que sea demasiado tarde!

Capítulo treinta y tres

Bajo volando las escaleras y entro a la carrera en la cocina.

—¡Coge la mochila que hay junto a la puerta y tráemela! —le grito a Ava.

Entretanto, me acerco a toda velocidad al frigorífico, impaciente por vaciarla de todo su contenido y reemplazarlo por el que traigo. Necesito acabar antes de que Damen regrese a casa y nos pille aquí.

Sin embargo, cuando abro la gigantesca nevera me pasa lo mismo que en la habitación de arriba: no encuentro en absoluto lo que me esperaba. Para empezar, está llena de comida.

Y me refiero a que hay mucha, muchísima comida, como si planeara celebrar una macrofiesta gigante… una que fuera a durar tres días por lo menos.

Hablo de costillas de ternera, buenos filetes, enormes cuñas de queso, medio pollo, dos pizzas de tamaño familiar, ketchup, mayonesa, varios paquetes de comida para llevar… ¡De todo! Por no mencionar los seis packs de cerveza que están alineados en el estante de abajo.

Y, aunque parezca algo bastante normal, la cosa es que…

Damen no es normal. No ha comido de verdad en seiscientos años. Tampoco bebe cerveza.

El elixir de la inmortalidad, agua, una copa de champán de vez en cuando… eso sí.

Heineken y Corona… ni de coña.

—¿Qué pasa? —pregunta Ava, que deja caer la mochila al suelo y echa un vistazo por encima de mi hombro con la intención de averiguar qué es lo que me ha puesto tan nerviosa. Cuando abre el congelador, descubre que está lleno de vodka, pizzas congeladas y varios tarros de helado de Ben and Jerry's—. Vale… está claro que ha ido al supermercado hace poco… ¿Hay algo por lo que alarmarse que no llego a entender? ¿Es que vosotros hacíais aparecer la comida de la nada siempre que teníais hambre?

Hago un gesto negativo con la cabeza. Soy consciente de que no puedo decirle que Damen y yo nunca tenemos hambre. El hecho de que sepa que somos psíquicos con la capacidad de manifestar cosas tanto aquí como en Summerland no significa que deba conocer la otra parte de la historia, la parte de: «Ah, sí, olvidé mencionarte que ambos somos inmortales…».

Lo único que sabe es lo que le he contado: que tengo la fuerte sospecha de que Damen está siendo envenenado. Lo que no le he dicho es que lo están envenenando con algo que está eliminando sus habilidades psíquicas, su fuerza física superior, su enorme inteligencia, sus desarrollados talentos y habilidades e incluso sus recuerdos a largo plazo… Todo su ser se está borrando poco a poco mientras recupera su forma mortal.

Aunque quizá parezca un chico normal de instituto (vale, uno que está buenísimo, que tiene montones de dinero y una residencia propia que vale millones de dólares), es solo cuestión de tiempo que empiece a envejecer.

Y luego llegará el deterioro.

Y luego, al final, morirá, tal y como vi en la pantalla.

Y esa es precisamente la razón por la que necesito cambiar esas bebidas. Necesito que vuelva a tomar el elixir sin adulterar para que recupere las fuerzas y, con un poco de suerte, repare alguno de los daños que ya le han causado. Mientras tanto, yo intentaré descubrir un antídoto que pueda salvarlo y conseguir que vuelva a ser como antes.

Y si su casa desordenada, su habitación remodelada y su frigorífico lleno de provisiones son una indicación, Damen está progresando mucho más rápido de lo que yo creía.

—Ni siquiera veo esas botellas de las que me hablabas —dice Ava, que mira por encima de mi hombro y entorna los ojos para protegerse del resplandor de la luz de la nevera—. ¿Estás segura de que las guarda aquí?

—Confía en mí, están aquí. —Rebusco entre la colección de condimentos más grande del mundo y localizo el elixir. Deslizo los dedos alrededor del cuello de varias botellas y después se las entrego a Ava—. Tal y como pensaba. —Asiento al ver que por fin hacemos algún progreso.

Ava me mira con las cejas enarcadas mientras dice:

—¿No te parece un poco extraño que siga bebiéndolo? Porque, si de verdad está envenenado, ¿no crees que el sabor tendría que ser distinto?

Y no hace falta más para hacerme dudar.

¿Qué pasa si me equivoco?

¿Qué pasa si lo que ocurre no tiene nada que ver con el elixir?

¿Y si Damen se ha hartado de mí sin más, si todos se han hartado de mí, y Roman no es el responsable?

Me encojo de hombros y doy un sorbo con la esperanza de que una cantidad tan pequeña no me haga ningún daño, porque supongo que es la única forma de saber con seguridad si está envenenado o no. En el momento en que lo pruebo, sé con certeza por qué Damen no ha notado ninguna diferencia: porque no hay ninguna, al menos, ninguna hasta que empieza a notarse el regustillo.

—¡Agua! —exclamo antes de salir corriendo hasta el fregadero y meter la cabeza bajo el grifo a fin de tragar toda el agua necesaria para eliminar ese horrible sabor.

—¿Tan mal sabe?

Asiento mientras me seco la boca con la manga.

—Peor. Aunque si alguna vez hubieras visto cómo se bebe esto Damen, sabrías por qué no ha notado la diferencia. Se traga esto como... —Iba a decir «como si se estuviera muriendo», pero se acerca demasiado a la verdad. Así que trago saliva y añado—: como si tuviese muchísima sed.

Le entrego a Ava las botellas que quedan en el frigorífico para que pueda colocar las contaminadas junto al borde del fregadero... después de apartar todos los platos sucios a un lado para dejar sitio, claro.

Formamos un equipo tan bien organizado y compenetrado que apenas he terminado de darle la última botella cuando ya me he inclinado para coger las botellas «buenas» de mi mochila. Sé que no tienen peligro alguno, ya que Damen me las entregó hace unas cuantas semanas, mucho antes de que apareciera Roman. Voy a ponerlas justo donde estaban las otras, para que Damen nunca llegue a sospechar que he estado aquí.

—¿Y qué hacemos con estas? —pregunta Ava—. ¿Nos deshacemos de ellas? ¿O las guardamos como prueba?

Y, justo cuando levanto la vista para contestar, Damen entra por la puerta lateral y dice:

—¿Qué demonios estáis haciendo en mi cocina?

Capítulo treinta y cuatro

M e quedo paralizada. Dos de las botellas del elixir sin adulterar siguen suspendidas entre el frigorífico y yo. Me doy cuenta de que estaba tan preocupada pensando en Damen que he olvidado sintonizar con él para percibir si estaba cerca de aquí.

Ava ahoga una exclamación, y su rostro muestra la misma expresión de pánico que yo intento ocultar. Miro a Damen y me aclaro la garganta antes de decir:

—No es lo que piensas.

Aunque es lo más cutre y ridículo que podría haber dicho, porque lo cierto es que es exactamente lo que piensa: Ava y yo nos hemos colado en su casa para manipular sus alimentos. Tan sencillo como eso.

Él deja caer su mochila y se acerca a mí sin dejar de mirarme a los ojos.

—No tienes ni la menor idea de lo que estoy pensando.

¡Claro que sí!, exclamo para mis adentros. Me encojo de miedo al visualizar los terribles pensamientos que inundan su cabeza, las acusaciones mentales de «¡Acosadora!», «¡Bicho raro!»... y cosas mucho peores.

—¿Y cómo has conseguido entrar aquí? —pregunta, paseando la mirada entre ambas.

—Bueno… Sheila me dejó pasar —le digo, aunque no sé muy bien qué hacer con la botella que aún tengo en la mano.

Una vena comienza a palpitar en su sien cuando sacude la cabeza y aprieta los puños. Justo en ese momento me doy cuenta de que nunca lo había visto tan furioso, ni siquiera sabía que era capaz de enfadarse así, y me siento bastante mal al saber que yo soy la causante.

—Ya me encargaré de Sheila… —dice. Apenas puede contener la rabia—. Lo que quiero saber es qué estás haciendo aquí, en mi casa. Revolviendo en mi frigorífico… —Entorna los ojos—. ¿Qué mierda estáis tramando?

Echo un vistazo a Ava, porque me avergüenza que sea testigo de cómo me habla mi único y verdadero amor.

—¿Y qué hace ella aquí? —Señala a Ava con el dedo—. ¿Te has traído a la médium de tu fiesta para hacerme algún tipo de hechizo?

—¿Te acuerdas de eso? —Dejo la botella en el suelo, a mi lado. Llevo mucho tiempo preguntándome qué partes de nuestro pasado recuerda y, aunque sea una bobada, el hecho de que se acuerde de su encuentro con Ava me llena de esperanza—. ¿Recuerdas la noche de Halloween? —susurro al rememorar la primera vez que nos besamos al lado de la piscina, disfrazados de María Antonieta y su amante, el conde Fersen.

—Sí, lo recuerdo. —Sacude la cabeza—. Siento tener que decirlo, pero fue un momento de debilidad que no volverá a suceder, y que tú te tomas demasiado en serio. Créeme, de haber sabido lo rarita que eres, jamás me habría molestado. No mereció la pena.

Trago saliva con fuerza y parpadeo para contener las lágrimas. Me siento vacía, hueca, como si me hubieran arrancado las entrañas y las hubieran arrojado a un lado... como si toda oportunidad de recuperar nuestro amor, lo único que hace que esta vida en particular merezca la pena, se me escapara de las manos. Y, aunque me recuerdo a mí misma que esas palabras son de Roman y no suyas, que el verdadero Damen no es capaz de tratar así a nadie, no hace que me duela menos.

—Damen, por favor... —consigo decir al final—. Sé que pinta mal. De verdad que sí. Pero puedo explicártelo. Verás, nosotras solo intentamos ayudarte...

Me mira con una expresión tan sarcástica que me siento abochornada. Sin embargo, me obligo a continuar, a sabiendas de que al menos debo intentarlo.

—Alguien está tratando de envenenarte. —Trago saliva mientras sostengo su mirada—. Alguien que conoces.

Él hace un gesto negativo con la cabeza. No se traga ni una palabra. Está convencido de que estoy chiflada y de que deberían encerrarme de inmediato.

—Y esa persona que me está envenenando, esa persona a la que conozco, ¿no serás tú, por casualidad? —Da otro paso hacia mí—. Porque tú eres la única que se ha colado en mi casa. Tú eres la única que se ha puesto delante de mi nevera y está toqueteando mi comida. Creo que las pruebas hablan por sí solas.

Sacudo la cabeza y, a pesar del calor abrasador que inunda mi garganta, digo:

—Sé lo que parece, pero ¡tienes que creerme! ¡Te estoy diciendo la verdad! ¡No me he inventado nada!

Se acerca un paso más. Avanza de una forma tan lenta y deliberada que parece que estuviera acechando a su presa. Así que decido ir al grano y contárselo todo. De todas formas, no tengo mucho que perder.

—Se trata de Roman, ¿vale? —Contengo la respiración al ver que su expresión varía de la rabia a la indignación—. Tu nuevo amigo Roman es...

Miro de reojo a Ava. Sé que no puedo revelar lo que Roman es en realidad: un inmortal renegado que quiere asesinar a Damen por razones que todavía desconozco. Pero, de cualquier forma, carece de importancia. Damen no recuerda a Drina ni sabe que es inmortal; se encuentra tan mal que jamás lo comprendería.

—Sal de aquí —dice. La expresión de su mirada es tan gélida que me provoca más frío que el aire que sale de la nevera—. Lárgate de aquí de una puta vez antes de que llame a la policía.

Echo un vistazo a Ava y veo que ha empezado a derramar el contenido de las botellas adulteradas en el mismo instante que él ha pronunciado su amenaza. Luego miro a Damen, que coge su teléfono y prepara el dedo índice para marcar el nueve, seguido del uno y luego...

Tengo que detenerlo. No puedo permitir que haga esa llamada. No puedo arriesgarme a que la policía se entrometa. Lo miro a los ojos, a pesar de que él se niega a hacer lo mismo, y concentro toda mi energía en él. Mis pensamientos se centran en tratar de persuadirlo. Lo inundo con la luz blanca más cariñosa y compasiva y le entrego un ramo telepático de tulipanes rojos mientras susurro:

—No hay por qué buscar problemas. —Retrocedo poco a poco—. No es necesario que llames a nadie, porque nos marchamos ahora mismo. —Contengo el aliento cuando lo veo mirar el teléfono fijamente, sin comprender por qué no puede apretar la última tecla.

Levanta la vista y, por un efímero instante, durante una fracción de segundo, el antiguo Damen regresa. Me mira como solía hacerlo, provocándome un hormigueo por todo el cuerpo. Y, aunque desaparece casi tan rápido como ha aparecido me doy por satisfecha con lo conseguido.

Arroja el teléfono sobre la encimera y sacude la cabeza. Y, como sé que es mejor que nos movamos con rapidez antes de que mi influencia sobre él llegue a su fin, cojo la mochila y me encamino hacia la puerta. Me doy la vuelta en el preciso instante en que él saca de las alacenas y de la nevera hasta la última botella de elixir. Las destapa y arroja su contenido al fregadero, seguro de que no son aptas para el consumo ahora que yo las he tocado.

Capítulo treinta y cinco

«¿Qué ocurrirá ahora que ya no tiene esa bebida? ¿Se pondrá mejor o peor?»

Esa fue la pregunta que Ava me hizo en cuanto nos metimos en el coche. Y lo cierto es que no supe qué responder. Y aún no lo sé. Así que no dije nada y me limité a encogerme de hombros.

—Lo siento mucho —me dijo al tiempo que entrelazaba las manos sobre su regazo y me miraba con expresión sincera—. Me siento responsable.

Hago un gesto negativo con la cabeza, porque, aunque la culpa fue en parte suya por insistir tanto en ver la casa, es a mí a quien se le ocurrió la brillante idea de entrar sin permiso. Es a mí a quien atraparon con las manos en la masa porque olvidé vigilar las entradas. Así que si hay algún culpable, esa soy yo.

No obstante, peor aún que el hecho de que me pillara es saber que, a ojos de Damen, he pasado de ser una rarita acosadora a ser una fracasada patética que se engaña a sí misma. Está absolutamente convencido de que intentaba añadir alguna especie de estúpido brebaje mágico a su bebida con la esperanza de conquistarlo de nuevo.

Porque eso es justo lo que le aseguró Stacia cuando él le contó la historia.

Y eso es justo lo que eligió creer.

De hecho, es lo que cree todo el instituto, incluidos unos cuantos profesores míos.

Lo que significa que ir a clase se ha convertido en una experiencia aún más horrible que antes. Porque ahora no solo debo sufrir un interminable coro de «¡Ler-daaa!», «¡Fracasada!» y «¡Bruja!», sino que además dos de los profesores me han pedido que me quede después de clase.

Con todo, no puedo decir que la petición del señor Robins me pillara por sorpresa. Puesto que ya habíamos mantenido una pequeña charla sobre mi supuesta incapacidad para seguir adelante y forjarme una vida post-Damen, la verdad es que no me extrañó que me ordenara quedarme después de clase para hablar del «incidente».

Lo que sí me sorprendió fue mi forma de reaccionar, lo pronto que recurrí a hacer la única cosa que creí que no haría jamás: acogerme a la Quinta Enmienda.

—Perdone —dije interrumpiéndolo antes de que acabara. No me interesaba ninguno de los bienintencionados «consejos de amigo» que mi recientemente divorciado y semialcohólico profesor de lengua pudiera darme—. Pero, hasta el momento, se trata solo de un rumor. Una alegación sin prueba alguna que la sustente. —Lo miré a los ojos a pesar de que mentía. Aunque a Ava y a mí nos pillaron con las manos en la masa, Damen no sacó ninguna fotografía. No existe un nuevo vídeo mío circulando por YouTube—. Así que, a menos que vaya a acusarme formalmente… —Hago una pausa para aclararme la garganta, en parte para darle un efecto dramático a mis palabras y en parte porque ni yo misma podía creer que fuera a decir lo que iba a decir—, seguiré siendo inocente hasta que se demuestre lo contrario. —El hombre abrió la boca, dispuesto a hablar, pero yo todavía no había terminado—: De modo que a menos que quiera discutir sobre mi comportamiento en esta clase (que es ejemplar, como usted y yo sabemos) o sobre mis notas (que son más que ejemplares), a menos que quiera discutir sobre una de esas dos cosas... creo que no tenemos nada más que decirnos.

Por fortuna, con el señor Muñoz todo es un poco más sencillo. Aunque lo más probable es que eso se deba a que soy yo quien se dirige a él... Porque creo que mi profesor de historia, obsesionado con el Renacimiento, será el hombre indicado para ayudarme a encontrar el nombre de una hierba en particular que necesito para fabricar el elixir...

Anoche, cuando intenté buscarlo en Google, me di cuenta de que no tenía ni la menor idea de lo que escribir en el cuadro de búsqueda. Y, como Sabine sigue de uñas conmigo a pesar de que como, bebo y actúo con tanta normalidad como puedo, pirarme a Summerland, aunque fuera durante unos minutos, estaba fuera de cuestión.

Y eso convierte al profesor Muñoz en mi única esperanza... o al menos en mi esperanza más inmediata. Porque ayer, cuando Damen arrojó el contenido de todas las botellas por el fregadero, desapareció la mitad de mis provisiones, ya de por sí escasas. Lo que significa que debo fabricar más. Mucho más. No solo para mantener las fuerzas hasta que me marche, sino porque necesito mucha cantidad para lograr la recuperación de Damen.

Y, puesto que nunca llegó a darme la receta, las únicas indicaciones que tengo son las que presencié en el cristal el día que vi cómo su padre y él preparaban el brebaje. El hombre nombró todos los ingredientes en voz alta, pero luego se detuvo y le susurró el último a su hijo al oído en voz tan baja que me fue imposible escucharlo.

No obstante, el señor Muñoz no me sirve de ninguna ayuda. Después de consultar unos cuantos libros antiguos y volver con las manos vacías, me mira y me dice:

—Ever, me temo que no logro encontrar la respuesta a esto, pero ya que estás aquí...

Levanto las manos para evitar que sus palabras lleguen más lejos de lo que ya lo han hecho. Y aunque no me siento orgullosa de la manera en que traté al señor Robins, si el señor Muñoz no se detiene recibirá el mismo discursito.

—Créame, ya sé dónde quiere ir a parar. —Asiento sin dejar de mirarlo a los ojos—. Pero lo ha entendido todo mal. No es lo que usted cree... —Me quedo callada al darme cuenta de que en lo que se refiere a excusas, esta resulta poco convincente. Solo alude al hecho de que aunque «podría» haber ocurrido, no ocurrió de la forma que él piensa. Lo que prácticamente equivale a declararme culpable, pero con circunstancias atenuantes. Sacudo la cabeza y me reprendo a mí misma mientras pienso: «Genial, Ever. Sigue así y al final necesitarás que Sabine te represente».

Muñoz me mira y yo lo miro a él, y ambos negamos con la cabeza: llegamos a un acuerdo mutuo de dejar las cosas como están. No obstante, cuando cojo la mochila y hago ademán de marcharme, el profesor estira el brazo, me agarra la manga con la mano y dice:

—Ten paciencia. Todo saldrá bien.

Y eso es todo lo que hace falta. Ese sencillo gesto es lo único que necesito para «ver» que Sabine ha acudido a Starbucks casi todos los días. Ambos disfrutan de un vacilante coqueteo y, aunque por suerte la cosa aún no ha pasado de las sonrisas, el señor Muñoz se muere de ganas de que vaya más allí. Sé perfectamente que debo hacer lo que sea necesario para impedir que, Dios no lo quiera, empiecen a «quedar», pero en estos momentos no tengo tiempo para encargarme de eso.

Me libro de su energía y me dirijo a la puerta. Apenas he llegado al pasillo cuando se acerca Roman, que aminora sus pasos para acompasarlos a los míos. Me mira con desprecio cuando dice:

—¿Te ha servido de ayuda el señor Muñoz?

Sigo andando, aunque doy un respingo cuando siento su gélido aliento sobre mi mejilla.

—Se te está acabando el tiempo —me dice con una voz tan suave y reconfortante como el abrazo de un amante—. Ahora las cosas van más deprisa, ¿no crees? Antes de que te des cuenta, todo habrá acabado. Y entonces… entonces solo quedaremos tú y yo.

Me encojo de hombros, porque eso no es del todo cierto. He visto el pasado. Sé lo que ocurrió en aquella iglesia de Florencia. Si no me equivoco, hay seis huérfanos inmortales rondando por el planeta. Seis pilluelos que podrían estar en cualquier sitio… suponiendo que consiguieran seguir adelante. Pero, si Roman no lo sabe, no voy a ser yo quien se lo diga.

Así pues, lo miro a los ojos resistiendo el hechizo de esas profundidades azul oscuro, y le digo:

—Qué suerte tengo…

—Y yo. —Sonríe—. Vas a necesitar a alguien que te ayude a curar tu corazón roto. Alguien que te entienda. Alguien que sepa lo que eres en realidad. —Desliza el dedo por mi brazo. Su contacto resulta increíblemente frío a pesar del tejido de algodón de mi manga, así que me apresuro a apartarme.

—No sabes nada sobre mí —le digo mientras recorro su rostro con la mirada—. Me subestimas. Yo en tu lugar no empezaría a celebrarlo tan pronto. Estás a mil años luz de ganar esta batalla.

Y, aunque pretendía que sonara como una amenaza, mi voz resulta demasiado débil y temblorosa como para que nadie se la tome en serio. Acelero el paso y dejo su risa burlona atrás mientras me encamino hacia la mesa del almuerzo en la que esperan Miles y Haven.

Me siento en el banco y los miro con una sonrisa. Tengo la impresión de que ha pasado una eternidad desde la última vez que estuvimos juntos, y verlos sentados aquí me provoca una ridícula sensación de felicidad.

—Hola, chicos —los saludo con una sonrisa bobalicona que soy incapaz de reprimir.

Ellos me miran, se miran el uno al otro y asienten al unísono con la cabeza, como si hubieran ensayado este momento.

Miles da un sorbo de su refresco, una bebida a la que jamás se habría acercado antes. Sus uñas rosa brillante golpetean la lata y empiezo a sentir un nudo en el estómago. Me planteo sintonizar con sus pensamientos, ya que eso me prepararía para el motivo de su «visita», pero decido no hacerlo porque no quiero escucharlo dos veces.

—Tenemos que hablar —dice Miles—. Sobre Damen.

—No —interviene Haven, que fulmina a Miles con la mirada antes de coger del bolso los palitos de zanahoria, el típico almuerzo con cero calorías de las chicas de la banda guay—. Es sobre Damen y sobre ti.

—¿De qué hay que hablar? Está con Stacia y yo… trato de sobrellevarlo.

Se miran el uno al otro e intercambian una mirada breve pero cargada de significado.

—¿De verdad lo intentas? —pregunta Miles—. Porque, en serio, Ever, colarte en su casa y revolver su comida es algo bastante retorcido. No es precisamente el tipo de cosas que hace alguien que «intenta» seguir adelante con su vida…

—¿Qué? ¿Es que creéis que todos los rumores que oís son ciertos? Todos estos meses de amistad, todas las veces que habéis estado en mi casa, y aun así me creéis capaz de eso… —Sacudo la cabeza, pero me niego a ir más allá. Lo único que he conseguido con Damen es un efímero instante de reconocimiento seguido de desdén, y eso que nuestro vínculo se remonta a siglos atrás… Así que ¿qué puedo esperar de Miles y Haven, a quienes conozco desde hace menos de un año?

—Bueno, la verdad es que no veo por qué Damen iba a inventarse algo así —dice Haven, que me mira a los ojos con una expresión tan dura y reprobadora que me queda claro que no ha venido a ayudarme. Porque tal vez actúe como si solo quisiera lo mejor para mí, pero lo cierto es que está disfrutando de mi caída. Después de perder a Damen, después de ver cómo Roman sigue persiguiéndome incluso a pesar de que ella le ha dejado claro su interés, se alegra de verme por los suelos. Y la única razón por la que se digna sentarse conmigo ahora es que puede mirarme a los ojos mientras se regodea.

Clavo la mirada en la mesa, sorprendida de lo mucho que me duele eso. Pero intento no juzgarla ni guardarle rencor. Sé muy bien lo que es sentirse celosa, y no tiene nada de racional.

—Tienes que dejarlo en paz —dice Miles, que da un nuevo sorbo de su refresco sin apartar los ojos de los míos—. Tienes que dejarlo en paz y seguir adelante.

—Todo el mundo sabe que lo estás acosando —señala Haven antes de cubrirse la boca con la mano. Sus uñas están pintadas del color de las zapatillas de ballet, muy distinto del color negro habitual—. Todo el mundo sabe que te colaste en su casa… y dos veces, que nosotros sepamos. En serio, estás fuera de control. Te estás comportando como una chiflada.

Vuelvo a contemplar la mesa. Me pregunto cuánto más durará este asalto.

—De cualquier forma, como amigos tuyos que somos, solo queremos convencerte de que debes dejarlo estar. Necesitas olvidar el pasado y seguir adelante. Porque la verdad es que tu comportamiento da miedo, por no mencionar que…

Haven habla sin parar, tocando todos los puntos que han acordado antes de acercarse a mí. Dejé de escuchar en cuanto la oí decir «como amigos tuyos que somos». Quiero quedarme con eso y rechazar todo lo demás, por más que ahora ya no sea cierto.

Sacudo la cabeza y levanto la vista. Descubro que Roman se ha sentado a la mesa y tiene los ojos fijos en mí. Le da unos golpecitos a su reloj de pulsera y después señala a Damen de una forma tan siniestra, tan amenazadora, que me levanto de un salto de la silla. Dejo atrás la voz de Haven, que se convierte en un zumbido distante mientras corro hacia mi coche. Me reprendo por haber desperdiciado el tiempo con semejantes tonterías cuando hay cosas mucho más importantes que hacer.

Capítulo treinta y seis

Se acabó el instituto. Se acabó lo de someterme todos los días a esa insoportable tortura. ¿Qué sentido tiene ir cuando no consigo nada con Damen, Roman no deja de tirarme pullas y tengo que aguantar las charlas de profesores y ex amigos con falsas buenas intenciones? Además, si las cosas salen tal y como espero, pronto podré regresar a mi antiguo instituto de Oregón, vivir mi vida como si esto no hubiera existido. Así que no es necesario obligarme a pasar por eso nunca más.

Me dirijo a Broadway y me abro paso entre los peatones antes de avanzar hacia el cañón. Tengo la esperanza de encontrar un lugar tranquilo donde pueda crear el portal sin asustar a ninguna compradora desprevenida. Sin embargo, solo cuando aparco recuerdo que estoy en el mismo sitio donde tuvo lugar mi primer enfrentamiento con Drina… un enfrentamiento que finalizó con mi primera visita a Summerland, cuando Damen abrió el portal.

Me acurruco en el asiento e imagino ese velo dorado de luz flotando ante mí y aterrizo justo delante del Gran Templo del Conocimiento. Apenas me da tiempo a admirar su magnífica fachada cambiante, porque me adentro a la carrera en el enorme vestíbulo de mármol. Mis pensamientos se concentran en dos cosas: ¿existe algún antídoto que pueda salvar a Damen? y ¿cómo puedo localizar la hierba secreta, el ingrediente final necesario para preparar el elixir?

Repito esas preguntas una y otra vez mientras espero a que aparezca la puerta que conduce a los registros akásicos…

Pero no ocurre nada.

Nada de esferas. Nada de pantallas de cristal. Ninguna habitación circular blanca y ninguna televisión híbrida.

Nada. *Nothing. Nien.*

Solo una voz detrás de mí que dice:

—Es demasiado tarde.

Me doy la vuelta esperando encontrar a Romy, pero se trata de Rayne, así que pongo los ojos en blanco. Me sigue cuando me encamino hacia la puerta, impaciente por alejarme de ella. Pero la gemela malvada no deja de repetir esas mismas palabras.

No tengo tiempo que perder. No tengo tiempo para descifrar los comentarios crípticos sin sentido que salen de los labios de la niña más espeluznante del mundo. Porque, aunque aquí en Summerland no existe el concepto del tiempo ya que todo sucede en un estado constante «presente», sé con certeza que el tiempo que paso aquí sí que cuenta en casa. Lo que significa que tengo que seguir adelante, que no puedo entretenerme. Avanzo por la calle lo más rápido que puedo hasta que su voz se transforma en un susurro. Sé que debo salvar a Damen antes de volver atrás en el tiempo y regresar a casa. Y, si las respuestas no están aquí, tendré que buscar en algún otro sitio.

Empiezo a correr. En cuanto giro hacia el callejón, me invade un dolor súbito tan abrumador que me desplomo en el suelo. Me aprieto las sienes con los dedos: me duele la cabeza como si me hubieran clavado un puñal a cada lado. En mi mente comienzan a aparecer una serie de imágenes. Escenas que se suceden una detrás de otra, como las páginas de un libro, seguidas por una descripción detallada de lo que incluyen. No he hecho más que acabar la tercera página cuando me doy cuenta de que son las instrucciones para fabricar el antídoto que salvará a Damen y que incluye hierbas que se plantan con la luna nueva, cristales raros, minerales de los que jamás he oído hablar, saquillos de seda bordados por los monjes tibetanos... Y todo debe seguir meticulosamente una serie de pasos muy precisos antes de absorber la energía de la próxima luna llena.

Y, justo después de mostrarme la hierba que necesito para completar el elixir de la inmortalidad, mi cabeza se despeja como si nada hubiera ocurrido. Acto seguido, cojo mi mochila, busco un trozo de papel y un bolígrafo, y anoto el paso final. En ese preciso instante aparece Ava.

—¡He creado el portal sin ayuda! —dice con una expresión radiante mientras me mira a los ojos—. No creí que pudiera hacerlo, pero esta mañana, cuando me he sentado para mi momento de meditación, he pensado: ¿qué puede haber de malo en intentarlo? Y al momento siguiente...

—¿Llevas aquí desde esta mañana? —pregunto al tiempo en que me fijo en su aspecto: el bonito vestido, los zapatos de diseño, las enormes pulseras de oro y los anillos de piedras preciosas que adornan sus dedos.

—En Summerland no existe el tiempo —señala a modo de reprimenda.

—Tal vez, pero en casa ya son más de las doce —replico.

Ella sacude la cabeza y frunce el ceño, negándose a aceptar las tediosas reglas del plano terrestre.

—¿A quién le importa? ¿Qué me voy a perder? ¿Una larga fila de clientes que quieren que les diga que se van a hacer extremadamente ricos y famosos a pesar de todas las evidencias de lo contrario? —Cierra los ojos y suspira—. Estoy harta de eso, Ever. Harta de esa rutina. Pero aquí todo es tan maravilloso que… ¡Creo que me encantaría quedarme!

—No puedes —le digo de inmediato, aunque no estoy segura de si es cierto.

—¿Por qué no? —Se encoge de hombros y eleva los brazos hacia el cielo mientras da vueltas sin parar—. ¿Por qué no puedo quedarme aquí? Dame una buena razón.

—Porque… —empiezo a decir. Ojalá pudiera dejarlo así, pero dado que ella no es ninguna niña, estoy obligada a idear algo mejor—. Porque no está bien —concluyo con la esperanza de que me escuche—. Tienes trabajo que hacer. Todos tenemos trabajo que hacer. Y esconderse aquí es como… hacer trampas.

—¿Quién lo dice? —Frunce el ceño—. ¿Me estás diciendo que toda esta gente está muerta?

Observo lo que me rodea y me fijo en las aceras abarrotadas, en las largas colas del cine y los bares de karaoke, y es entonces cuando me doy cuenta de que no tengo ni la menor idea de lo que responder. ¿Cuántos son como Ava, almas agotadas, hartas y desilusionadas que han encontrado la forma de llegar aquí y han decidido apartarse del plano terrestre para no regresar nunca? ¿Cuántos murieron y se negaron a cruzar, como hizo Riley?

Miro a Ava de nuevo. Sé que no tengo derecho a decirle lo que debe hacer con su vida, sobre todo si tengo en cuenta lo que yo he decidido hacer con la mía.

Extiendo la mano para tomar la suya y sonrío antes de decir:

—Bueno, ahora te necesito. Cuéntame todo lo que sepas sobre astrología.

Capítulo treinta y siete

—¿Y bien? —Me inclino hacia Ava con los codos apoyados sobre la mesa con la intención de mantener su atención puesta en mí, y no en las vistas y sonidos de Saint Germain.

—Sé que soy Aries. —Se encoge de hombros. Sus ojos prefieren el río Sena, el Pont Neuf, la Torre Eiffel, el Arco del Triunfo y la catedral de Nôtre Dame (que en esta versión de París están alineados uno detrás de otro) que a mí.

—¿Eso es todo? —Remuevo mi capuchino y me pregunto por qué me he molestado en pedírselo al *garçon* del bigote rizado con la camisa blanca y el chaleco negro, ya que no tengo ninguna intención de bebérmelo.

Ella suspira y se gira para mirarme.

—Ever, ¿no puedes relajarte un poco y disfrutar de las vistas? ¿Cuándo fue la última vez que estuviste en París?

—Nunca. —Pongo los ojos en blanco de una forma que ella no puede pasar por alto—. Nunca he estado en París. Y detesto tener que soltártelo así, Ava, pero esto… —Me tomo un momento para señalar con un gesto los alrededores: el Louvre, que se encuentra al lado de los grandes almacenes Printemps, que a su vez están junto al Musée d'Orsay—… no es París. Esto es como una estúpida versión Disney de París. Como si hubieras cogido un montón de folletos de viajes, postales de Francia y escenas de esa encantadora película de dibujos, *Ratatouille*, y las hubieras mezclado todas para… *voilà!*… conseguir esto. ¿Ves al camarero? Dudo mucho que en el París de verdad los camareros tengan esa pinta.

No obstante, aunque me estoy comportando como la más grande de las aguafiestas, Ava se echa a reír. Se aparta el cabello cobrizo ondulado del hombro y dice:

—Bueno, pues para tu información, así es exactamente como lo recuerdo. Puede que esos monumentos no estuvieran puestos en fila, pero es mucho más bonito de esta manera. Estuve en la Sorbona, ya lo sabes. De hecho… ¿Te he comentado alguna vez aquella ocasión en la que…?

—Es genial, Ava. De verdad —la interrumpo—. Y me encantaría escuchar todo lo que quieres contarme, pero… ¡nos estamos quedando sin tiempo! Así que respóndeme: ¿qué sabes de astrología, de astronomía o de cualquier cosa relacionada con los ciclos lunares?

Parte un trozo de baguette y lo unta con mantequilla mientras dice:

—¿Puedes ser algo más específica?

Me meto la mano en el bolsillo y saco el trozo de papel plegado en el que lo he apuntado todo después de la visión. La miro con los párpados entornados antes de decirle:

—Vale, ¿qué es exactamente la luna nueva y cuándo tendrá lugar?

Sopla su café y me mira.

—La luna nueva tiene lugar cuando el sol y la luna están en conjunción. Lo que significa que si lo observas desde el plano terrestre, ambos parecen ocupar la misma parte del cielo. Y ese es el motivo por el que la luna no refleja la luz del sol, lo que a su vez significa que no puede verse, porque la cara no iluminada es la que da hacia nuestro planeta.

—Pero ¿qué quiere decir eso? ¿Simboliza algo?

Asiente con la cabeza, parte otro trozo de baguette y añade:

—Es el símbolo de un nuevo comienzo. Ya sabes: renovación, cambio, esperanza… cosas de esas. También es un buen momento para realizar cambios, dejar malos hábitos… o incluso relaciones fallidas. —Me mira con expresión elocuente.

Sin embargo, lo paso por alto y continúo. Sé que se refiere a Damen y a mí, pero no tiene ni la menor idea de que no solo voy a dejar esa relación… voy a borrarla por completo. Porque por mucho que lo quiera, por más que no pueda imaginarme un futuro sin él, creo de vedad que es lo mejor para todos. Nada de esto debería haber ocurrido. Nunca debería haber existido un «nosotros». Es antinatural, no está bien… y ahora mi trabajo consiste en arreglar las cosas.

—Bueno, ¿y cuándo ocurre eso en relación con la luna llena?

—La luna llena se produce dos semanas después de la luna nueva. Ocurre cuando la luna refleja la máxima cantidad de luz procedente del sol, lo que, desde el plano terrestre, hace que parezca llena. Aunque en realidad siempre está llena, ya que no se va a ninguna parte. Y en lo que a simbolismo se refiere… quieres saber eso también, ¿no? —Sonríe—. La luna llena significa abundancia, plenitud… algo así como la maduración de las cosas hasta alcanzar su máximo rendimiento. Y, puesto que la energía lunar alcanza su máxima intensidad en ese momento, también está llena de poderes mágicos.

Asiento con la cabeza mientras trato de asimilar todo lo que ha dicho y me hago una ligera idea de por qué esas fases son tan importantes en mi plan.

—Todas las fases lunares simbolizan algo. —Ava se encoge de hombros—. La luna tiene un papel muy importante en las doctrinas antiguas y también controla las mareas. Y, puesto que nuestros cuerpos están compuestos mayoritariamente por agua, algunos dicen que también nos controla a nosotros. ¿Sabías que la palabra «lunático» viene del término latino *luna*? Ah, y no olvides la leyenda de los hombres lobo… ¡Todo está relacionado con la luna llena!

Me trago la expresión de incredulidad. No existen los hombres lobo, ni los vampiros, ni los demonios… Solo los inmortales, y los inmortales renegados que quieren matarlos.

—¿Puedo preguntarte por qué quieres saber todo esto? —pregunta antes de apurar su café *espresso* y dejar la taza a un lado.

—Te responderé enseguida —replico. Mis palabras suenan tensas, entrecortadas, mucho menos coloquiales que las suyas. Pero, a diferencia de ella, no estoy de vacaciones en París; solo tolero las vistas para conseguir las respuestas que necesito—. Una última cosa, ¿qué tiene de especial la luna llena durante *l'heure bleue* u hora azul, como suelen llamarla?

Me mira con los ojos desorbitados, y parece haberse quedado sin aliento cuando me pregunta:

—¿Te refieres a la luna azul?

Me encojo de hombros mientras recuerdo que la luna que vi en las imágenes estaba tan azul que casi se fundía con el cielo. Luego, al figurarme que debe de haber algún simbolismo entre la luna azul y la forma en que su color vibra y resplandece, añado:

—Sí, pero la luna azul justo durante la hora azul. ¿Qué sabes sobre eso?

Respira hondo y clava los ojos en la distancia antes de responder:

—La corriente principal de pensamiento sostiene que la segunda luna llena en un mismo mes es una luna azul. Pero hay otra escuela de pensamiento más esotérica que afirma que la verdadera luna azul tiene lugar cuando las dos lunas llenas se producen, no necesariamente en el mismo mes, sino durante el mismo signo astrológico. Se considera un día sagrado en el que la conexión entre las dimensiones es muy intensa, lo que lo convierte en un momento ideal para la meditación, la oración y los viajes místicos. Se dice que si controlas la energía de la luna azul durante la hora azul puedes realizar cualquier tipo de magia. Las únicas limitaciones, como siempre, son las que tú te impongas.

Me mira mientras se pregunta qué estoy tramando, pero no estoy dispuesta a contárselo todavía. Luego sacude la cabeza y dice:

—Pero, para que lo sepas, la auténtica luna azul ocurre muy pocas veces, una vez en un período de tres a cinco años.

Se me hace un nudo en el estómago y aprieto con fuerza los costados de mi silla.

—¿Y sabes cuándo tendrá lugar la próxima luna azul? —pregunto. Aunque por dentro pienso: «Que sea pronto, por favor... ¡Que sea pronto!».

Me siento como si estuviera a punto de vomitar y desmayarme, pero ella sacude la cabeza y dice:

—No tengo ni idea.

¡Cómo no! Lo único importante que necesito saber... es lo único que no sabe.

—Aunque sé cómo podemos averiguarlo. —Esboza una sonrisa.

Hago un gesto negativo con la cabeza y estoy a punto de explicarle que, hasta donde yo sé, mi acceso a los registros akásicos ha sido revocado, cuando ella cierra los ojos y hace aparecer un iMac plateado.

—¿Alguien necesita el Google? —Se echa a reír y lo empuja hacia mí.

Capítulo treinta y ocho

Aunque me sentí como una idiota en el mismo instante en que Ava hizo aparecer el ordenador portátil (¿por qué no se me ocurrió a mí?), la verdad es que obtuvimos respuestas bastante deprisa.

Por desgracia, no eran las buenas noticias que esperaba.

De hecho, eran cualquier cosa menos eso.

Justo cuando todo parecía encajar, cuando parecía cosa del destino… todo se vino abajo en el momento en que descubrí que la luna azul, esa rarísima luna llena que solo aparece en una ocasión en períodos que comprenden de tres a cinco años y que resulta que también es mi única ventana para el viaje en el tiempo, hace su aparición… mañana.

—Todavía no puedo creerlo —digo al salir del coche mientras Ava echa monedas al parquímetro. Tiene un montón de monedas de veinticinco centavos apiladas en la palma de la mano—. Creí que no era más que un tipo de luna llena; no sabía que existiera esa diferencia, ni que ocurriera tan pocas veces. ¿Qué se supone que voy a hacer?

Ella cierra el monedero y me mira.

—Bueno, a mi modo de ver, tienes tres opciones.

Aprieto los labios, sin saber si quiero escucharlas o no.

—Puedes quedarte sentada sin hacer nada mientras todo lo que te importa y quieres se viene abajo; puedes elegir una cosa y abandonar todas las demás, o puedes decirme qué está ocurriendo aquí exactamente para ver si puedo ayudarte.

Respiro hondo y la miro. Está de pie delante de mí, ataviada con su atuendo habitual: vaqueros desgastados, anillos de plata, una túnica blanca de algodón y chanclas de cuero marrón. Siempre ahí, siempre disponible, siempre dispuesta a ayudarme, incluso cuando ni siquiera sé que necesito ayuda.

Incluso cuando me mostraba desdeñosa con ella (y, para ser sincera, bastante mezquina también), Ava estaba ahí, esperando a que cambiara de opinión. Nunca me ha echado en cara mi mal comportamiento, nunca me ha dado la espalda ni me ha evitado como yo hice con ella. Ha estado a mi lado todo este tiempo, a la espera de convertirse en una especie de hermana mayor con poderes psíquicos. Y ahora es la única a quien puedo acudir... la única con la que puedo contar... La única que ha estado cerca de conocer mi auténtico «yo»... y mis mayores secretos.

Y, a la luz de todo lo que acabo de descubrir, no me queda más remedio que contárselo. No hay forma de que pueda seguir adelante sola, como me habría gustado.

—Vale. —Asiento con la cabeza para convencerme a mí misma de que no solo es lo más correcto, sino lo único que puedo hacer—. Esto es lo que necesito que hagas.

Y, mientras caminamos calle abajo, le digo lo que vi en el cristal ese día. Le cuento todo lo que puedo, aunque sin mencionar nunca la palabra «yo» para cumplir la promesa que le hice a Damen de no divulgar jamás nuestra inmortalidad. Le explico a Ava que Damen necesitará el antídoto para curarse y su «bebida energética especial» para recuperar las fuerzas. Le confieso que me enfrento a dos opciones: quedarme con el amor de mi vida o salvar cuatro vidas que jamás debieron sesgarse.

Así que, cuando llegamos a la parte exterior de la tienda en la que trabaja, la tienda frente a la que he pasado delante muchas veces y en la que nunca he entrado, ella me mira y abre la boca como si fuera a decir algo, pero luego la cierra. Repite la misma acción unas cuantas veces, hasta que al final consigue murmurar:

—Pero… ¡es mañana! ¿Puedes marcharte tan pronto, Ever?

Me encojo de hombros y siento una opresión en el estómago al oírlo de viva voz. Pero, como sé que no puedo permitirme esperar como mínimo tres años más, asiento con más certeza de la que siento. La miro a los ojos y le digo:

—Y esa es justo la razón por la que necesito tu ayuda con el antídoto, y luego para encontrar una forma de dárselo junto con el elix… —Hago una pausa con la esperanza de no haber despertado sus sospechas e intento corregirme— con esa bebida energética roja para que se ponga mejor. Ahora sabes cómo entrar en su casa, así que creo que podrías encontrar la manera de, no sé, adulterar su bebida o algo así —le digo. Sé que es el peor plan del mundo, pero estoy decidida a que funcione—. Y cuando esté mejor… cuando el antiguo Damen haya vuelto… puedes explicarle todo y darle… la bebida roja.

Ava me mira con una expresión tan compleja que no sé muy bien cómo interpretarla, de manera que continúo.

—Sé que parece que mi elección va en su contra, pero no es así. De verdad que no. De hecho, hay muchas posibilidades de que nada de esto sea necesario. Hay muchas posibilidades de que cuando yo vuelva a ser la que era, todo lo demás vuelva a serlo también.

—¿Eso es lo que viste? —pregunta ella con voz amablemente suave.

Niego con la cabeza.

—No, solo es una teoría, aunque me parece bastante lógica. No puedo imaginarlo de otra manera. Así que todas las cosas que te he contado no son en realidad más que una precaución, porque no será necesario que hagas nada. No recordarás esta conversación, puesto que será como si nunca hubiera ocurrido. De hecho, ni siquiera recordarás haberme conocido. Pero, por si acaso me equivoco (aunque creo que no), necesito tener un plan… solo por si acaso, ya sabes —murmuro, preguntándome a quién trato de convencer, si a ella o a mí.

Ava me aprieta la mano con fuerza y me mira con los ojos llenos de compasión.

—Estás haciendo lo correcto —me dice—. Y tienes suerte. No mucha gente tiene la posibilidad de volver atrás.

La miro con una sonrisa.

—¿No mucha?

—Bueno, ahora mismo no se me ocurre ninguna —replica antes de devolverme la sonrisa.

No obstante, aunque ambas reímos, cuando hablo de nuevo lo hago con seriedad:

—De verdad, Ava, no podría soportar que le ocurriera algo a Damen. Yo… me… me moriría si llego a descubrir que le ha ocurrido algo… y que ha sido por mi culpa…

Me aprieta la mano y abre la puerta de la tienda para conducirme al interior.

—No te preocupes. Confía en mí —susurra.

Dejamos atrás varias estanterías llenas de libros, una pared repleta de discos compactos, todo un rincón dedicado a figurillas de ángeles y una máquina que afirma fotografiar las auras en nuestro camino hacia el mostrador, donde una anciana con una larga trenza blanca está leyendo un libro.

—No sabía que tenías cita para hoy. —Deja a un lado la novela y nos mira.

—Y no la tengo. —Ava sonríe—. Pero mi amiga Ever… —Me señala con la cabeza— necesita una visita a la habitación de atrás.

La mujer me estudia en un obvio intento de atisbar mi aura y percibir mi energía, y cuando no consigue nada, observa a Ava con expresión interrogante.

Sin embargo, Ava se limita a sonreír y a asentir con la cabeza para confirmar que me merezco entrar en «la habitación de atrás», sea la que sea.

—¿Ever? —dice la mujer, que se lleva la mano al cuello para toquetear el colgante de turquesa que lleva.

Titubea mientras nos mira a Ava y a mí, pero luego se concentra solo en mí para decir:

—Soy Lina.

Eso es todo. Ni apretones de mano ni abrazos de bienvenida. Me dice su nombre y luego se dirige a la puerta para darle la vuelta al cartel que cuelga de ella, que pasa de ABIERTO à VOLVERÉ EN DIEZ MINUTOS. Después nos indica con un gesto que la sigamos hasta un pequeño pasillo que termina en una lustrosa puerta púrpura.

—¿Puedo preguntar de qué va todo esto? —Rebusca en su bolsillo hasta que encuentra un juego de llaves; todavía no tiene muy claro si va a dejarnos pasar o no.

Ava me señala con la cabeza para insinuar que es mi turno de hablar. Así que me aclaro la garganta, meto la mano en el bolsillo de los pantalones vaqueros que acabo de hacer aparecer (y cuyos bajos, por suerte, llegan hasta el suelo) y recupero el trozo de papel antes de decir:

—Necesito... unas cuantas cosas.

Doy un respingo cuando Lina me arrebata el papel de las manos y le echa un vistazo. Se detiene para enarcar una ceja, murmura algo ininteligible y vuelve a observarme con detenimiento una vez más.

Y, justo cuando parece que está a punto de echarme de allí, vuelve a colocarme la lista en la mano, abre la puerta y nos invita a pasar a una habitación que no me esperaba.

Cuando Ava me dijo que en este lugar podría encontrar lo que necesitaba, me puse bastante nerviosa. Estaba segura de que me arrojarían a algún oscuro sótano secreto lleno de todo tipo de cosas extrañas y aterradoras típicas de los rituales mágicos, como frascos con sangre de gato, alas de murciélago, cabezas reducidas, muñecas de vudú... cosas como las que se ven en el cine o en la televisión. Pero esta habitación no se parece en absoluto a nada de eso. De hecho, tiene más bien el aspecto de un armario ropero bien ordenado. Bueno, salvo por las paredes violetas adornadas con máscaras y tótems tallados a mano. Ah, y por los retratos de la diosa apoyados contra las abarrotadas estanterías, que se comban bajo el peso de los enormes libros antiguos y las deidades de piedra. Con todo, el archivador parece bastante normal. Y, cuando la mujer abre una de las alacenas y empieza a rebuscar en su interior, intento mirar por encima de su hombro, pero no consigo ver nada hasta que ella me entrega una piedra que me parece inadecuada en todos los sentidos.

—Piedra lunar —aclara al notar la confusión de mi rostro.

Miro la piedra fijamente; sé que no tiene el aspecto que debería tener y, aunque ni siquiera puedo explicar por qué, hay algo en ella que parece fuera de lugar. Como no quiero ofender a la mujer, ya que no me cabe duda de que no vacilaría a la hora de echarme, trago saliva con fuerza, reúno coraje y digo:

—Hum… necesito una en bruto y sin pulir, en su forma más pura… Esta parece demasiado suave y brillante para lo que necesito.

Lina asiente… de forma casi imperceptible, pero asiente. Realiza una levísima inclinación de cabeza y la comisura de sus labios se eleva mínimamente antes de sustituir la piedra por la que le he pedido.

—Esta sí —digo, a sabiendas de que he pasado la prueba. Contemplo la piedra lunar: no es ni de cerca tan brillante o bonita como la otra, pero espero que haga lo que se supone que debe hacer: ayudar en los nuevos comienzos—. Y ahora necesito un cuenco de cristal de cuarzo (uno que esté en sintonía con el séptimo chacra), un saquillo de seda roja bordado por los monjes tibetanos, cuatro cristales pulidos de cuarzo rosa, una pequeña esta… ¿Estaurolita? ¿Es así como se dice? —La miro y veo que asiente—. Ah, y también la zoisita en bruto más grande que tenga.

Y, cuando veo que Lina se queda donde está y pone los brazos en jarras, sé que se está preguntando cómo pueden encajar todos esos artículos.

—Ah, y un trozo de turquesa, del tamaño de la que usted lleva —le digo al tiempo que señalo su cuello.

La mujer me mira de arriba abajo y asiente brevemente antes de darse la vuelta para reunir los cristales que le he pedido. Los coge de manera tan despreocupada que cualquiera diría que está comprando comestibles en Whole Foods.

—Ah, y aquí tiene una lista de hierbas. —Me meto la mano en el bolsillo y saco el arrugado trozo de papel antes de ofrecérselo—. Es preferible que hayan sido plantadas durante la luna nueva y atendidas por monjas ciegas en la India —añado. Me quedo atónita al ver que ella coge la lista y asiente sin inmutarse.

—¿Puedo preguntar para qué es esto? —pregunta mirándome a los ojos.

Niego con la cabeza. Me ha costado la vida contárselo a Ava, y eso que ella es una buena amiga. No pienso decírselo a esta dama, no importa el aspecto de abuelita que tenga.

—Hum… preferiría no decirlo. —Me encojo de hombros con la esperanza de que respete mi decisión y me los dé, ya que no puedo manifestar lo que necesito: es imperativo que procedan de su fuente original.

Nos miramos a los ojos fijamente, sin vacilar. Y, aunque mi intención es mantenerme en mi lugar el tiempo que sea necesario, apenas pasan unos segundos antes de que ella se aparte y empiece a rebuscar en el archivador. Sus dedos no dejan de moverse entre centenares de paquetes cuando le digo:

—Ah, y hay una cosa más.

Busco en la mochila el boceto de esa hierba extraña tan difícil de encontrar que utilizaban a menudo en la Florencia renacentista. El ingrediente final necesario para que el elixir cobre vida.

Le paso el boceto a Lina y le pregunto:

—¿Le resulta familiar?

Capítulo treinta y nueve

Una vez reunidos todos los ingredientes, todos salvo el agua de manantial, el aceite de oliva virgen extra y las velas blancas largas (que Lina no tenía, aunque eran lo más normal que le había pedido), además de la cáscara de naranja y la foto de Damen (que no esperaba encontrar allí), volvemos a mi coche.

Y no he hecho más que abrir la puerta cuando Ava dice:

—Creo que caminaré hasta casa desde aquí; en realidad vivo a la vuelta de la esquina.

—¿Estás segura?

Extiende los brazos hacia los lados como si quisiera abrazar la noche. Sus labios se curvan en una sonrisa.

—Se está tan bien aquí fuera que quiero disfrutarlo —me dice.

—¿Tan bien como en Summerland? —inquiero. No puedo evitar preguntarme a qué viene este repentino brote de felicidad, ya que en la sala trasera de Lina estaba muy seria.

Ella echa la cabeza hacia atrás, dejando al descubierto la piel pálida de su cuello, y suelta una carcajada. Luego me mira a los ojos.

—No te preocupes. No tengo planeado abandonar la sociedad y trasladarme allí de forma permanente. Aunque me parece maravilloso tener la posibilidad de visitar el lugar cuando necesito una pequeña escapada.

—Ten cuidado y no vayas demasiado a menudo —le aconsejo, la misma advertencia que Damen me hizo una vez—. Summerland resulta adictivo —añado al ver que ella se abraza la cintura y se encoge de hombros, aunque sé que no he hecho más que malgastar el aliento, porque es obvio que volverá tan pronto y tan a menudo como le sea posible.

—Bueno, ¿tienes todo lo que necesitas? —me pregunta.

Asiento con la cabeza y me apoyo contra la puerta del coche.

—Y el resto lo conseguiré de camino a casa.

—¿Seguro que estás preparada para esto? —Me mira con expresión seria una vez más—. Ya sabes, para abandonar esta vida. Para dejar a Damen...

Trago saliva con fuerza. Prefiero no pensar en eso. Prefiero mantenerme ocupada, concentrarme en una sola cosa en cada instante hasta que llegue mañana y sea el momento de decir adiós.

—Porque una vez que lo hayas hecho, no podrás volver atrás.

Hago un gesto despreocupado con los hombros y sostengo su mirada antes de decir:

—Según parece, eso no es cierto. —Contemplo cómo inclina la cabeza a un lado y el cabello rojizo le cubre el rostro, hasta que ella atrapa los mechones y se los coloca detrás de la oreja.

—Pero vas a ser... bueno, eres consciente de que volverás a ser normal, ¿verdad? No tendrás acceso a semejantes conocimientos, no sabrás nada de... ¿Estás segura de que quieres regresar a todo eso?

Clavo la mirada en el suelo y le doy una patada a una piedra pequeña.

—Escucha, no voy a mentirte. Todo está ocurriendo mucho más rápido de lo que esperaba. Tenía la esperanza de tener algo más de tiempo para… acabar las cosas. Sin embargo, últimamente… Bueno, sí, creo que estoy preparada. —Hago una pausa para repetir esas palabras en mi mente, a sabiendas de que no transmiten lo que siento en realidad—. Lo que quiero decir es que «sé» que estoy preparada. De hecho, estoy más que preparada. Porque volver a poner todo en su lugar y vivir las cosas tal y como deberían haber sido… bueno, me parece lo más correcto, ¿no crees?

Y, aunque no quería que ocurriera, mi voz se eleva al final de la frase haciendo que todo parezca una pregunta en lugar de la afirmación que pretendía hacer. Así pues, sacudo la cabeza y digo:

—Lo que quiero decir es que con toda certeza, sin ningún género de dudas, es lo más correcto. —Y después agrego—: Bueno, ¿por qué otro motivo si no tuve acceso a esos registros?

Ava me mira a los ojos sin vacilar y con expresión seria.

—Además, ¿te haces una idea de lo mucho que me entusiasma la idea de estar con mi familia de nuevo?

Extiende los brazos hacia mí y me estrecha con fuerza contra su pecho mientras susurra:

—Me alegro muchísimo por ti. De verdad. Y, aunque voy a echarte de menos, me honra que confíes en mí para finalizar el trabajo.

—No sé cómo darte las gracias —murmuro con un nudo en la garganta.

Sin embargo, ella se limita a acariciarme el pelo con la mano mientras replica:

—Créeme, ya lo has hecho.

Me aparto de ella y miro a mi alrededor para contemplar la espléndida noche que reina en esta encantadora ciudad costera. Apenas puedo creer que vaya a alejarme de todo esto... de Sabine, de Miles, de Haven, de Ava... de Damen... De todo. Como si jamás hubiera existido.

—¿Te encuentras bien? —me pregunta Ava con voz suave y dulce, como si fuera capaz de leerme el pensamiento.

Asiento, me aclaro la garganta y señalo la pequeña bolsa púrpura con el nombre de la tienda (Mystics & Moonbeams) escrito en letras doradas que tiene a los pies.

—¿Seguro que tienes claro el uso de las hierbas? Debes guardarlas en un lugar seco y oscuro, y no puedes triturarlas ni añadirlas al... líquido rojo... hasta el último día... el tercer día.

—No te preocupes. —Se echa a reír—. Lo que no está aquí... —Coge la bolsa y se la aprieta contra el pecho— está aquí. —Se señala la frente y sonríe.

Asiento con la cabeza y parpadeo para contener las lágrimas. Me niego a venirme abajo, porque sé que esta es solo la primera de muchas despedidas.

—Me pasaré por tu casa mañana y te dejaré el resto —le digo—. Solo por si al final lo necesitas, aunque no lo creo. —Luego subo al coche, pongo el motor en marcha y me alejo. Me dirijo a Ocean sin un gesto de despedida, sin mirar atrás, porque sé que mi única esperanza ahora es mirar hacia el futuro y concentrarme en eso.

Después de parar en unos grandes almacenes para conseguir el resto de los objetos, subo las bolsas a mi habitación y extiendo su contenido sobre el escritorio. Rebusco entre los montones de aceites, hierbas y velas, impaciente por coger los cristales, ya que son los que requieren más trabajo. Hay que prepararlos de manera individual según su categoría antes de envolverlos con el saquillo de seda y sacarlos fuera a fin de que puedan absorber la mayor cantidad de luz de luna que sea posible. Así que, mientras tanto, hago aparecer una maja y un mortero (olvidé comprarlos en el supermercado, pero puesto que son una herramienta y no un ingrediente real, supongo que no pasa nada por manifestarlos) para poder machacar algunas de las hierbas y ponerlas a hervir en unas probetas (también manifestada), antes de mezclarlas todas con el hierro, los minerales y los polvos de colores que Lina introdujo en esos frascos de cristal etiquetados con tanto cuidado. Hay que completarlo todo en siete pasos precisos que comienzan con el repiqueteo del cuenco de cristal que ha sido afinado específicamente para vibrar en sintonía con el séptimo chacra a fin de proporcionar inspiración, percepción más allá del espacio y el tiempo y un montón de cosas más que conectan con lo divino. Y, mientras contemplo el montón de ingredientes apilados delante de mí, no puedo evitar sentir un arrebato de excitación, ya que sé que todo empieza a encajar después de unas cuantas salidas en falso.

Decir que me preocupaba no poder encontrar estas cosas en un solo lugar sería un eufemismo. Era una lista tan extraña y variada que ni siquiera sabía si existirían algunas de las cosas, y eso me deprimió incluso antes de empezar. Pero Ava me aseguró que Lina no solo podría proporcionármelas, sino que además era de plena confianza. Y, aunque todavía no tengo claro esto último, lo cierto es que no podía acudir a nadie más.

No obstante, la forma en que Lina me miraba, esa forma de observarme con los ojos entornados mientras reunía los polvos y las hierbas, me puso de los nervios. Y cuando cogió el boceto que yo había dibujado y me preguntó: «¿Qué es exactamente lo que piensas poner en práctica? ¿Alguna fórmula alquímica?», tuve la certeza de que había cometido un error colosal.

Ava me miró de reojo y estaba a punto de intervenir cuando sacudí la cabeza y me obligué a responder con una sonrisa:

—Bueno, si se refiere a la alquimia en el verdadero significado de la palabra (dominar la naturaleza, prevenir el caos y prolongar la vida durante un tiempo indeterminado)… —una definición que había memorizado poco antes, después de buscar la palabra en el diccionario— entonces no. Me temo que mis intenciones no son tan elevadas. Solo pretendo hacer un poco de magia blanca: lanzar un hechizo para aprobar los exámenes finales, para conseguir una cita para el baile de graduación y quizá para acabar con mis alergias, que están a punto de entrar en todo su apogeo ahora que llega la primavera. Porque no quiero salir en las fotos con la nariz roja y goteante, ¿sabe?

Y, al ver que eso no había conseguido convencerla, en especial la parte de las alergias, añadí:

—Por eso necesito el cuarzo rosa, porque, como bien sabe, se supone que atrae el amor… Ah, y también la turquesa… —Señalé el colgante que llevaba—. Bueno, ya sabe que es famosa por su capacidad de sanación y… —Aunque estaba preparada para seguir parloteando y recitar todas las cosas que había aprendido apenas una hora antes, decidí acabar así y me encogí de hombros.

Desenvuelvo los cristales con mucho cuidado y sostengo cada uno de ellos en ambas palmas antes de cerrar los dedos e imaginarme una brillante luz blanca que penetra hasta su núcleo y lleva a cabo el importantísimo paso de «limpieza y purificación», el cual, según leí en internet, no es más que el primer paso para preparar las piedras. El segundo es pedirles (¡en voz alta!) que absorban la poderosa energía de la luna a fin de proporcionar el servicio para el que la naturaleza las ha creado.

—Turquesa —susurro. Echo un vistazo a la puerta para asegurarme de que está cerrada, ya que sería de lo más embarazoso que Sabine entrara y me pillara arrullando un montón de piedras—. Te pido que sanes, purifiques y equilibres los chacras, que es para lo que te ha creado la naturaleza. —Respiro hondo y le transmito a la piedra la energía de mis intenciones antes de meterla en el saquillo y coger la siguiente. Me siento ridícula y un poco farsante, pero sé que no me queda más remedio que seguir adelante.

Continúo con el cuarzo rosa pulido; cojo las piedras una por una y las inundo con luz blanca antes de repetir cuatro veces (una por cada una):

—Deseo que traigas amor incondicional y paz infinita.

Las dejo en el saquillo de seda roja y contemplo cómo se sitúan alrededor de la turquesa.

Luego cojo la estaurolita (una hermosa piedra que, según dicen, está formada a partir de las lágrimas de las hadas) y le pido que me proporcione la sabiduría de otras épocas, buena suerte y la ayuda necesaria para contactar con otras dimensiones.

A continuación, sujeto con ambas manos el trozo grande de zoisita. Después de limpiarla con la luz blanca, cierro los ojos y susurro:

—Deseo que transformes todas las energías negativas en positivas, que ayudes en la conexión con los reinos místicos y que…

—¿Ever? ¿Puedo pasar?

Contemplo la puerta y sé que lo único que me separa de Sabine es una hoja de madera de cuatro centímetros. Luego observo el montón de hierbas, aceites, velas y polvos, y la piedra a la que le estoy hablando.

—Y que, por favor, ayudes en la recuperación, las enfermedades y ¡todo lo que sea que estás destinada a hacer! —exclamo en un susurro.

La meto en la bolsa en cuanto acabo de pronunciar las palabras, pero no encaja.

—¿Ever?

La empujo de nuevo para intentar introducirla en el interior, pero la abertura es tan pequeña y la piedra tan grande que me será imposible lograrlo sin romper las costuras.

Sabine llama una vez más: tres golpes firmes que me informan de que sabe que estoy aquí, de que sabe que estoy tramando algo y de que su paciencia está a punto de agotarse. Y, aunque no tengo tiempo para charlas, no me queda más remedio que decirle:

—¡Un segundo!

Introduzco la piedra en la bolsa a la fuerza, corro hasta la terraza para dejarla sobre una mesa pequeña con las mejores vistas de la luna y después regreso a la habitación a toda velocidad. Casi me da un síncope cuando Sabine vuelve a llamar y me fijo en el estado del dormitorio: sé lo que va a pensar, pero no tengo tiempo para cambiar nada.

—¿Ever? ¿Te encuentras bien? —pregunta con preocupación y cierto enfado.

—Claro. Solo… —Agarro el bajo de la camiseta y me la saco por la cabeza. Le doy la espalda a la puerta mientras le digo—: Bueno, ahora ya puedes pasar… Solo… —Y en el momento en que entra, vuelvo a ponerme la camiseta. Finjo un súbito arranque de modestia, como si no pudiera soportar que me viera desnuda (aunque antes nunca me ha importado demasiado)—. Solo estaba cambiándome —mascullo.

Veo que frunce el ceño al mirarme y que olisquea el aire en busca de alguna señal de marihuana, alcohol, cigarrillos aromatizados o cualquier otra cosa que consideren peligrosa en el último libro sobre adolescentes que se ha leído.

—Tienes algo en… —Señala la parte delantera de mi camiseta—. Algo… rojo… que probablemente no salga.

Retuerce la boca a un lado mientras observo mi camiseta y descubro una enorme raya roja que relaciono con el polvo que necesito para el elixir. Comprendo de inmediato que la bolsa que lo contiene está agujereada, y cuando me fijo en el escritorio, veo que el polvo se ha derramado por toda la mesa y también el suelo.

Genial… ¡Una forma estupenda de fingir que te estabas poniendo una camiseta limpia!, exclamo para mis adentros.

Mi tía se acerca a mi cama, se sienta en el borde y cruza las piernas sin soltar el teléfono móvil que lleva en la mano. Solo tengo que echar un vistazo al color gris rojizo de su aura para saber que la expresión preocupada de su cara tiene menos que ver con mi aparente falta de ropa limpia que con… mi extraño comportamiento, mi creciente reserva y mis hábitos alimenticios. Cosas que, en su opinión, llevan a algo mucho más siniestro.

Estoy tan concentrada en cómo explicar esas cosas que no veo venir su pregunta:

—Ever, ¿te has saltado las clases hoy?

Me quedo paralizada. Observo cómo mira mi escritorio y se fija en el montón de hierbas, velas, aceites, minerales y todas las cosas extrañas que no está acostumbrada a ver… al menos agrupadas de esa manera… como si tuvieran un propósito… como si su disposición fuera mucho menos aleatoria de lo que parece a primera vista.

—Pues sí… Me dolía la cabeza. Pero no era para tanto. —Me dejo caer sobre la silla de mi escritorio y empiezo a hacerla rodar hacia delante y hacia atrás con la esperanza de apartar su atención de la mesa.

Sabine pasea la vista entre el experimento alquímico y yo, y está a punto de ponerse a hablar cuando le digo:

—Bueno, no es para tanto ahora que se me ha pasado. Porque, créeme, antes lo era. Tuve una de mis migrañas. Ya sabes cómo me pongo cuando me pasa.

Me siento como la peor sobrina del mundo… una mentirosa desagradecida… una charlatana que no dice más que tonterías. No sabe la suerte que tiene de poder librarse de mí tan pronto.

—Tal vez sea porque no comes lo suficiente. —Suelta un suspiro, se quita los zapatos con los pies y me estudia con detenimiento antes de añadir—: Aunque lo cierto es que pareces crecer a marchas forzadas. ¡Estás incluso más alta que hace unos días!

Me miro los tobillos y me quedo atónita al ver que los vaqueros nuevos que hice aparecer me quedan mucho más cortos que esta mañana.

—¿Por qué no fuiste a la enfermería si no te sentías bien? Sabes que no tienes permiso para marcharte de esa manera.

La miro con atención. Desearía poder decirle que no se preocupe, que no malgaste un solo segundo más de su tiempo preocupándose por mí, que pronto acabará todo. Porque, aunque voy a echarla de menos, está claro que su vida mejorará. Se merece algo mejor que esto. Se merece a alguien mejor que yo. Y es agradable saber que pronto disfrutará de un poco de paz.

—Es una enfermerucha —le digo—. Lo único que hace es repartir aspirinas, y ya sabes que eso no me hace nada. Solo necesitaba volver a casa y tumbarme un rato. Es lo único que me funciona. Así que… me fui.

—¿Y lo hiciste? —Se inclina hacia mí—. Me refiero a lo de volver a casa. —Y en el momento en que nuestros ojos se encuentran, sé que me está desafiando. Que es una prueba.

—No. —Suspiro y clavo la vista en la alfombra antes de ondear la bandera blanca—. Fui en coche hasta el cañón y…

Ella me observa, a la espera.

—Me quedé allí durante un rato. —Respiro hondo y trago saliva con fuerza, a sabiendas de que eso es lo máximo que puedo acercarme a la verdad.

—Ever, ¿todo esto es por Damen?

Y, en el instante en que la miro a los ojos, me echo a llorar sin poder evitarlo.

—Ay, cielo… —me dice en un murmullo. Abre los brazos de par en par y yo salto de la silla para arrojarme a ellos. Todavía no me he acostumbrado a mis piernas larguiruchas, y estoy a punto de tirarla al suelo con la torpeza de mis movimientos.

—Lo siento —le digo—. Yo… —Pero soy incapaz de acabar la frase. Una nueva oleada de lágrimas inunda mis ojos y me echo a llorar otra vez.

Ella me acaricia el pelo mientras sollozo y susurra:

—Sé lo mucho que lo echas de menos. Sé lo duro que debe de resultar para ti…

Sin embargo, en el instante en que pronuncia esas palabras, me aparto. Me siento culpable por fingir que todo esto es por Damen cuando lo cierto es que solo es por él en parte. También es porque echo de menos a mis amigos (tanto a los de Laguna como a los de Oregón). Y porque echo de menos mi vida… tanto la que me labré aquí como la que estoy a punto de recuperar en Oregón. Porque, aunque es obvio que todos estarán mejor sin mí, y cuando digo «todos» me refiero a todos, incluido Damen, eso no significa que las cosas sean más fáciles.

Pero hay que hacerlo. No me queda otro remedio.

Y, cuando lo pienso así, bueno, me resulta más fácil aceptarlo. Porque la verdad es que, sea cual sea la razón, me han concedido una oportunidad increíble, de esas que solo se presentan una vez en la vida.

Y ha llegado el momento de regresar a casa.

Solo desearía tener algo más de tiempo para despedirme.

Al pensar en eso me entra de nuevo la llorera. Sabine me abraza con más fuerza y me susurra palabras de aliento. Me aferro a ella y me acurruco entre sus brazos, donde me siento segura… y querida… y a salvo.

Como si todo fuera a salir bien.

Y, mientras la estrecho con los ojos cerrados y la cara hundida contra su cuello, muevo los labios con suavidad para decirle adiós.

Capítulo cuarenta

Me despierto temprano. Supongo que se debe a que es el último día de mi vida, al menos de la vida que he construido aquí, y a que estoy impaciente por vivirlo tan intensamente como pueda. Estoy segura de que seré recibida por los coros habituales de «¡Lerda!» y «¡Fracasada!», y los más recientes de «¡Bruja!». Pero el hecho de saber que será la última vez que los escuche hace que todo resulte diferente.

En Hillcrest High (el instituto al que voy a regresar) tengo muchísimos amigos, así que la perspectiva de entre semana resulta mucho más atractiva, casi divertida. No recuerdo ni una sola vez en la que me sintiera tentada de saltarme las clases (como me ocurre aquí todo el tiempo) y nunca me deprimió la idea de no encajar.

Y, para ser sincera, creo que esa es la razón por la que tengo tantas ganas de regresar. Porque, dejando a un lado la emoción que me produce la posibilidad de volver a ver a mi familia, el hecho de tener un grupo de amigos que me quieren y me aceptan tal como soy… hace que la decisión resulte mucho más fácil.

Una decisión que tomaría en un abrir y cerrar de ojos si no fuera por Damen.

No obstante, aunque apenas puedo aceptar la idea de que jamás volveré a verlo de nuevo (jamás volveré a sentir el contacto de su piel, la calidez de su mirada ni sus labios sobre los míos), sigo empeñada en seguir adelante.

Si eso significa recuperar mi antigua vida y regresar con mi familia… en realidad no me queda otra opción.

Drina me mató para poder quedarse con Damen. Y Damen me trajo de vuelta para poder seguir conmigo. Y, aunque lo quiero con locura, aunque se me parte el corazón ante la posibilidad de no volver a verlo, ahora sé que cuando me devolvió la vida alteró el orden natural de las cosas. Me convirtió en algo que jamás debería haber sido.

Y mi deber es volver a colocarlo todo en su lugar.

Me sitúo delante del armario para buscar mis vaqueros más nuevos, un suéter negro con cuello de pico y mis flamantes bailarinas negras… la misma ropa que llevaba puesta en la visión. Después me paso los dedos por el pelo, me aplico un poco de brillo de labios y me pongo los pendientes con brillantes diminutos que mis padres me regalaron en mi decimosexto cumpleaños (porque ellos se darían cuenta al instante si no los llevo puestos). La pulsera con forma de herradura que Damen me regaló no tiene lugar en la vida a la que voy a regresar, pero no pienso quitármela.

Luego cojo el bolso, echo un último vistazo a mi habitación, ridículamente grande, y me encamino hacia la puerta. Estoy impaciente por examinar por última vez la vida que no siempre disfruté y de la que probablemente no recordaré nada. Necesito despedirme de algunas personas y arreglar unas cuantas cosas antes de marcharme para siempre.

Empiezo a buscar a Damen en el mismo instante en que entro en el aparcamiento del instituto. Lo busco a él, su coche, cualquier cosa, cualquier nimiedad, lo que sea. Quiero ver cualquier cosa relacionada con él mientras pueda, así que me siento muy decepcionada al comprobar que no está.

Aparco el coche y me dirijo a clase. Intento no dejarme llevar por el pánico, no sacar conclusiones precipitadas, no reaccionar de forma exagerada por que todavía no haya llegado. Porque, aunque se está volviendo más y más normal a medida que el veneno destruye poco a poco las mejoras conseguidas en cientos de años, a juzgar por el aspecto que tenía ayer (todavía maravilloso, sexy y nada envejecido), me da la impresión de que todavía faltan bastantes días para que toque fondo.

Además, sé que aparecerá tarde o temprano. ¿Por qué no iba a hacerlo? Es la estrella indiscutible del instituto. El más guapo, el más rico, el que organiza las fiestas más increíbles o, al menos, eso he oído. Casi le hacen una ovación cuando aparece. ¿Quién resistiría algo así, eh?

Camino entre los estudiantes y me fijo en la gente con la que nunca he hablado y que jamás me ha dirigido la palabra salvo para gritarme cosas horribles. Y, aunque estoy segura de que ellos no me echarán de menos, no puedo evitar preguntarme si se darán cuenta de que me he ido. Si todo sale como lo he planeado, volveré al pasado, ellos volverán al pasado y el tiempo que he vivido aquí se convertirá en un mero parpadeo en sus pantallas.

Respiro hondo y me encamino hacia la clase de lengua mientras me preparo mentalmente para ver a Damen con Stacia, pero cuando entro, me la encuentro sola. En realidad está cuchicheando con Honor y con Craig, como de costumbre, pero Damen no está por ningún lado. Y, cuando paso a su lado de camino a mi sitio, lista para esquivar cualquier cosa que pueda arrojar en mi camino, solo me encuentro silencio. Es obvio que se niega a reconocer mi presencia y que no piensa molestarse en ponerme la zancadilla, y eso me llena de miedo e intranquilidad.

Después de sentarme en mi sitio y colocar mis cosas, me paso los siguientes cincuenta minutos paseando la mirada entre el reloj y la puerta, más nerviosa a cada segundo que pasa. Me imagino toda clase de posibilidades horribles hasta que por fin suena el timbre y salgo pitando hacia el pasillo.

Ha llegado la cuarta hora y Damen sigue sin aparecer, así que está a punto de darme un síncope cuando entro en la clase de historia y veo que Roman tampoco está.

—Ever —dice el señor Muñoz cuando me pongo a su lado para contemplar con la boca abierta y un nudo en el estómago el sitio vacío de Roman—, tienes mucho trabajo que hacer para ponerte al día.

Lo miro de reojo. Sé que quiere hablar sobre mi asistencia a clase, las tareas que me faltan y otros asuntos irrelevantes que no necesito oír. Corro hacia la puerta, atravieso el patio a la carrera y dejo atrás las mesas del comedor antes de detenerme en la acera. Suelto un suspiro de alivio cuando lo veo. Bueno, no lo veo a él, pero veo su coche. El resplandeciente BMW negro que tanto solía mimar y que ahora tiene una gruesa capa de polvo y barro está aparcado de cualquier manera en una zona no autorizada.

A pesar de todo, a pesar de lo asqueroso que está, lo miro como si fuera la cosa más bonita que hubiese visto en mi vida. Porque sé que si su coche está aquí, él también lo está. Y que todo va bien.

Justo cuando pienso que debería cambiarlo de sitio para que no se lo lleve la grúa, alguien carraspea a mi espalda y una voz grave dice:

—Disculpe, ¿no debería estar en clase?

Me doy la vuelta y descubro al director Buckley.

—Hum… sí… —le digo—, pero primero quería… —Señalo el coche mal aparcado de Damen como si no solo pretendiera hacerle un favor a mi amigo, sino también a todo el instituto.

Pero a Buckley le preocupan menos las infracciones de aparcamiento que las continuas faltas injustificadas de las «delincuentes» como yo. Y, puesto que aún le escuece nuestro último y desafortunado encuentro, cuando Sabine transformó la expulsión en una suspensión, me mira de arriba abajo con los ojos entornados y dice:

—Tiene dos opciones. Puedo llamar a su tía y pedirle que abandone su trabajo para venir aquí… O… —Hace una pausa para intentar amedrentarme con el suspense, aunque no hace falta tener poderes psíquicos para saber adónde quiere ir a parar—. O puedo acompañarla de vuelta a clase. ¿Cuál prefiere?

Durante un momento me siento tentada de elegir la primera opción… solo para ver qué hace. Pero al final lo sigo de vuelta hasta el aula. Sus zapatos repiquetean sobre el cemento del patio y a lo largo del pasillo antes de dejarme frente a la puerta del señor Muñoz. Roman no solo ocupa ya su sitio, sino que además sacude la cabeza y se echa a reír mientras yo regreso al mío.

Y, aunque a estas alturas Muñoz está más que acostumbrado a mi comportamiento errático, es obvio que quiere llamarme la atención. Me pide que responda todo tipo de preguntas acerca de acontecimientos históricos, tanto los que hemos estudiado como los que no. Y, como mi mente está tan ocupada con Roman, Damen y mis planes de futuro, me limito a responder de manera mecánica, «visualizando» las respuestas de su mente y repitiéndolas casi al pie de la letra.

Así pues, cuando dice:

—Bueno, Ever, dime también qué cené anoche, anda…

Yo respondo de manera automática:

—Dos trozos de pizza que le habían sobrado y una copa y media de Chianti.

Mi cerebro está tan absorto en mis dramas personales que tardo un momento en darme cuenta de que se ha quedado boquiabierto.

De hecho, todo el mundo se ha quedado con la boca abierta.

Bueno, todo el mundo menos Roman, que se limita a sacudir la cabeza y a reír con más ganas que antes.

Y, justo cuando suena el timbre e intento salir pitando hacia la puerta, Muñoz me detiene y dice:

—¿Cómo lo haces?

Aprieto los labios y me encojo de hombros, como si no tuviera la más remota idea de lo que me habla. No obstante, es obvio que no va a dejar pasar el tema; lleva semanas dándole vueltas.

—¿Cómo… cómo sabes las cosas? —pregunta, mirándome con los ojos entornados—. Hechos históricos que ni siquiera hemos estudiado todavía… cosas sobre mí…

Bajo la vista al suelo y respiro hondo, preguntándome qué tendría de malo darle algún hueso que roer. Bueno, me marcho esta noche y lo más probable es que él no recuerde nada de esto, así que ¿qué mal podría hacer decirle la verdad?

—No lo sé. —Alzo los hombros en un gesto de indiferencia—. La verdad es que no hago nada. Las imágenes y la información aparecen sin más en mi cabeza.

Él me mira mientras decide si creerme o no. No tengo ni tiempo ni ganas de intentar convencerlo, pero quiero despedirme con algo agradable, así que le digo:

—Por ejemplo, sé que no debería rendirse con su libro, porque se lo publicarán algún día.

Abre los ojos de par en par. Su expresión varía entre la esperanza y la más absoluta incredulidad.

Y, aunque me mata tener que decirlo, aunque el mero hecho de pensarlo hace que me entren ganas de romper cosas, sé que es necesario añadir algo más, que lo correcto es decírselo. ¿Qué daño podría hacer? Me voy a marchar de todas formas, y Sabine se merece salir un poco y pasarlo bien. Además, dejando a un lado su afición por los calzoncillos de los Rolling Stones, su gusto por las canciones de Bruce Springsteen y su obsesión por la época renacentista... este tipo parece inofensivo. Por no mencionar que las citas no llevarán a ningún sitio, ya que he visto a mi tía saliendo con un tío que trabaja en su edificio....

—Se llama Sabine —le digo antes de pensarlo bien y cambiar de opinión. Al ver la confusión que inunda sus ojos, añado—: Ya sabe, la rubita de Starbucks. La mujer que derramó el batido en su camisa. Esa en la que no puede dejar de pensar.

Me mira fijamente; es obvio que se ha quedado sin habla. Y, dado que prefiero marcharme y dejar el asunto así, recojo mis cosas y me dirijo a la puerta. No obstante, echo un vistazo por encima del hombro para decirle:

—Y no debería darle miedo hablar con ella. En serio. Reúna coraje y acérquese sin más. Es una mujer muy agradable, ya lo verá.

Capítulo cuarenta y uno

Cuando salgo del aula, casi espero encontrarme fuera a Roman, mirándome con ese brillo de burla en los ojos, pero no está. Y, cuando llego a las mesas del comedor, averiguo por qué.

Está actuando. Manejando a todos los que están a su alrededor, controlando todo lo que dicen y hacen… como un director de orquesta, un titiritero o el director de pista de una carpa de circo. Y, justo cuando una idea empieza a formarse en lo más recóndito de mi cerebro, justo cuando esa percepción empieza a tomar forma… lo veo.

A Damen.

El amor de todas y cada una de mis vidas se tambalea en dirección a la mesa del comedor, tan inestable, tan ojeroso y desaliñado que no me cabe duda alguna de que las cosas están progresando a un ritmo alarmante. Nos estamos quedando sin tiempo.

Y, cuando Stacia se gira, hace una mueca y sisea: «¡Fracasado!», me quedo atónita al ver que no se dirige a mí.

Se dirige a Damen.

Y, en cuestión de segundos, todos los alumnos corean lo mismo. Todo el desprecio que una vez reservaron para mí ahora se concentra en él.

Observo a Miles y a Haven, que suman sus voces al coro, y salgo corriendo hacia Damen. Me asusta encontrar su piel tan fría y húmeda. Sus pómulos altos ahora están hundidos; y esos ojos oscuros que en su día encerraban tantas promesas y tanta calidez ahora están cubiertos de legañas y son incapaces de concentrarse en nada. Y, a pesar de que sus labios están secos y agrietados, siento el innegable impulso de rozarlos con los míos.

Porque da igual el aspecto que tenga, da igual lo mucho que haya cambiado: sigue siendo Damen. Mi Damen. Joven o viejo, sano o enfermo, da igual. Es el único que me ha importado en la vida... el único al que he querido... y nada de lo que Roman o cualquier otra persona pueda hacer cambiará eso.

—Hola —susurro con la voz rota y los ojos llenos de lágrimas. Desconecto de los gritos de burla que nos rodean y me concentro solo en él. Me odio a mí misma por haberle dado la espalda el tiempo suficiente como para que suceda esto, porque sé que él jamás habría permitido que me ocurriera algo así.

Se vuelve hacia mí e intenta enfocar la mirada y, justo cuando me parece haber captado un atisbo de reconocimiento, desaparece tan rápido que estoy segura de haberlo imaginado.

—Vámonos de aquí —le digo mientras tiro de su manga e intento que se apoye en mí—. ¿Qué te parece si nos saltamos las clases? —Sonrío con la esperanza de recordarle nuestra rutina habitual de los viernes.

Apenas hemos llegado a la verja cuando aparece Roman.

—¿Por qué te molestas? —pregunta, con los brazos cruzados y la cabeza inclinada hacia un lado para que el tatuaje del uróboros resulte visible.

Sujeto con fuerza el brazo de Damen y entorno los ojos, decidida a dejar atrás a Roman cueste lo que cueste.

—En serio, Ever. —Sacude la cabeza y pasea la mirada entre nosotros dos—. ¿Por qué desperdicias tu tiempo? Está viejo, achacoso, casi decrépito… Siento decírtelo, pero según pintan las cosas, parece que se le ha acabado el tiempo en este mundo. No creo que quieras malgastar tu dulce y joven néctar con este dinosaurio, ¿verdad?

Me mira con un brillo peculiar en sus ojos azules y una sonrisa en los labios. Observa la mesa del comedor justo cuando el volumen de los gritos empieza a subir.

Y de repente lo sé.

Esa idea que me ha estado reconcomiendo por dentro, aguijoneándome las entrañas en un intento por llamar mi atención, ha sido por fin escuchada. Y, aunque no estoy segura de si estoy o no en lo cierto, aunque sé que me moriré de vergüenza si me equivoco, clavo la mirada en la multitud de estudiantes y me fijo en Miles, en Haven, en Stacia, en Honor, en Craig… en todos los chicos que imitan a todos los demás sin pensárselo dos veces, sin preguntarse ni una vez por qué.

Respiro hondo, cierro los ojos y concentro toda mi energía en ellos antes de gritar:

—¡¡¡Despertad!!!

Y luego permanezco inmóvil, demasiado avergonzada como para mirarlos ahora que sus gritos de desprecio se dirigen a mí y no a Damen. Pero no puedo permitir que eso me detenga: sé que Roman los ha hipnotizado de algún modo, que los ha sumido en una especie de trance que los obliga a hacer todo lo que les ordena.

—Ever, por favor… Sálvate mientras puedes. —Roman se echa a reír—. Ni siquiera yo podré ayudarte si insistes en seguir adelante.

No lo escucho… No puedo escucharlo. Debo encontrar una forma de detenerlo… ¡De detenerlos a todos! Tengo que encontrar una manera de despertarlos, de chasquear los dedos para…

¡Chasquear los dedos!

¡Eso es! Chasquearé los dedos y…

Respiro hondo, cierro los ojos y grito con todas mis fuerzas:

—¡Os despertaréis en cuanto chasquee los dedos! ¡Ahora!

Lo único que consigo es que mis compañeros se vuelvan más salvajes aún. Sus ridículos gritos aumentan de volumen mientras arrojan una avalancha de latas de refresco a mi cabeza.

Roman suspira y me mira a los ojos antes de hablar.

—Ever, en serio… Insisto. ¡Abandona de una vez esta gilipollez! ¡Estás loca de remate si crees que eso va a funcionar! ¿Qué harás ahora? ¿Darles una palmadita en la mejilla?

Me quedo donde estoy, respirando entre jadeos. Sé que no me equivoco, a pesar de lo que él diga. Estoy segura de que los ha hechizado, de que ha sumido sus mentes en alguna especie de trance…

Y en ese preciso instante recuerdo un documental que vi una vez en la tele, un documental en el que el hipnotizador no sacaba a los pacientes del trance dándoles una palmada en la cara o chasqueando los dedos, sino tocando las palmas después de contar hasta tres.

Respiro hondo mientras observo a mis compañeros, que se están subiendo a la mesa y a los bancos para poder arrojarme mejor las sobras de su comida. Y sé que es mi última oportunidad, que si esto no funciona… bueno… no sé qué podré hacer.

Así que cierro los ojos y grito:

—¡DESPERTAD!

Luego cuento hacia atrás del tres al uno y doy dos palmadas.

Y después...

Después... Nada.

El instituto se queda en silencio mientras la gente se recupera poco a poco.

Se frotan los ojos, bostezan y se desperezan, como si hubieran despertado de una siesta muy larga. Miran a su alrededor confundidos, preguntándose por qué están encima de la mesa junto a personas a las que consideran bichos raros.

Craig es el primero en reaccionar. Está tan cerca de Miles que sus hombros casi se tocan, así que salta hacia el otro extremo. Se reafirma buscando la compañía de sus colegas atletas y reivindica su virilidad dándoles un puñetazo en el hombro.

Y, cuando Haven observa su palito de zanahoria con una expresión de repugnancia, no puedo evitar sonreír, porque sé que la gran familia feliz ha vuelto a su rutina habitual de insultar, despreciar y desairar a todos salvo a los de su círculo. Todos han regresado a un mundo en el que aún reinan el odio y el desprecio.

Mi instituto ha vuelto a la normalidad.

Me giro hacia la verja preparada para derribar a Roman si es necesario, pero él ya se ha marchado, así que agarro a Damen con más fuerza y lo conduzco a través del aparcamiento hasta mi coche. Miles y Haven, los amigos a quienes he echado tanto de menos y a quienes nunca volveré a ver, nos siguen los pasos.

—Sabéis que os adoro, ¿verdad, chicos? —Los miro y sé que se han quedado pasmados, pero tenía que decirlo.

Se miran el uno al otro con expresión alarmada, preguntándose qué puede haberle ocurrido a la chica a quien en su día apodaron como la Reina de Hielo.

—Sí… claro… —dice Haven, sacudiendo la cabeza.

Sin embargo, sonrío y los abrazo a ambos con fuerza mientras le susurro a Miles:

—Pase lo que pase, no dejes de actuar y de cantar, eso te traerá… —Me quedo callada un momento. No sé si debería contarle que he visto el destello de las luces de Broadway, ya que no quiero que se limite a pensar en el futuro y se pierda el camino que aún le queda por recorrer. Así que añado—: Te traerá mucha felicidad.

Y antes de que pueda responder, me dirijo a Haven. Sé que debo acabar rápido con esto para poder llevar a Damen a casa de Ava, pero estoy decidida a decirle que se quiera más, que deje de imitar a otros, que merece la pena seguir con Josh.

—Vales mucho —le digo—. Tienes mucho que dar… Ojalá pudieras ver lo brillante que es la estrella que te guía.

—¡Venga, cállate ya! —exclama ella, que se echa a reír mientras se libera de mi abrazo—. ¿Te encuentras bien? —Nos mira a Damen y a mí con el ceño fruncido—. ¿Qué narices le pasa a este? ¿Por qué va tan encorvado?

Sacudo la cabeza y subo al coche. No puedo desperdiciar más tiempo. Y, mientras salgo marcha atrás del aparcamiento, saco la cabeza por la ventanilla y grito:

—Una cosa, chicos, ¿sabéis dónde vive Roman?

Capítulo cuarenta y dos

Jamás creí que agradecería mi súbito estirón ni el tamaño de mis nuevos bíceps, pero la verdad es que de no haber sido por mi estatura y mi nueva fuerza (y el estado demacrado de Damen, claro) nunca habría conseguido llevarlo casi en volandas hasta la puerta de Ava. Aguanto el peso de su cuerpo mientras llamo a la puerta, preparada para echarla abajo si es necesario. Pero me siento aliviada al ver que ella la abre y nos hace una señal para que entremos.

Me dirijo al pasillo mientras Damen se tambalea a mi lado y me detengo frente a la habitación añil. Y me quedo boquiabierta al ver que Ava vacila a la hora de abrirla.

—Si tu habitación es tan sagrada y pura como tú te piensas, ¿no crees que ayudará a Damen? ¿No te parece que necesita toda la energía positiva que pueda obtener? —Sé que le preocupa que la energía «contaminada» de un hombre enfermo y moribundo corrompa la estancia, lo cual me parece tan absurdo que no sé por dónde empezar.

Ava me mira a los ojos durante más tiempo de lo que mi agotada paciencia puede soportar y cuando por fin accede, la dejo atrás rápidamente para acomodar a Damen en el sofá del rincón y cubrir su cuerpo con el chal de lana que ella siempre coloca cerca.

—El líquido rojo está en el maletero, junto con el antídoto —le digo al tiempo que le arrojo las llaves del coche—. El elixir no servirá de mucho hasta dentro de un par de días, pero Damen mejorará mucho esta noche, cuando salga la luna llena y el antídoto esté listo. Puedes darle el líquido más tarde para ayudarlo a recuperar fuerzas. Aunque es probable que no lo necesite, ya que todo volverá atrás. Pero aun así… por si acaso… —Asiento con la cabeza, deseando sentir la certeza que destila mi voz.

—¿Estás segura de que esto funcionará? —pregunta Ava, que no deja de observarme mientras saco mi última botella de elixir de la mochila.

—Tiene que hacerlo. —Miro a Damen: está tan pálido, tan débil, tan… viejo. Pero sigue siendo Damen. Los vestigios de su asombrosa belleza siguen presentes, aunque un poco estropeados por el paso acelerado de los años que reflejan su cabello plateado, su piel casi traslúcida y el abanico de arrugas que rodea sus ojos—. Es nuestra única esperanza —agrego.

Me despido de Ava con un gesto de la mano antes de ponerme de rodillas. La puerta se cierra detrás de mí mientras aparto el pelo de la cara de Damen y lo obligo con delicadeza a beber.

Al principio se niega, mueve la cabeza de un lado a otro y aprieta los labios con firmeza. Pero cuando le queda claro que no voy a desistir, se rinde. Deja que el líquido se deslice por su garganta y su piel recupera la calidez y el color. Al acabar la botella, me mira con tal amor y adoración que me siento abrumada por la felicidad. Sé que ha vuelto.

—Te he echado de menos —murmuro. Asiento con la cabeza, parpadeo y trago saliva con fuerza. Mi corazón se llena de amor cuando aprieto los labios contra su mejilla. Todas las emociones que me ha costado tanto mantener a raya salen a la superficie mientras lo beso una y otra vez—. Te pondrás bien —le digo—. Volverás a ser el de antes muy pronto.

Mi súbito estallido de felicidad se viene abajo como un globo pinchado cuando sus ojos se vuelven oscuros y recorre mi cara de arriba abajo con la mirada.

—Me abandonaste —susurra.

Sacudo la cabeza. Quiero que sepa que eso no es verdad, que nunca lo abandoné. Fue él quien me abandonó a mí, pero no fue culpa suya, y lo perdono. Le perdono todo lo que me ha hecho o dicho... aunque ya es demasiado tarde. En realidad, eso ya no importa...

Sin embargo, solo le digo:

—No. No te abandoné. Has estado enfermo. Muy, muy enfermo. Pero ya ha acabado todo y pronto te pondrás mejor. Tienes que prometerme que beberás el antídoto cuando... —«Cuando Ava te lo dé». Son palabras que no me atrevo a decir, que no voy a decir, ya que no quiero que sepa que este será nuestro último momento juntos, nuestra despedida final—. Lo único que necesitas saber es que te pondrás bien. Pero debes alejarte de Roman. No es tu amigo. Es malvado. Intenta matarte, así que debes recuperar las fuerzas para poder derrotarlo.

Presiono la boca contra su frente, su mejilla... Soy incapaz de detenerme hasta que he cubierto todo su rostro de besos. Saboreo mis propias lágrimas en la comisura de sus labios e inspiro con fuerza con la esperanza de grabar a fuego en mi cerebro su esencia, su sabor, el contacto de su piel. Deseo conservar su recuerdo allí donde vaya.

Sin embargo, incluso después de decirle que lo quiero… incluso después de tumbarme a su lado, estrecharlo entre mis brazos y presionar su cuerpo contra el mío… incluso después de quedarme allí durante horas, tendida a su lado mientras duerme… incluso después de cerrar los ojos y mezclar mi energía con la suya con la esperanza de sanarlo con mi amor, mi esencia y mi propio ser, con la esperanza de conservar una pequeña parte de mí en él… Incluso después de todo eso, en el instante en que me alejo, Damen vuelve a decirlo.

Pronuncia una acusación desde su estado de ensoñación que va dirigida solo a mí.

—Me abandonaste.

Y no es hasta que le digo mi último adiós y cierro la puerta cuando me doy cuenta de que no se refiere a nuestro pasado.

Está profetizando nuestro futuro.

Capítulo cuarenta y tres

Voy por el pasillo hasta la cocina. Siento un peso en el corazón, las piernas entumecidas… y a cada paso que me alejo de Damen la cosa se vuelve peor.

—¿Estás bien? —pregunta Ava, que está de pie junto al horno, preparando un poco de té.

Como si las últimas horas no hubieran pasado.

Sacudo la cabeza y me apoyo contra la pared sin saber muy bien qué responder, incapaz de hablar. Porque lo cierto es que si hay algo que no me siento es «bien». Vacía, hueca, desamparada, horrible, deprimida… eso sí. Pero ¿bien? No.

Lo cual se debe a que soy una canalla. Una traidora. La peor clase de persona que uno se puede encontrar. A pesar de todas las veces que he tratado de imaginarme esa escena, de imaginar cómo sería mi último momento con Damen, jamás creí que acabaría así.

Jamás creí que me acusaría. Aunque está claro que lo merezco.

—No tienes mucho tiempo. —Ava mira el reloj de la pared y luego a mí—. ¿Quieres tomar un poco de té antes de marcharte?

Sacudo la cabeza. Todavía tengo que decirle algunas cosas, y debo hacer unas cuantas paradas más antes de marcharme para siempre.

—¿Sabes lo que tienes que hacer? —le pregunto. Observo cómo asiente antes de llevarse la taza de té a los labios—. Porque te estoy confiando todo lo que me importa. Si esto no sale de la manera que pienso, si la única que vuelve al pasado soy yo, tú serás mi única esperanza. —Clavo la mirada en sus ojos. Necesito que entienda lo importante que es todo esto—. Tienes que cuidar de Damen, él... él no se merece nada de esto y... —Se me rompe la voz, así que aprieto los labios y aparto la mirada. Sé que tengo que continuar, que todavía hay muchas cosas que debo decirle, pero necesito un momento antes de hacerlo—. Y vigila a Roman. Parece guapo y encantador, pero eso no es más que una fachada. Por dentro es malvado. Intentó matar a Damen y es el responsable de que haya acabado así.

—No te preocupes. —Se acerca a mí—. No te preocupes por nada. He sacado las cosas del maletero; el antídoto está en la alacena, el líquido rojo está... fermentando, y añadiré la hierba el tercer día, como me dijiste. Aunque quizá ni siquiera lo necesitemos, ya que estoy segura de que todo saldrá según lo planeado.

Cuando la miro y veo la sinceridad de sus ojos, me alivia saber que puedo dejar las cosas en sus manos.

—Así que vuelve a Summerland y deja que yo me encargue del resto —me dice al tiempo que me rodea con los brazos para estrecharme con fuerza—. Además, ¿quién sabe? Quizá algún día regreses a Laguna Beach y volvamos a encontrarnos.

Se echa a reír después de decirlo. Me gustaría hacer lo mismo, pero no puedo. Lo extraño de las despedidas es que nunca resultan fáciles.

Me aparto y asiento en lugar de decir algo, porque sé que si pronuncio una palabra más me vendré abajo. Apenas consigo mascullar un triste «Gracias» antes de dirigirme a la puerta.

—No tienes que agradecerme nada —replica Ava mientras me sigue los pasos—. Pero ¿estás segura de que no quieres ver a Damen una última vez?

Me doy la vuelta con la mano en el picaporte; lo pienso un momento antes de respirar hondo y sacudir la cabeza. Sé que no tiene sentido prolongar lo inevitable, y me da muchísimo miedo ver la acusación en su rostro.

—Ya nos hemos despedido —le digo antes de salir al porche para encaminarme hacia el coche—. Además, no tengo mucho tiempo. Aún necesito hacer una última parada.

Capítulo cuarenta y cuatro

Doblo por la calle de Roman, aparco frente al camino de entrada y corro hacia la puerta principal para echarla abajo de una patada. Observo cómo se astilla la madera antes de que la puerta quede colgando de las bisagras y se abra ante mí. Albergo la esperanza de pillarlo desprevenido para poder golpear todos sus chacras y acabar con él de una vez por todas.

Avanzo despacio sin dejar de mirar a mi alrededor. Me fijo en las paredes, pintadas del color de la cáscara del huevo, en los jarrones llenos de flores de seda, en las láminas tamaño póster con la firma de los «sospechosos habituales»: *Noche estrellada,* de Van Gogh; *El beso,* de Gustav Klimt; y también una enorme reproducción de *El nacimiento de Venus*, de Botticelli, protegida por un marco dorado y situada encima de la repisa de la chimenea.

Por extraño que parezca, todo me resulta bastante normal, así que no puedo evitar preguntarme si me habré equivocado de casa. Esperaba algo extravagante, escabroso, un conjunto postapocalíptico con sofás de cuero negro, mesas cromadas, muchísimos espejos y obras de arte desconcertantes… Algo más moderno, más siniestro.

Cualquier cosa menos este tranquilo palacio de cretona en el que no logro encajar a alguien como Roman.

Recorro la casa y compruebo todas las habitaciones, todos los armarios; incluso miro debajo de la cama. Cuando queda claro que no está aquí, vuelvo a la cocina, busco sus reservas de elixir y las arrojo al fregadero. Sé que es algo pueril, un sinsentido que no supondrá la más mínima diferencia, ya que todo volverá atrás en cuanto me vaya. Pero, aunque solo suponga una leve inconveniencia, por lo menos sé que esa inconveniencia la habré causado yo.

Luego rebusco en los cajones en busca de un trozo de papel y un bolígrafo, porque necesito hacer una lista de las cosas que no se me pueden olvidar. Un sencillo grupo de instrucciones que no resultarán demasiado confusas para alguien que probablemente no recordará lo que significan, y que sin embargo serán lo bastante claras y concisas como para evitar que repita los mismos y terribles errores de nuevo.

Escribo:

1. ¡No vuelvas a por la sudadera!
2. ¡No confíes en Drina!
3. ¡No vuelvas a por la sudadera *bajo ningún concepto*!

Y luego, para no olvidarlo por completo y con la esperanza de que active algún resorte en mi memoria, añado:

4. Damen ♡

Y después de repasarlo otra vez (y una vez más) para asegurarme de que está todo y de que no he pasado nada por alto, doblo el papel en un cuadradito, me lo guardo en el bolsillo y me acerco a la ventana. Cuando miro hacia arriba, veo que el cielo ha adquirido un tono azul oscuro sin rastro de sol y que la luna llena flota a un lado. Luego respiro hondo y me dirijo hacia el horrible sofá de cretona. Sé que ha llegado el momento.

Cierro los ojos y estiro los brazos hacia la luz, impaciente por experimentar esa gloria resplandeciente una última vez. Aterrizo sobre las suaves briznas de hierba de ese campo vasto y fragante. Gracias a su suavidad y su exuberancia, corro, brinco y doy vueltas por el prado; hago piruetas, saltos mortales hacia atrás y hacia delante. Acaricio con los dedos las maravillosas flores de pétalos palpitantes e inhalo su deliciosa esencia mientras paseo entre los árboles vibrantes que flanquean el arroyo lleno de colores. Tengo la intención de verlo todo, de memorizar hasta el último detalle. Desearía que hubiera una forma de guardar este maravilloso sentimiento y conservarlo para siempre.

Luego, como tengo poco tiempo y necesito verlo una última vez, estar con él como antes, cierro los ojos para hacer aparecer a Damen.

Lo visualizo tal y como apareció por primera vez ante mí en el aparcamiento del instituto. Comienzo por su brillante cabello oscuro, que se ondula alrededor de sus pómulos y llega justo hasta sus hombros; sigo con sus oscuros y profundos ojos almendrados, que ya por entonces me resultaban extrañamente familiares. ¡Y los labios! Esos labios carnosos e incitantes con la forma perfecta del arco de Cupido. Y ese cuerpo grande y musculoso… El recuerdo es tan intenso, tan tangible, que cada matiz, cada poro de su piel está presente.

Y cuando abro los ojos lo descubro inclinándose ante mí, ofreciéndome su mano para poder disfrutar de nuestro último baile. Así pues, coloco mi mano sobre la suya mientras él me rodea la cintura con el brazo y me guía a través de ese espléndido prado en una serie de grandes círculos. Nuestros cuerpos se balancean, nuestros pies parecen flotar al compás de una melodía que solo nosotros escuchamos. Y cada vez que él empieza a desvanecerse, cierro los ojos y lo hago aparecer de nuevo para seguir el baile donde lo dejamos. Como el conde Fersen y María Antonieta, como Alberto y Victoria, como Marco Antonio y Cleopatra... Somos los amantes más famosos del mundo, todas las parejas que hemos sido alguna vez. Y hundo la cara en el hueco cálido y dulce de su cuello, negándome a permitir que nuestra canción llegue a su fin.

Sin embargo, aunque en Summerland no existe el tiempo, sí que existe allí donde voy. Así que deslizo los dedos por su rostro para memorizar la suavidad de su piel, su mandíbula y la textura de sus labios cuando se aprietan contra los míos.

Quiero convencerme de que es él... de que realmente es él... incluso mucho después de que se haya desvanecido.

En el momento en que salgo del prado, me encuentro a Romy y a Rayne, que me esperan justo en la linde. Y, por la expresión de sus rostros, sé que han estado observándome.

—Te estás quedando sin tiempo —dice Rayne, que me mira con esos ojos enormes que siempre consiguen sacarme de quicio.

Sin embargo, sacudo la cabeza y sigo mi camino; me molesta saber que han estado espiándome y estoy harta de que sigan entrometiéndose.

—Lo tengo todo pensado —explico por encima del hombro—. Así que sois libres de... —Me quedo callada, ya que no tengo la menor idea de a qué se dedican cuando no están importunando. Así que me encojo de hombros. Sé que, tramen lo que tramen, ya no me atañe.

Caminan a mi lado sin dejar de mirarse, comunicándose en ese lenguaje íntimo de las gemelas antes de decir:

—Algo no va bien. —Clavan la mirada en mí, instándome a escuchar—. Algo va terriblemente mal. —Sus voces se mezclan en perfecta armonía.

Sin embargo, yo me limito a hacer un gesto de indiferencia, porque no tengo el menor interés en descifrar sus códigos.

Cuando veo los escalones de mármol ante mí, corro hacia delante. Veo por el rabillo del ojo las estructuras más hermosas del mundo antes de entrar en tromba en el edificio. Las voces de las gemelas quedan silenciadas por las puertas que se cierran a mi espalda. Permanezco de pie en el enorme vestíbulo de mármol y cierro los ojos con fuerza, esperando que no desaparezca como la última vez, esperando poder regresar a tiempo.

Pienso: «Estoy preparada. Estoy preparada, de verdad. Así que, por favor, permite que regrese. Permite que regrese a Eugene, Oregón. Con mi madre, mi padre, Riley y Buttercup. Por favor, déjame volver… y todo volverá a estar bien…».

Y justo después aparece un pasillo corto con una habitación al fondo… Una habitación vacía, salvo por una mesa y un taburete. Pero no se trata de una vieja mesa cualquiera. Es una de esas enormes mesas de metal, parecida a las que teníamos en el laboratorio de química de mi antiguo instituto. Y, cuando me siento en el taburete, una gigantesca esfera de cristal levita delante de mí. Empieza a parpadear y a emitir destellos hasta que aparezco en la imagen, sentada delante de esta misma mesa de metal, atareada con un examen de ciencias. Y, aunque es la última escena que habría elegido repetir, sé que es mi única oportunidad para regresar.

De modo que respiro hondo, presiono el dedo contra la pantalla… y ahogo una exclamación cuando todo lo que me rodea se vuelve negro.

Capítulo cuarenta y cinco

—Madre mía… lo he hecho fatal —se queja Rachel al tiempo que se aparta el cabello castaño ondulado del hombro y pone los ojos en blanco—. Apenas pude estudiar anoche. En serio. Y encima me quedé hasta tarde enviándole mensajes de texto a… —Me mira con los ojos abiertos de par en par y sacude la cabeza—. Da igual. Lo único que debes saber es que mi vida, tal y como es ahora, se ha acabado. Así que mírame bien, porque tan pronto como salgan las notas y las vean mis padres… me encerrarán de por vida. Y eso significa que esta es la última vez que me ves.

—Venga ya… —Pongo los ojos en blanco—. Ambas sabemos que si hay alguien que lo ha hecho fatal, he sido yo. ¡Llevo todo un año en esta clase y no he conseguido enterarme de nada! Aunque la verdad es que no pienso ser científica ni nada por el estilo. Toda esta información no me servirá nunca para nada. —Me detengo justo al lado de su taquilla y observo cómo la abre para arrojar un montón de libros al interior.

—Me alegro de que se haya acabado y de que las notas no salgan hasta la semana que viene. Porque eso significa que debo disfrutar la vida mientras pueda. Y hablando de disfrutar… ¿a qué hora puedo pasarme por tu casa esta noche? —pregunta, y arquea tanto las cejas que desaparecen bajo su flequillo.

Hago un gesto negativo con la cabeza y suelto un suspiro al darme cuenta de que todavía no se lo he dicho y de que se va a enfadar.

—En cuanto a eso… —Camino a su lado mientras nos dirigimos al aparcamiento. Me meto el cabello detrás de las orejas y añado—: Hay un pequeño cambio de planes. Papá y mamá van a salir, y se supone que debo hacer de canguro de Riley…

—¿Y eso te parece un «pequeño» cambio de planes? —Rachel para en seco justo antes de llegar al aparcamiento y recorre con la mirada las filas de coches, decidida a ver quién va con quién.

—Bueno, supuse que quizá querrías pasarte por casa cuando se acostara y… —Pero me quedo callada. No me molesto en terminar la frase, porque está claro que no me escucha. En el instante en que he mencionado a mi hermana pequeña… la he perdido. Rachel pertenece a ese extraño grupo de chicas que jamás fantasean con tener hermanos o hermanas. Le gusta ser el centro de atención.

—Olvídalo —me dice—. Los pequeñines tienen los dedos pegajosos y las orejas grandes; no se puede confiar en ellos. ¿Qué te parece mañana?

Sacudo la cabeza una vez más.

—No puedo. Es el día familiar. Nos vamos al lago.

—¿Ves? —Rachel asiente con la cabeza—. Ese es justo el tipo de cosas a las que no tienes que enfrentarte cuando tus padres están separados. En nuestra casa, el día familiar es cuando nos reunimos en el juzgado para discutir sobre la cuantía del cheque de la custodia.

—No sabes la suerte que tienes —le digo, aunque me arrepiento de haber hecho ese comentario en cuanto las palabras escapan de mis labios. Porque no solo es mentira, sino que me provoca tal sensación de tristeza y de culpabilidad que me gustaría poder retirarlo.

Aunque da igual, porque Rachel no me escucha. Está demasiado ocupada intentando llamar la atención de la asombrosa Shayla Sparks, la estudiante de último año más guay que haya pisado jamás los pasillos de este instituto. Mi amiga la saluda frenéticamente con la mano, y poco le falta para ponerse a dar saltos y a gritar como una histérica en su intento por recibir el saludo de Shayla, que está ocupada invitando a sus colegas a subir a su Volkswagen Escarabajo azul celeste. Rachel baja la mano y finge rascarse la oreja, como si no le molestara en absoluto que Shayla no se haya dignado responder su saludo.

—Confía en mí, ese coche no es tan guay —le digo al tiempo que consulto el reloj y observo el aparcamiento. Me pregunto dónde narices se ha metido Brandon, porque a estas alturas ya debería estar aquí—. El Miata se conduce mejor.

—¿Cómo dices? —Rachel me mira de reojo y frunce el ceño con una expresión de absoluta incredulidad—. ¿Y cuándo has llevado tú uno de esos coches?

Doy un respingo y escucho el eco de esas palabras en mi cabeza. No tengo ni idea de que por qué he dicho eso.

—Hum… No lo he hecho. —Me encojo de hombros—. Supongo… supongo que debo de haberlo leído en algún sitio.

Rachel entrecierra los ojos para recorrer mi atuendo con la mirada, desde mi suéter negro de cuello de pico hasta mis vaqueros, cuyos bajos arrastran por el suelo.

—¿Y de dónde has sacado esto? —Me agarra de la muñeca.

—Por favor… Lo has visto un millón de veces. Me lo regalaron las Navidades pasadas —le digo mientras intento soltarme.

Veo que Brandon se acerca y no puedo evitar fijarme en lo mono que está cuando el cabello le cae sobre los ojos.

—¡El reloj no, estúpida! ¡Esto! —Le da unos golpecitos a la pulsera que hay junto al reloj, la que tiene herraduras plateadas con cristalitos rosas incrustados… Una pulsera que no me suena de nada, aunque noto una sensación rara en el estómago cuando la miro.

—Yo… no lo sé —murmuro. Me siento violenta cuando ella me mira boquiabierta, como si me estuviera volviendo loca—. Bueno, supongo que debe de habérmela enviado mi tía, esa de la que te hablé, la que vive en Laguna Beach…

—¿Quién vive en Laguna Beach? —pregunta Brandon, que me rodea con el brazo mientras Rachel nos mira.

Mi amiga pone los ojos en blanco cuando él se inclina para besarme. No obstante, el contacto de sus labios me resulta extraño y desconcertante, así que me aparto a toda prisa.

—Mi coche está aquí —dice Rachel antes de echar a correr hacia el todoterreno de su madre. Aunque se vuelve un instante para añadir por encima del hombro—: Avísame si hay algún cambio… en los planes de esta noche, ya sabes.

Brandon me mira y me estrecha aún más fuerte, aplastándome contra su pecho. Y eso solo consigue que note de nuevo esa sensación rara en el estómago.

—¿Si cambia qué? —pregunta, ajeno a la forma en que me retuerzo para escapar de sus brazos y a mi súbito desinterés… Lo que es un alivio, ya que no tengo ni la menor idea de cómo explicarlo.

—Ah, quiere ir a la fiesta de Jaden, pero yo tengo que quedarme a cuidar de mi hermana —le digo al tiempo que entro en su Jeep y arrojo la mochila al suelo, junto a mis pies.

—¿Quieres que me pase por tu casa? —Sonríe—. Ya sabes, por si acaso necesitas ayuda.

—¡No! —exclamo con demasiada energía, demasiado rápido. Y sé que debo rectificar en cuanto veo la expresión de su cara—. Quiero decir que Riley se queda despierta hasta tarde, así que lo más probable es que no sea una buena idea.

Clava los ojos en mí y me recorre de arriba abajo con la mirada, como si él también lo sintiera, como si también percibiera esa sensación de «algo va mal» que flota entre nosotros. Y eso hace que todo resulte aún más extraño.

Al final se encoge de hombros y vuelve a concentrarse en la carretera. Decide hacer el resto del trayecto en silencio. O al menos, él y yo guardamos silencio. El equipo estéreo está a todo volumen. Y, aunque eso suele ponerme de los nervios, hoy me alegra. Prefiero concentrarme en esa música insoportable que en el hecho de que no quiero besarlo.

Lo miro, lo miro de verdad, como no lo había mirado desde que nos acostumbramos a ser pareja. Me fijo en el balanceo del flequillo que enmarca esos ojos verdes tan grandes, unos ojos que se inclinan levemente hacia abajo en las comisuras y que lo hacen irresistible… Excepto hoy. Hoy resulta fácil resistirse. Y, cuando recuerdo que ayer mismo rellené mi cuaderno con su nombre… bueno, la verdad es que no me lo explico.

Se da la vuelta, me pilla mirándolo y sonríe antes de darme la mano. Entrelaza sus dedos con los míos y me da un apretón que me provoca náuseas. Pero me obligo a devolvérselos, tanto la sonrisa como el apretón, porque sé que es lo que se espera que haría una buena novia. Luego miro por la ventanilla e intento reprimir las ganas de vomitar contemplando el paisaje, las calles empapadas por la lluvia, las casas y los pinos. Me alegra descubrir que pronto llegaremos a mi casa.

—Entonces, ¿qué hacemos esta noche? —Aparca junto a la entrada y apaga el motor antes de inclinarse hacia mí para mirarme de esa manera suya.

Sin embargo, yo aprieto los labios y estiro el brazo para coger mi mochila. La aprieto contra mi pecho como si fuera un escudo, una sólida defensa erigida para mantenerlo alejado.

—Te enviaré un mensaje al móvil —murmuro.

Echo un vistazo por la ventanilla para evitar su mirada y descubro que mi vecino y su hija están jugando en el césped. Busco la manilla de la puerta con la mano, ansiosa por alejarme de él y encerrarme en mi habitación.

Y, justo cuando abro la puerta y saco una pierna fuera, dice:

—¿No te olvidas de algo?

Bajo la mirada hasta mi mochila, que es lo único que he traído, pero cuando lo miro a los ojos de nuevo, me doy cuenta de que no se refiere a eso. Y, dado que es la única forma de acabar con esto sin despertar más sospechas, me inclino hacia él, cierro los ojos y presiono mis labios contra los suyos. Me resultan suaves y blandos, pero nada del otro mundo. Nada de las chispas habituales.

—Yo... hum... te veré más tarde —susurro.

Salto del Jeep y me limpio la boca con la manga antes de llegar a la puerta principal. Entro y corro hacia la sala de estar, donde me encuentro el paso bloqueado por una batería de tambores de plástico, una guitarra sin cuerdas y un pequeño micrófono negro que acabará rompiéndose si Riley y su amiguita no dejan de pelearse por él.

—Ya habíamos llegado a un acuerdo —dice Riley, que tira del micro hacia ella—. Yo canto las canciones de los chicos y tú las de las chicas. ¿Cuál es el problema?

—El problema —gimotea la otra niña, que tira incluso más fuerte— es que casi no hay canciones de chicas. Y tú lo sabes.

Riley se limita a encogerse de hombros.

—Eso no es culpa mía. Échale las culpas a Rock Band, no a mí.

—De verdad, eres una… —La niña se queda callada cuando me ve en el vano de la puerta sacudiendo la cabeza.

—Tenéis que establecer turnos, chicas —les digo al tiempo que miro a Riley con expresión seria. Me alegra lidiar con un problema que puedo solucionar, aunque no me lo hayan pedido—. Emily, tú cantarás la próxima canción, y tú la que va después, Riley, y así sucesivamente. ¿Creéis que podréis hacerlo?

Riley pone los ojos en blanco cuando Emily le arranca el micro de la mano.

—¿Está mamá por aquí? —pregunto. Paso por alto el ceño fruncido de mi hermana, porque a estas alturas ya estoy acostumbrada.

—Está en su habitación preparándose —me dice. No me quita la vista de encima mientras me alejo y luego le susurra a su amiga al oído—: Está bien. Yo cantaré «Dead on Arrival» y tú puedes quedarte con «Creep».

Paso por mi habitación y dejo la mochila en el suelo antes de dirigirme hacia la habitación de mi madre. Me apoyo contra la arcada que separa el dormitorio del baño y contemplo cómo se aplica el maquillaje. Recuerdo lo mucho que me gustaba hacer eso cuando era pequeña y pensaba que mi madre era la mujer más elegante del planeta. Sin embargo, cuando la miro ahora, cuando la miro de manera objetiva, me doy cuenta de que es realmente bastante elegante, al menos a su modo.

—¿Qué tal el instituto? —pregunta al tiempo que gira la cabeza de lado a lado para comprobar si se ha aplicado bien la base de maquillaje y no le han quedado manchas.

—Bien. —Hago un gesto despreocupado con los hombros—. Tuvimos un examen de ciencias, y es probable que suspenda —le digo, aunque lo cierto es que no creo que me haya salido tan mal. Lo que pasa es que, como no sé expresar lo que quiero decir en realidad (que todo me resulta extraño, ambiguo, como si no encajara, como si faltara algo), me gustaría obtener alguna reacción por su parte.

Sin embargo, mi madre se limita a suspirar antes de empezar con los ojos y se pasa la pequeña brocha de maquillaje sobre los párpados mientras dice:

—Tengo la certeza de que no vas a suspender. —Me mira a través del espejo—. Seguro que lo has hecho bien.

Paso la mano por una mancha de la pared y pienso que debería marcharme, irme a mi habitación y relajarme un rato: escuchar algo de música, leer un buen libro…, cualquier cosa que me despeje un poco la cabeza.

—Siento que esto haya surgido a última hora —me dice mientras sumerge el aplicador de la máscara de pestañas dentro de su tubo—. Seguro que tenías planes.

Me encojo de hombros y giro la muñeca de un lado a otro para contemplar los destellos de los cristales de mi pulsera, que brillan bajo la luz fluorescente. Me esfuerzo por recordar de dónde ha salido.

—No pasa nada —le contesto—. Habrá muchas otras noches de viernes.

Mi madre entorna los ojos y se detiene en seco con la máscara de pestañas en la mano para preguntar:

—¿Ever? ¿De verdad eres tú? —Se echa a reír—. ¿Ocurre algo que deba saber? Porque la verdad es que ese comentario no es propio de mi hija.

Tomo una bocanada de aire y elevo los hombros, deseando poder decirle que está claro que me pasa algo, algo que no logro identificar… Algo que hace que me sienta… como si no fuera yo.

Pero no lo hago. Apenas puedo explicármelo a mí misma, así que mucho menos a ella. Lo único que sé es que ayer me sentía bien, y hoy… hoy me siento cualquier cosa menos bien. Me siento extraña, como si ya no encajara, como si fuera una chica redonda en un mundo cuadrado.

—Sabes que no me parece mal que invites a tus amigos a venir a casa —me dice antes de concentrarse en los labios: los cubre con una capa de carmín antes de realzarlos con un toque de brillo—. Siempre que te atengas a un mínimo (no más de tres) y que prestes atención a tu hermana.

—Gracias. —Hago un gesto afirmativo con la cabeza y me obligo a sonreír para que crea que estoy bien—. Pero me apetece más pasar la noche sola.

Me dirijo a mi habitación y me tumbo en la cama, contenta solo de poder clavar la vista en el techo. Luego me doy cuenta de lo patético que resulta eso y estiro el brazo para coger el libro que hay en mi mesilla. Me sumerjo en la historia de un chico y una chica tan enamorados, tan hechos el uno para el otro que su amor va más allá del espacio y del tiempo. Desearía poder introducirme en esas páginas y vivir allí para siempre, ya que prefiero esa historia a la mía.

—Hola, Ev. —Mi padre asoma la cabeza por la puerta—. He venido a saludarte y a despedirme. Ya llegamos tarde, así que debemos salir cuanto antes.

Dejo el libro a un lado y corro hacia él. Lo abrazo tan fuerte que se echa a reír y sacude la cabeza.

—Me alegra saber que todavía no has crecido tanto como para no querer abrazar a tu viejo padre. —Sonríe cuando me aparto, horrorizada al descubrir que tengo los ojos llenos de lágrimas. Empiezo a contemplar los libros de la estantería hasta que tengo la certeza de que el peligro ha pasado—. Asegúrate de que tu hermana y tú tenéis guardadas todas las cosas y estáis listas para el viaje de mañana. Quiero estar en la carretera bien temprano.

Asiento con la cabeza, inquieta por el extraño vacío que siento en las entrañas cuando se marcha. Me pregunto, y no por primera vez, qué narices me pasa.

Capítulo cuarenta y seis

—Olvídalo, Ever. ¡Tú no tienes derecho a mandarme nada! —grita Riley, que se cruza de brazos, frunce el ceño y se niega a moverse.

¿Quién se habría imaginado que una niña de doce años y cuarenta kilos de peso tuviera tanto carácter? De cualquier forma, no pienso rendirme. Porque en el instante en que mis padres se marcharon y Riley terminó de ducharse y de cenar, envié un mensaje de texto a Brandon para decirle que viniera alrededor de las diez. Y ya es casi la hora, de modo que es imperativo que mi hermana se vaya a la cama.

Sacudo la cabeza y suelto un suspiro; desearía que Riley no fuera tan testaruda, pero estoy más que preparada para la batalla.

—Hum… detesto ser yo quien te lo diga —le aclaro—, pero te equivocas. Tengo todo el derecho a mandarte cosas. Estoy al mando aquí desde el momento en que se marcharon mamá y papá, y hasta el instante en que regresen puedo mandarte lo que quiera. Y tú puedes discutir todo lo que quieras, pero eso no cambiará nada.

—¡Eso no es justo! —Me fulmina con la mirada—. Te juro que en cuanto cumpla los trece, las cosas se van a igualar mucho por aquí.

Hago un gesto de indiferencia con los hombros, ya que tengo tantas ganas como ella de que llegue ese momento.

—Bien, entonces ya no tendré que quedarme a cuidar de ti y podré recuperar mi vida —le digo.

Ella pone los ojos en blanco y empieza a golpear la alfombra con la punta del pie.

—Por favor… ¿Te crees que soy idiota? ¿Crees que no sé que va a venir Brandon? —Niega con la cabeza—. Menuda cosa… ¿A quién le importa? Lo único que quiero es ver la tele… Eso es todo. Y la única razón por la que no me dejas hacerlo es que quieres acaparar la sala de estar para poder enrollarte con tu novio en el sofá. Pienso decirles a mamá y a papá que no me dejaste ver mi programa preferido solo por eso.

—Menuda cosa… ¿A quién le importa? —le digo, imitando su tono agudo a la perfección—. Mamá me dijo que podía invitar a mis amigos a venir aquí. —No obstante, en el instante en que pronuncio esas palabras me encojo por dentro y me pregunto quién de las dos es más niña. Sacudo la cabeza. Sé que no es más que otra amenaza vacía, pero no estoy dispuesta a correr riesgos, así que le digo—: Papá quiere salir temprano, y eso significa que debes dormir un poco para que no te despiertes de mal humor por la mañana. Y, para que lo sepas, Brandon no va a venir. —Esbozo una sonrisa desdeñosa con la esperanza de que eso disimule lo mal que miento.

—Ah, ¿no? —Riley sonríe y sus ojos se iluminan cuando se clavan en los míos—. En ese caso, ¿por qué está aparcado su Jeep junto a la entrada?

Me doy la vuelta para echar un vistazo por la ventana y luego la miro a ella. Suspiro por lo bajo antes de decirle:

—Está bien. Puedes ver la tele. Me importa un bledo. Pero si tienes pesadillas otra vez, no me vengas llorando.

—Venga, Ever, ¿de qué vas? —dice Brandon, cuya expresión ha cambiado, pasando de la curiosidad al enfado en cuestión de segundos—. He esperado una hora a que tu hermanita se fuera a la cama para poder estar solo contigo y ahora actúas de esta forma. ¿Qué te ocurre?

—Nada —susurro.

Me niego a sostenerle la mirada mientras me coloco la camiseta. Lo miro por el rabillo del ojo y veo que sacude la cabeza y se abrocha los botones de los vaqueros... unos vaqueros que, para empezar, nunca le he pedido que se desabroche.

—Esto es ridículo —murmura mientras se coloca el cinturón—. He venido en coche hasta aquí, tus padres están fuera, y tú actúas como...

—¿Como... qué? —le pregunto.

Quiero que lo diga. Quiero que lo resuma todo en unas cuantas palabras, que defina qué es lo que me pasa. Porque antes, cuando cambié de opinión y le envié el mensaje para pedirle que viniera, pensé que todo volvería a la normalidad. Pero en el momento que abrí la puerta, mi primer impulso fue volver a cerrarla. Y, por más que me esfuerzo, no logro entender por qué me siento de esta manera.

Cuando lo miro me doy cuenta de lo afortunada que soy. Es agradable, mono, juega al fútbol, tiene un coche chulo, es uno de los alumnos más populares.... Por no mencionar que estaba colada por él desde hace tanto tiempo que apenas pude creerlo cuando me enteré de que yo también le gustaba. Sin embargo, ahora todo es diferente. Y no puedo obligarme a sentir cosas que no siento.

Respiro hondo, consciente de su mirada mientras jugueteo con la pulsera. Le doy vueltas una y otra vez, intentando recordar cómo ha llegado hasta mi muñeca. Hay algo inquieto en un lugar recóndito de mi mente, algo sobre…

—Olvídalo —responde al tiempo que se pone en pie para marcharse—. Pero te lo digo en serio, Ever: tienes que decidir lo que quieres pronto, porque esto…

Lo miro y me pregunto si terminará la frase… y por qué no me importa que lo haga o no.

Sin embargo, él se limita a mirarme y a negar con la cabeza. Luego coge sus llaves y dice:

—Da igual. Pásalo bien en el lago.

Observo cómo la puerta se cierra tras él y luego me siento en el sillón reclinable de mi padre, cojo la manta de lana que mi abuela tejió para nosotros poco antes de morir, acurruco los pies debajo y me arropo hasta la barbilla. Recuerdo que la semana pasada le dije a Rachel que estaba pensando seriamente en llegar hasta el final con Brandon, y ahora… ahora casi no puedo soportar que me toque.

—¿Ever?

Abro los ojos. Riley está delante de mí; le tiemblan los labios y sus ojos azules se clavan en los míos.

—¿Se ha ido? —Echa un vistazo a la estancia.

Asiento con la cabeza.

—¿Te importa sentarte a mi lado mientras intento dormirme? —pregunta. Se muerde el labio inferior y pone esa cara de cachorrita desamparada que me resulta imposible resistir.

—Ya te dije que esa serie te iba a dar demasiado miedo —le digo. Le pongo la mano en el hombro mientras recorremos el pasillo, la ayudo a meterse en la cama y la arropo bien antes de tumbarme a su lado. Le deseo dulces sueños y le aparto el cabello de la cara mientras susurro:

—No te preocupes y duérmete ya. Los fantasmas no existen.

Capítulo cuarenta y siete

—¿Estás lista, Ever? ¡Tenemos que salir pronto! ¡No quiero encontrarme con mucho tráfico!

—¡Ya voy! —grito, aunque no es cierto. Me quedo donde estoy, inmóvil en mitad de mi habitación, contemplando el trozo de papel arrugado que he encontrado en el bolsillo delantero de mis vaqueros. Y, aunque está claro que es mi letra, no tengo ni la menor idea de cómo ha llegado allí, y mucho menos de lo que significa.

Leo:

1. ¡No vuelvas a por la sudadera!
2. ¡No confíes en Drina!
3. ¡No vuelvas a por la sudadera *bajo ningún concepto*!
4. Damen ♡

Y, aunque es la quinta vez que lo leo, me siento tan confusa como la primera. ¿Qué sudadera? ¿Y por qué se supone que no debo volver a por ella? Por no mencionar que ni siquiera sé si conozco a alguna Drina. ¿Quién narices es Damen y por qué hay un corazón junto a su nombre?

¿Cuándo demonios he escrito esto? ¿Cuándo puedo haber escrito esto? ¿Y qué puede significar?

Cuando mi padre vuelve a llamarme y oigo sus pasos escaleras arriba, arrojo el papel a un lado. Veo cómo golpea en la cómoda antes de caer al suelo, y pienso que ya resolveré este enigma a la vuelta.

Tal y como resultaron las cosas, lo pasé bien el fin de semana. Me vino bien alejarme del instituto, de mis amigos… y de mi novio. Me vino bien pasar tiempo con mi familia de una forma diferente y poco habitual. De hecho, ahora me siento mucho mejor, tanto que en cuanto volvamos a la civilización, a un lugar en el que mi móvil tenga cobertura, pienso enviarle un mensaje a Brandon. No quiero dejar las cosas así. Creo de verdad que fuera lo que fuese esa cosa rara que nos ha pasado, se ha terminado.

Cojo la mochila y me la coloco sobre el hombro, preparada para marcharme. Pero cuando miro por última vez el lugar donde hemos acampado, me da la sensación de que he dejado algo atrás. Aunque todas mis cosas están guardadas en la bolsa y todo parece despejado, me quedo inmóvil.

Mi madre me llama a voces una y otra vez, hasta que al final se rinde y envía a Riley.

—Oye… —dice mi hermana al tiempo que tira con fuerza de mi manga—. Venga, todos te estamos esperando.

—Espera un minuto —murmuro—. Solo tengo que…

—¿Solo tienes… qué? —Esboza una sonrisa burlona—. ¿Tienes que contemplar las brasas durante un par de horas más? En serio, Ever, ¿qué te pasa?

Me encojo de hombros mientras jugueteo con el broche de mi pulsera. No sé qué me pasa, pero no puedo deshacerme de la sensación de que ocurre algo malo. Bueno, puede que esa no sea el mejor modo de expresarlo. En realidad, no es que ocurra nada malo, sino que he perdido algo o me falta algo por hacer. Es como si tuviera que llevar a cabo algo que no he hecho. Y no logro averiguar lo que es.

—De verdad... Mamá quiere que te des prisa y papá está preocupado por el tráfico. Incluso Buttercup quiere que nos vayamos para poder sacar la cabeza por la ventana y dejar que sus orejas se sacudan con el viento. Ah, y a mí me gustaría bastante llegar a casa antes de que se acaben todas las series divertidas. Así que ¿qué te parece si nos vamos ya? —Sin embargo, al ver que no me muevo, que no hago nada, suspira y añade—: Has olvidado algo, ¿es eso? —Me recorre atentamente con la mirada antes de echar un vistazo a nuestros padres por encima del hombro.

—Tal vez. —Sacudo la cabeza—. No estoy segura.

—¿Tienes tu mochila?

Asiento con la cabeza.

—¿Tienes el teléfono móvil?

Le doy unos golpecitos a la mochila.

—¿Tienes cerebro?

Me echo a reír. Sé muy bien que me estoy comportando de un modo extraño y ridículo, pero después de los últimos días debería haberme acostumbrado.

—¿Tienes la sudadera azul celeste del campamento de animadoras de Pinecone Lake? —Sonríe.

—¡Eso es! —le digo. Mi corazón late a marchas forzadas—. ¡La dejé junto al lago! ¡Diles a mamá y a papá que volveré enseguida!

Pero, en cuanto me doy la vuelta, Riley me agarra de la manga y tira de mí.

—Tranquila... —dice con una sonrisa—. Papá la encontró y la puso en el asiento de atrás. En serio, ¿podemos irnos ya?

Contemplo el campamento por última vez y después sigo a Riley hasta el coche. Me acomodo en el asiento de atrás mientras mi padre sale a la carretera, y justo entonces oigo el timbre apagado de mi teléfono. Apenas he conseguido sacarlo de la mochila, apenas he tenido la oportunidad de leer el mensaje, pero Riley ya está mirando por encima de mi hombro para intentar ver algo. Eso me obliga a girarme de una forma tan brusca que Buttercup se da la vuelta y me mira para hacerme saber que no le ha hecho ninguna gracia. No obstante, a pesar de todo, Riley sigue tratando de ver algo. Así que pongo los ojos en blanco y hago lo de siempre:

—¡Mamá! —grito.

Ella pasa la página de su revista sin inmutarse y dice de forma automática:

—Estaos quietas...

—¡Ni siquiera has mirado! —le digo—. ¡Yo no he hecho nada! Riley no me deja en paz.

—Eso es porque te quiere —dice mi padre, que me mira a los ojos a través del espejo retrovisor central—. Te quiere tanto que quiere estar contigo todo el tiempo... ¡No se cansa de ti!

Unas palabras que envían a Riley al otro extremo del coche. Mi hermana acurruca su cuerpo contra la puerta mientras grita:

—¡Anda ya!

Encoge las piernas a un lado para alejarlas de mí lo más posible y molesta al pobre Buttercup otra vez. Luego se pone a temblar exageradamente, como si la mera idea de tocarme fuese demasiado desagradable como para soportarlo, y mi padre me mira antes de que ambos nos echemos a reír.

Abro mi teléfono móvil y leo el mensaje de Brandon, que dice: «Lo siento. Culpa mía. Llámame esta noche». Y yo respondo de inmediato con una carita sonriente, esperando que eso baste para calmar las cosas hasta que consiga emocionarme lo bastante como para enviarle algo más.

Acabo de apoyar la cabeza contra la ventana y estoy a punto de cerrar los ojos cuando Riley se vuelve hacia mí y me dice:

—No puedes volver atrás, Ever. No puedes cambiar el pasado. Lo hecho hecho está. —La miro con el ceño fruncido, porque no sé muy bien de qué está hablando. Sin embargo, cuando abro la boca para preguntárselo, sacude la cabeza y dice—: Este es nuestro destino. No el tuyo. ¿Te has parado a pensar que quizá tu destino fuera sobrevivir? ¿Que, tal vez, no fue solo Damen quien te salvó?

La miro con la boca abierta, intentando encontrar sentido a sus palabras. Y, cuando echo un vistazo al coche para ver si mis padres lo han escuchado también, descubro que todo está congelado. Las manos de mi padre están pegadas al volante y sus ojos, que no parpadean, están fijos al frente; la página que mi madre pretendía pasar se ha detenido a medio camino; y la cola de Buttercup se ha quedado paralizada a media asta. Miro a través de la ventanilla y veo que los pájaros están parados en pleno vuelo y que los demás automovilistas permanecen inmóviles a nuestro alrededor. Y, cuando miro a Riley de nuevo, veo que su penetrante mirada se clava en mí cuando se inclina hacia delante, y queda claro que nosotras somos las únicas que podemos movernos.

—Tienes que regresar —dice con voz firme y segura—. Tienes que encontrar a Damen… ¡antes de que sea demasiado tarde!

—¿Demasiado tarde para qué? —grito al tiempo que me acerco a ella, desesperada por entender algo—. ¿Y quién demonios es Damen? ¿Por qué has pronunciado ese nombre? ¿Qué significa…?

Sin embargo, antes de que pueda terminar, ella pone los ojos en blanco y me aleja de un empujón, como si nada hubiera ocurrido.

—Uf, eres un poco pesadita, ¿no? —Sacude la cabeza—. En serio, Ever, ¡no invadas mi espacio vital! Porque, a pesar de lo que él cree… —señala a nuestro padre—, no me importas lo más mínimo.

Pone cara de exasperación y se da la vuelta para cantar con voz ronca y desafinada una canción de Kelly Clarkson al compás de su iPod. Ajena a mi madre, que sonríe y le pellizca con suavidad la rodilla; ajena a mi padre, que me mira a través del espejo retrovisor y comparte conmigo una mirada y una sonrisa, una broma entre nosotros.

Todavía conserva esa sonrisa cuando un enorme camión aparece delante de nosotros, golpea el costado de nuestro coche y hace que el mundo se vuelva negro.

Capítulo cuarenta y ocho

Al momento siguiente me encuentro sentada en mi cama, con la boca abierta en un grito silencioso que nunca tuvo oportunidad de salir y ser oído. Después de perder a mi familia por segunda vez en un año, lo único que me queda es el eco de las palabras de Riley:

«Tienes que encontrar a Damen... ¡antes de que sea demasiado tarde!».

Me levanto de la cama de un salto y corro hacia la sala de estar; voy directa hacia el minifrigorífico y descubro que el elixir y el antídoto han desaparecido. No sé si eso significa que soy la única que ha retrocedido en el tiempo mientras todos los demás se quedaban aquí o si he regresado al momento en que me marché... cuando Damen seguía en peligro y yo huí.

Bajo las escaleras a toda velocidad, tan deprisa que los escalones no son más que un borrón bajo mis pies. No tengo ni idea de en qué día estamos, pero sé que tengo que encontrar a Ava antes de que sea demasiado tarde.

Sin embargo, en cuanto llego al descansillo, Sabine grita:

—¿Ever? ¿Eres tú?

Me quedo paralizada al verla aparecer tras la esquina con un delantal lleno de manchas y una bandeja llena de brownies en la mano.

—Ah, genial. —Sonríe—. Acabo de prepararlos según la vieja receta de tu madre, ya sabes, esa que siempre solía hacer, y quiero que pruebes uno y me digas qué te parece.

Permanezco inmóvil, incapaz de hacer otra cosa que parpadear. Me obligo a reunir una paciencia que no tengo y le digo:

—Estoy segura de que te han salido genial. Oye, Sabine, yo… —Pero ella no me deja terminar.

Se limita a inclinar la cabeza hacia un lado y dice:

—Bueno, ¿no piensas probar uno al menos?

Sé que esto no es solo porque quiere verme comer; se trata también de conseguir cierta aprobación… «mi» aprobación. Se ha estado planteando si tiene o no capacidad para cuidar de mí, si es responsable en cierto modo de mis problemas de conducta; cree que si hubiera manejado mejor las cosas, nada de esto habría ocurrido. Mi brillante, exitosa e incansable tía, que jamás ha perdido un caso en un juicio, desea… mi aprobación.

—Solo uno —insiste—. ¡Te aseguro que no voy a envenenarte! —Y, cuando sus ojos se clavan en los míos, no puedo evitar darme cuenta de que su elección de palabras, en apariencia fortuita, esconde algún tipo de mensaje que me incita a apresurarme. Pero sé que primero debo terminar con esto—. Estoy segura de que no son ni de lejos tan buenos como los de tu madre, porque ella era sin duda la mejor, pero se trata de su receta… y por alguna razón me desperté esta mañana con la abrumadora necesidad de hacerlos. Así que pensé que…

A sabiendas de que Sabine es capaz de embarcarse en toda una sesión de argumentación con el fin de convencerme, estiro la mano hacia la pila de brownies. Cojo el más pequeño, con la idea de comérmelo y salir corriendo. Pero, cuando veo una inconfundible letra «E» justo en el medio… lo entiendo.

Es mi señal.

La que he estado esperando todo este tiempo.

Justo cuando ya había perdido la esperanza, Riley ha hecho lo que prometió.

Ha marcado el brownie más pequeño de la bandeja con mi inicial, lo mismo que solía hacer siempre.

Y, cuando busco el más grande y veo que tiene una «R» grabada, sé sin lugar a dudas que es cosa suya. El mensaje secreto, la señal que me prometió justo antes de marcharse para siempre.

No obstante, puesto que no quiero ser como esas personas chifladas que encuentran un significado oculto hasta en una bandeja de dulces recién horneados, echo una mirada a Sabine y le digo:

—¿Has hecho tú…? —Señalo mi brownie, el que tiene mi inicial grabada en el medio—. ¿Has puesto tú esta letra?

Ella frunce el ceño, primero para mirarme a mí y luego al observar el pastel. Luego sacude la cabeza y señala:

—Oye, Ever, si no quieres probarlo, no tienes por qué hacerlo. Solo pensé que…

Antes de que termine la frase, cojo el brownie de la bandeja y me lo meto en la boca. Cierro los ojos mientras saboreo su esponjosa textura y me sumerjo de inmediato en esa típica sensación de «hogar». Ese lugar maravilloso que he tenido la suerte de poder visitar de nuevo, aunque por un corto espacio de tiempo. Y por fin me doy cuenta de que el hogar no se encuentra solo en un único lugar: está allí donde tú desees que esté.

Sabine me mira con expresión preocupada, a la espera de mi aprobación.

—Intenté hacerlos en otra ocasión, pero no me quedaron ni de cerca tan buenos como los de tu madre. —Se encoge de hombros y me mira con timidez, impaciente por obtener mi veredicto—. Ella solía bromear diciendo que utilizaba un ingrediente secreto, pero ahora me pregunto si hablaba en serio o no.

Trago saliva con fuerza antes de lamerme las migajas de los labios. Luego le digo con una sonrisa:

—Sí que había un ingrediente secreto. —Su expresión se viene abajo, como si eso significara que no están buenos—. El ingrediente secreto era el amor —le explico—. Y tú debes de haberlo utilizado en grandes cantidades, porque están increíbles.

—¿De verdad? —Sus ojos se iluminan.

—De verdad. —La abrazo con fuerza, pero me aparto después de un breve momento—. Hoy es viernes, ¿no?

Ella me mira con el entrecejo fruncido.

—Sí, es viernes. ¿Por qué? ¿No te encuentras bien?

Asiento con la cabeza y salgo corriendo hacia la puerta. Me queda menos tiempo del que pensaba.

Capítulo cuarenta y nueve

Me detengo frente a la casa de Ava, aparco el coche de cualquier manera (las ruedas traseras sobre el cemento y las delanteras encima de la hierba) y corro hacia la puerta tan rápido que apenas veo los escalones. Sin embargo, cuando llego hasta ella doy un paso atrás... Siento algo raro, algo extraño que no puedo definir. Como si todo estuviese demasiado tranquilo, demasiado silencioso. Aunque la casa está tal y como la dejé (con los maceteros a cada lado de la puerta y el felpudo con la palabra «Bienvenido» en su lugar), su quietud resulta escalofriante. Preparo los nudillos para llamar, y apenas rozo la madera cuando se abre ante mí.

Dejo atrás el salón de camino hacia la cocina. Llamo a voces a Ava mientras me fijo en que todo está tal y como lo dejé: la tetera en la encimera, las galletitas en un plato... Todo está en su lugar. Sin embargo, cuando observo la alacena y veo que el elixir y el antídoto han desaparecido, no sé muy bien qué pensar. No sé si eso significa que mi plan ha funcionado y al final no han sido necesarios, o todo lo contrario, que algo ha salido mal.

Corro hacia la puerta añil que hay al final del pasillo, impaciente por comprobar si Damen sigue allí, pero hay algo que me impide el paso: Roman se encuentra de pie delante de ella. En su rostro aparece una sonrisa mientras dice:

—Me alegra mucho ver que has vuelto, Ever. Aunque ya le dije a Ava que lo harías. Ya conoces el dicho: «¡No se puede volver atrás!».

Me fijo en su pelo deliberadamente alborotado que enmarca a la perfección el tatuaje del uróboros de su cuello y soy consciente de que, a pesar de mis avances, a pesar de que conseguí despertar a la gente del instituto, él sigue al mando.

—¿Dónde está Damen? —Recorro su rostro con la mirada con un nudo en el estómago—. ¿Y qué has hecho con Ava?

—Vamos, vamos… —Esboza una sonrisa—. No te preocupes por nada. Damen está justo donde lo dejaste. Aunque debo admitir que aún no puedo creer que lo abandonaras. Te subestimé. Nunca lo habría imaginado. Me pregunto cómo se sentiría Damen si se enterara. Apuesto a que él también te había subestimado. —Trago saliva al recordar las últimas palabras de Damen: «Me abandonaste». Sé que él no me subestimó en absoluto; sabía con exactitud el camino que elegiría—. Y, en cuanto a Ava… —Roman sonríe de nuevo—. Te alegrará saber que no le he hecho nada de nada. A estas alturas ya deberías haberte dado cuenta de que solo tengo ojos para ti —murmura, y se mueve tan rápido que apenas he tenido tiempo de parpadear cuando descubro su rostro a escasos centímetros del mío—. Ava se marchó por propia voluntad. Y ahora faltan… —Hace una pausa para consultar su reloj de muñeca— bueno, unos segundos para que tú y yo podamos hacerlo oficial. Ya sabes, sin toda esa culpabilidad que habrías sentido si hubiéramos empezado a salir antes de… de que él tuviera la oportunidad de «seguir adelante». Yo no me habría sentido culpable en absoluto, la verdad, pero me da la impresión de que tú eres de ese tipo de personas que se consideran buenas, puras, bienintencionadas y todas esas tonterías; algo que, si te soy franco, a mí me resulta un poco sensiblero. Sin embargo, tengo la certeza de que encontraremos una manera de acabar con todo eso.

Dejo de escuchar sus palabras mientras planeo mi próximo movimiento. Intento determinar cuál es su debilidad, su criptonita, su chacra más vulnerable. Puesto que bloquea la puerta por la que quiero entrar, la puerta que conduce hasta Damen, no tengo más remedio que «atravesarlo». Sin embargo, debo tener cuidado con mi forma de proceder. Porque cuando entre en acción debo realizar un movimiento rápido, inesperado y directo al objetivo. De otra forma, me veré inmersa en una batalla que tal vez nunca pueda ganar.

Alza su mano hasta mi cara para acariciarme la mejilla, pero se la aparto de un manotazo tan fuerte que el crujido de sus huesos atraviesa el aire. Sus dedos flácidos cuelgan y se balancean delante de mis ojos.

—Ay… —Sonríe y sacude la mano antes de flexionar los dedos, que se han curado al instante—. Eres un poco agresiva, ¿no? Sabes que eso me pone, ¿a que sí? —La exasperación es evidente en mi mirada. Siento su gélido aliento contra la mejilla cuando me dice—: ¿Por qué sigues luchando contra mí, Ever? ¿Por qué me alejas si soy lo único que te queda?

—¿Por qué haces esto? —pregunto. Se me encoge el estómago cuando sus ojos se entornan y se oscurecen, mostrando una completa carencia de color y de luz—. ¿Qué te ha hecho Damen?

Roman inclina la cabeza y me mira a los ojos antes de explicarse.

—Es muy sencillo, encanto. —Su voz cambia de repente: abandona el acento británico y adopta un tono que jamás le había escuchado—. Él mató a Drina. Así que yo pienso matarlo a él. Así estaremos a la par. Caso cerrado.

Y, en el instante en que lo dice, lo entiendo todo. Sé exactamente cómo podré derribarlo y atravesar esa puerta.

Porque junto con el «quién» y el «cómo», ahora sé el «por qué». La elusiva razón que he necesitado todo este tiempo. Ahora, lo único que se interpone entre Damen y yo es un fuerte puñetazo en el chacra del ombligo de Roman, el chacra sacro como lo llaman algunas veces: el núcleo de los celos, la envidia y el deseo irracional de posesión.

Un golpe contundente y Roman será historia.

Sin embargo, antes de acabar con él debo hacer una cosa más. Así pues, lo miro a los ojos con expresión firme y le digo:

—Pero no fue Damen quien mató a Drina, sino yo.

—Buen intento —replica antes de echarse a reír—. Patético y un poco ñoño a mi parecer, pero me temo que de todas formas no va a servirte de nada. No vas a poder salvar a Damen con una tontería así.

—¿Por qué no? Si tan interesado estás en hacer justicia, en lo del «ojo por ojo» y todo eso… entonces debes saber que fui yo. —Asiento con la cabeza antes de añadir con una voz cargada de apremio y fuerza—: Fui yo quien mató a esa zorra. —Noto que vacila; muy poco, pero lo bastante como para que yo lo vea—. Siempre estaba metiéndose en mis asuntos. Estaba obsesionada con Damen, pero eso ya lo sabías, ¿verdad? ¿Sabías que estaba loca por él? —Da un respingo. No confirma ni niega nada, pero ese respingo es lo único que necesito para seguir adelante, porque sé que he tocado una fibra sensible—. Quería quitarme de en medio para poder quedarse con Damen y, aunque me pasé meses tratando de ignorarla y esperando a que se largara, fue lo bastante estúpida como para entrar en mi casa e intentar enfrentarse a mí. Y… bueno, cuando se negó a marcharse y decidió atacarme… la maté. —Me encojo de hombros. He relatado la historia con mucha más calma de la que sentí en aquellos momentos y me he asegurado de no revelar mi ineptitud, mi ignorancia y mis miedos—. Lo cierto es que fue bastante fácil. —Sonrío y sacudo la cabeza, como si estuviera reviviendo ese momento—. En serio. Tendrías que haberla visto. En un momento dado estaba delante de mí, con su fantástica melena pelirroja y su piel pálida, y al siguiente… ¡había desaparecido! Y, por cierto, Damen no se presentó hasta que todo hubo acabado. Así que ya ves, si hay algún culpable, esa soy yo, no él. —Tengo la mirada clavada en la suya y el puño listo para asestar el golpe. Me acerco un poco más antes de añadir—: ¿Qué te parece? ¿Todavía quieres salir conmigo? ¿O ahora preferirías matarme? Sea lo que sea, lo entenderé.

Coloco la mano sobre su pecho y lo empujo con fuerza contra la puerta. Pienso en lo fácil que habría sido apretar unos centímetros más abajo, golpearlo con todas mis fuerzas y acabar con todo esto de una vez por todas.

—¿Tú? —pregunta, aunque parece más un peso de conciencia que la acusación que pretendía—. ¿Fuiste tú y no Damen?

Asiento. Tengo el cuerpo tenso, listo para luchar. Sé que nada me impedirá entrar en esa habitación y ya he empezado a elevar el puño cuando él exclama de repente:

—¡Todavía no es demasiado tarde! ¡Aún podemos salvarlo!

Me quedo paralizada, con el puño a medio camino del objetivo, sin saber muy bien si está jugando conmigo.

Observo cómo niega con la cabeza, visiblemente alterado.

—No lo sabía… —dice—. Estaba seguro de que había sido él… Fue él quien me lo dio todo… quien me dio la vida… ¡Esta vida! Y estaba seguro de que había sido él quien… —Se da la vuelta y corre a toda velocidad por el pasillo mientras grita—: Ve a ver cómo está… ¡Yo traeré el antídoto!

Capítulo cincuenta

Lo primero que veo cuando cruzo la puerta es a Damen. Todavía está tendido en el sofá, tan pálido y delgado como cuando lo dejé.

Lo segundo que veo es a Rayne. Está acurrucada a su lado, poniéndole un paño húmedo sobre la frente. Sus ojos se abren como platos cuando me ve y levanta la mano mientras me grita:

—¡Ever, no! ¡No te acerques más! Si quieres salvar a Damen, detente ahora mismo… ¡No rompas el círculo!

Bajo la vista hasta el suelo y veo que hay un círculo perfecto formado por una sustancia blanca granulosa semejante a la sal. Un círculo que los rodea a ambos y me deja a mí fuera. Luego la miro a ella y me pregunto qué quiere, qué puede tener en mente ahí agachada junto a Damen y advirtiéndome de que me aleje. Me doy cuenta de que su aspecto es aún más extraño fuera de Summerland: su rostro pálido fantasmal, sus rasgos diminutos y sus enormes ojos negros como el carbón. Sin embargo, cuando clavo la mirada en Damen y veo cómo se esfuerza por respirar, sé que debo llegar hasta él, sin importar lo que ella diga. Lo he abandonado. Lo he dejado atrás. Fui lo bastante estúpida, ingenua y egoísta como para pensar que todo saldría bien por el simple hecho de que así lo deseaba, y que Ava se quedaría por aquí para solucionar las cosas si algo salía mal.

Doy un paso hacia delante, con lo que la punta de mi pie queda justo al borde del círculo. Justo en ese momento, Roman entra a toda prisa por detrás de mí y grita:

—¿Qué coño hace ella aquí? —Mira con los ojos desorbitados a Rayne, que sigue agachada junto a Damen al otro lado de la barrera del círculo.

—¡No confíes en él! —exclama la niña, que pasea la mirada entre nosotros dos—. Siempre ha sabido que yo estaba aquí.

—¡No tenía ni idea! ¡No te había visto en la vida! —Roman sacude la cabeza—. Lo siento, encanto, pero las colegialas católicas no son mi tipo. Prefiero a mujeres algo más enérgicas, como Ever, aquí presente. —Extiende el brazo hacia mí y desliza los dedos por mi columna hasta la cintura, lo que me provoca un escalofrío que me hace desear apartarme… pero no lo hago. Solo respiro hondo e intento permanecer calmada. Me concentro en su otra mano, la que tiene el antídoto… la clave para salvar a Damen.

Porque al final eso es lo único que importa. Todo lo demás puede esperar.

Le arrebato la botella y le quito el tapón. Y, justo cuando estoy a punto de entrar en el círculo protector de Rayne, Roman me agarra del brazo y dice:

—No tan rápido.

Me detengo y los observo a ambos. Rayne me mira directamente a los ojos y me dice:

—¡No lo hagas, Ever! ¡Diga lo que diga, no lo escuches! Hazme caso. Ava se deshizo del antídoto y se llevó el elixir poco después de

que te marcharas, pero por suerte yo llegué aquí justo antes que él.
—Señala a Roman con un gesto de la mano. Sus ojos son dos redondeles furiosos tan oscuros como la más negra de las noches—. Necesita que rompas el círculo para poder entrar, porque no puede llegar hasta Damen sin ti. Solo las personas honorables pueden penetrarlo, solo las que tienen buenas intenciones. Pero si entras ahora, Roman te seguirá. Así que si te importa Damen, si de verdad quieres protegerlo, tendrás que esperar hasta que llegue Romy.

—¿Romy?

Rayne asiente antes de mirarnos a Roman y a mí.

—Ella traerá el antídoto; estará listo cuando caiga la noche, ya que se necesita que haya la luna llena para fabricarlo.

No obstante, Roman sacude la cabeza y se echa a reír antes de decir:

—¿Qué antídoto? El único que tiene el antídoto soy yo. ¡Por favor!, fui yo quien fabricó el veneno, así que ¿qué demonios sabe ella? —Al ver mi expresión confundida, añade—: En realidad me parece que no tienes elección. Si escuchas a esta… —Señala con el dedo a Rayne— Damen morirá. Pero si me haces caso a mí, no lo hará. El problema es bastante sencillo, ¿no te parece?

Miro a Rayne, que niega con la cabeza y me advierte de que no le crea, que espere a Romy, que aguarde hasta que caiga la noche… Pero aún faltan muchas horas para eso. Sin embargo, cuando observo a Damen, que está a su lado, descubro que su respiración se ha vuelto más pesada y que su rostro ha perdido todo rastro de color.

—¿Y si estás tratando de engañarme? —pregunto, con toda mi atención puesta ahora en Roman. Contengo el aliento mientras espero su respuesta.

—En ese caso, él morirá.

Trago saliva con fuerza y clavo la vista en el suelo, sin saber qué hacer. ¿Debo confiar en Roman, el inmortal renegado responsable de todo esto? ¿O debo creer a Rayne, la gemela espeluznante que siempre habla con acertijos y cuyas intenciones nunca me han quedado claras? Cuando cierro los ojos e intento concentrarme en lo que me dice el instinto (que casi nunca me falla, aunque a menudo lo paso por alto), me siento frustrada al ver que permanece en silencio absoluto.

Luego miro a Roman, que continúa hablando:

—Pero si no te estoy engañando, él vivirá. Así que, en mi opinión, no tienes mucho que decidir…

—No lo escuches —insiste Rayne—. No está aquí para ayudarte, pero ¡yo sí! Fui yo quien te envió la visión en Summerland aquel día; fui yo quien te mostró todos los ingredientes necesarios para salvarlo. Te denegaron el acceso a los registros akásicos porque ya habías hecho una elección. Intentamos mostrarte el camino, intentamos ayudarte y evitar que te marcharas, pero te negaste a escuchar. Y ahora…

—Creí que no sabíais por qué estaba allí. —La miro con los ojos entornados—. Creí que tú y tu hermana no podíais acceder… —Me quedo callada y miro a Roman, a sabiendas de que debo pensar cuidadosamente lo que estoy a punto de decir—. Creí que no podíais ver ciertas cosas.

Rayne me observa con expresión afligida y dice:

—Nunca te hemos mentido, Ever. Y jamás te hemos enviado en la dirección equivocada. No podemos ver ciertas cosas, eso es cierto. Romy es empática y yo soy clarividente, así que juntas podemos percibir sensaciones y visiones. De ese modo te encontramos la primera vez, y hemos tratado de guiarte desde entonces utilizando la información que percibíamos. Desde que Riley nos pidió que cuidáramos de ti…

—¿Riley? —La miro con la boca abierta y una sensación nauseabunda en el estómago. ¿Cómo es posible que mi hermana esté implicada en esto?

—La conocimos en Summerland y le enseñamos el lugar. Incluso fuimos al colegio juntas, al internado privado que ella hizo aparecer. Por eso vamos vestidas así. —Señala su falda de cuadros y su chaqueta de punto, el uniforme que ella y su hermana llevan siempre.

Recuerdo que Riley siempre quiso ir a un internado, porque, según decía, así podría librarse de mí. Así que tiene sentido que hiciera aparecer uno.

—Luego, cuando ella decidió… —Se queda callada y mira a Roman antes de continuar— cruzar al otro lado, nos pidió que cuidáramos de ti si te veíamos por allí.

—No te creo —replico, aunque lo cierto es que no tengo motivos para no hacerlo—. Riley me lo habría dicho, me habría… —Pero entonces recuerdo que una vez me dijo algo sobre que había conocido a alguien que le había enseñado el lugar y me pregunto si se refería a las gemelas.

—También conocemos a Damen. Él… nos ayudó en una ocasión… hace muchísimo tiempo… —Y, cuando me mira, estoy a punto de echarme atrás. Sin embargo, como percibiéndolo, añade—: Pero si esperas unas horas más hasta que el antídoto esté completo, Romy vendrá y…

Miro a Damen (su cuerpo escuálido, su piel pálida y pegajosa, sus ojos hundidos, su respiración jadeante… Las inhalaciones y exhalaciones parecen más débiles a cada segundo que pasa) y sé que no tengo elección.

Doy la espalda a Rayne para mirar a Roman y le digo:

—Vale, explícame qué tengo que hacer.

Capítulo cincuenta y uno

Roman asiente. Me mira fijamente antes de arrebatarme el antídoto y dice:

—Necesitamos algo afilado.

Entorno los ojos, sin entenderlo del todo.

—¿De qué estás hablando? Si eso es realmente el antídoto, tal y como me has dicho, ¿por qué no puede bebérselo sin más? Está listo, ¿no? —Se me encoge el estómago bajo el peso de su mirada, tan firme y concentrada en mí.

—Es el antídoto. Pero requiere un último ingrediente para estar completo.

Tomo una bocanada de aire. Debería haber sabido que las cosas nunca resultan tan sencillas cuando Roman está implicado.

—¿De qué se trata? —pregunto con una voz tan temblorosa como mi cuerpo—. ¿Qué te traes entre manos?

—Vamos, vamos… —Esboza una sonrisa—. No te preocupes. No es nada complicado… y no nos llevará horas, por supuesto. —Sacude la cabeza mirando a Rayne—. Lo único que necesitamos para poner el espectáculo en marcha es un par de gotas de tu sangre. Eso es todo.

Lo miro fijamente, sin comprender. ¿Qué influencia puede tener mi sangre sobre la vida y la muerte?

Sin embargo, Roman se limita a devolverme la mirada y responde la pregunta que ronda mi mente cuando dice:

—Para salvar a tu compañero inmortal, él debe consumir un antídoto que contenga una gota de sangre de su verdadero amor. Créeme, es la única manera.

Trago saliva con fuerza, menos preocupada por el derramamiento de sangre que por la posibilidad de que me esté tomando el pelo y pierda a Damen para siempre.

—Seguro que no te preocupa no ser el verdadero amor de Damen… ¿verdad? —pregunta con una sutil sonrisa en los labios—. ¿Crees que debería llamar a Stacia?

Cojo una tijera que tengo a mi lado y me la acerco a la muñeca. Estoy a punto de clavármela cuando Rayne grita:

—¡No, Ever! ¡No lo hagas! ¡No creas lo que te dice! ¡No escuches ni una sola de sus palabras!

Miro a Damen, observo el lento subir y bajar de su pecho y sé que no hay tiempo que perder. Sé en lo más profundo de mi corazón que le quedan minutos, no horas. Luego bajo la tijera con fuerza y observo cómo su punta afilada penetra en mi muñeca y está a punto de partírmela en dos. Escucho el alarido de Rayne, un chillido tan desgarrador que ahoga todos los demás sonidos mientras Roman se agacha a mi lado para recoger la sangre. Y, aunque experimento una ligera sensación de desvanecimiento y un pequeño mareo, pasan solo unos segundos antes de que mis venas se regeneren y mi piel cicatrice. Así que agarro la botella sin hacer caso de las protestas de Rayne y rompo el círculo. La empujo a un lado mientras me dejo caer de rodillas al suelo y coloco los dedos bajo el cuello de Damen para obligarlo a beber. Su respiración se vuelve más y más débil... hasta que se detiene por completo.

—¡¡No!! —grito—. ¡No puedes morir! ¡No puedes abandonarme! —Sigo derramando el líquido por su garganta, decidida a traerlo de vuelta, a devolverle la vida como él hizo conmigo en una ocasión.

Lo estrecho contra mi cuerpo, deseando que viva. Todo lo que nos rodea desaparece mientras me concentro en él: mi alma gemela, mi compañero eterno, mi único amor. Me niego a decirle adiós, me niego a perder toda esperanza. Y, cuando la botella se vacía, me dejo caer sobre su pecho y aprieto los labios contra los suyos para darle todo mi aliento, mi ser, mi vida.

Murmuro las palabras que él me dijo una vez:

—¡Abre los ojos y mírame!

Susurro esas palabras una y otra vez...

Hasta que al final lo hace.

—¡Damen! —grito. Un torrente de lágrimas se desliza por mis mejillas y caen sobre su rostro—. ¡Gracias a Dios que has vuelto! Te he echado tanto de menos... Te quiero... y te prometo que nunca jamás volveré a dejarte. Perdóname, por favor... Por favor...

Parpadea con rapidez e intenta mover los labios para articular palabras que no soy capaz de escuchar. Y, cuando acerco la oreja a su boca, agradecida por poder estar con él de nuevo, nuestra reconciliación es interrumpida por una serie de aplausos.

Palmadas lentas y firmes procedentes de Roman, que ahora está de pie a mi lado. Ha entrado en el círculo y Rayne se ha acurrucado en el rincón más alejado de la habitación.

—¡Bravo! —exclama con expresión burlona y divertida mientras nos mira a Damen y a mí—. Bien hecho, Ever. Debo admitir que todo ha sido de lo más… «conmovedor». Las reconciliaciones tan sinceras no se ven muy a menudo.

Trago saliva con fuerza. Me tiemblan las manos y siento una punzada en el estómago. Me pregunto qué estará tramando. Quiero decir que Damen está vivo y el antídoto ha funcionado, así que ¿qué más puede haber?

Miro a Damen y compruebo que su pecho sube y baja con regularidad mientras se queda dormido otra vez; luego miro a Rayne, que me observa con los ojos desorbitados y una expresión de incredulidad.

Sin embargo, cuando vuelvo la vista hacia Roman, me da la clara impresión de que solo está disfrutando de una última oportunidad de pasarlo bien, que solo interpreta un acto de bravuconería ahora que Damen se ha salvado.

—¿Ahora quieres ir a por mí? ¿Se trata de eso? —pregunto, lista para derribarlo si me veo obligada a hacerlo.

No obstante, él niega con la cabeza y suelta una carcajada.

—¿Por qué iba a hacer eso ahora? ¿Por qué iba a querer deshacerme de una nueva fuente de diversión que no ha hecho más que empezar?

Me quedo paralizada. El pánico se adueña de mí, pero intento disimularlo.

—No sabía que fueras tan simple, tan predecible, pero claro… así es el amor, ¿verdad? Siempre te vuelve un poco loco, un poco impulsivo, casi irracional… ¿no te parece?

Frunzo el ceño. No tengo ni idea de dónde quiere ir a parar, pero sé que no puede ser nada bueno.

—Con todo, resulta asombroso lo rápido que has caído. Ningún tipo de resistencia. En serio, Ever, te has abierto la muñeca sin ni siquiera hacer preguntas. Y eso me lleva al punto de partida: nunca se debe subestimar el poder del amor... ¿O en tu caso era la culpa? Solo tú lo sabes con seguridad.

Lo observo con detenimiento mientras una horrible idea toma forma en mi interior. Sé que he cometido un tremendo error... que han jugado conmigo.

—Estabas tan desesperada por entregar tu vida a cambio de la suya, tan dispuesta a hacer cualquier cosa para salvarlo... que todo ha salido a la perfección. Ha sido mucho más fácil de lo que esperaba. Aunque si te soy sincero, sé lo que sientes. De hecho, yo habría hecho lo mismo por Drina... si me hubieran dado la oportunidad. —Me fulmina con la mirada. Sus párpados están tan bajos que sus ojos parecen esquirlas de oscuridad—. Pero, puesto que ambos sabemos cómo terminó aquello, supongo que te gustaría saber también cómo terminará esto, ¿no?

Echo un vistazo a Damen para asegurarme de que sigue bien. Observo cómo duerme mientras Roman añade:

—Sí, sigue vivo; no preocupes a tu preciosa cabecita con eso. Y, para que lo sepas, es muy probable que siga así durante muchos, muchísimos años. No pienso ir tras él de nuevo, así que no tengas ningún miedo. De hecho, nunca tuve intención de mataros a ninguno de los dos, a pesar de lo que puedas pensar. No obstante, para ser justo, supongo que debo advertirte de que toda esta felicidad tiene un precio.

—¿Y cuál es? —susurro sin dejar de mirarlo a los ojos. Drina ya está muerta, así que no sé qué más puede querer. Además, sea cual sea el precio, lo pagaré. Haré lo que haga falta para que Damen siga con vida.

—Veo que te he molestado —ronronea al tiempo que sacude la cabeza—. Ya te he dicho que Damen estará bien. De hecho, mejor que bien. Estará mejor que nunca. Míralo, ¿quieres? ¿Ves como está recuperando el color y vuelve a ganar peso? Muy pronto será de nuevo ese chico joven, guapo y robusto; el chico a quien crees querer tanto que estás dispuesta a hacer cualquier cosa para salvarlo, sin hacer preguntas…

—Ve al grano —le digo con la mirada clavada en la suya. Estoy harta de los inmortales renegados, que siempre insisten en protagonizar todas y cada una de las escenas.

—Ah, no. —Niega con la cabeza—. He esperado años a que llegue este momento y no pienso apresurarme. Verás, Damen y yo nos conocemos desde hace mucho. Desde el comienzo, en Florencia. —Y, cuando ve mi expresión, añade—: Sí, era uno de sus compañeros huérfanos, el más joven de todos. Y, cuando me salvó de la peste, empecé a pensar en él como en un padre.

—¿Y eso convirtió a Drina en tu madre? —pregunto.

Su mirada se endurece durante unos segundos antes de relajarse de nuevo.

—Desde luego que no. —Sonríe—. Verás, yo quería a Drina, no me importa admitirlo. La quería con toda mi alma. La quería del mismo modo que tú crees quererlo a él. —Señala a Damen, que ya tiene el mismo aspecto que cuando nos conocimos—. La quería con cada centímetro de mi ser. Habría hecho cualquier cosa por ella… y jamás la habría abandonado, como tú hiciste con él.

Trago saliva. Sé que merezco eso.

—Pero siempre fue por Damen. Siempre… por… Damen. Ella no tenía ojos para nadie más. Hasta que él te conoció a ti (por primera vez) y Drina se refugió en mí. —Esboza una pequeña sonrisa que desaparece al instante cuando continúa hablando—. Pero solo en busca de «amistad». —Da la impresión de que escupe la palabra—. Y de «compañía». Y de un hombro fuerte sobre el que llorar. —Tuerce el gesto—. Yo le hubiera dado todo lo que hubiera querido… cualquier cosa en el mundo. Pero ella ya lo tenía todo… y lo único que quería era precisamente lo que yo no podía darle, lo único que nunca le habría dado: a Damen. Damen *Cabrón* Auguste. —Sacude la cabeza—. Y, por desgracia para Drina, Damen solo te quería a ti. Y así empezó todo: un triángulo amoroso que duró cuatrocientos años. Los tres seguimos en nuestro empeño, implacables, sin perder la esperanza… Hasta que yo me vi obligado a renunciar… porque tú la mataste. Y con ello te aseguraste de que nunca estuviéramos juntos. Te aseguraste de que nuestro amor jamás viera la luz…

—¿Sabías que fui yo quien la maté? —pregunto con una exclamación ahogada y un terrible nudo en el estómago—. ¿Lo has sabido siempre?

Pone los ojos en blanco.

—¿Bromeas? —Se echa a reír, imitando a la perfección la más horrible de las carcajadas de Stacia—. Lo tenía todo planeado, aunque debo admitir que me dejaste atónito cuando lo abandonaste de esa manera. Te subestimé, Ever. Tengo que reconocer que te subestimé. Pero, aun así, seguí adelante con el plan. Le dije a Ava que regresarías.

¿Ava?

Lo miro con los ojos abiertos de par en par. La verdad es que no estoy segura de querer saber lo que le ha ocurrido a la única persona en la que creía que podía confiar.

—Sí, tu buena amiga Ava. La única con la que podías contar, ¿verdad? —Asiente con la cabeza—. Bueno, pues resulta que me echó las cartas una vez (bastante bien, por cierto), y bueno… seguimos en contacto. ¿Sabes que huyó de la ciudad en cuanto te marchaste? También se llevó todo el elixir. Dejó a Damen solo en esta habitación, vulnerable, indefenso, esperando a que yo llegara. Ni siquiera se quedó por aquí el tiempo suficiente para comprobar si tu teoría era cierta. Supuso que ya estabas muy lejos o que, de todas formas, nunca te enterarías. Deberías tener más cuidado al elegir a las personas en quienes depositas tu confianza, Ever. No es bueno ser tan ingenua.

Trago saliva con fuerza mientras me encojo de hombros. Ahora ya no puedo hacer nada al respecto. No puedo volver atrás, no puedo cambiar el pasado. Lo único que puedo cambiar es lo que sucederá a continuación.

—Ah, y me encantaba ver cómo observabas mi muñeca para ver si descubrías el tatuaje del uróboros. —Suelta una risotada—. No sabías que todos elegimos el lugar donde llevar el tatuaje, y yo opté por el cuello.

Me quedo de pie en silencio, esperando escuchar más cosas. Damen ni siquiera sabía que había inmortales renegados hasta que Drina se volvió malvada.

—Fui yo quien lo inició todo. —Asiente con la cabeza y apoya la mano derecha sobre el corazón—. Soy el padre fundador de la tribu de los inmortales renegados. Aunque es cierto que tu amigo Damen nos dio a todos el primer trago de elixir, cuando los efectos empezaron a desvanecerse, dejó que empezáramos a envejecer y a arrugarnos y se negó a darnos más.

Hago un gesto de indiferencia con los hombros y pongo cara de exasperación. Garantizarle a una persona un siglo de vida no es algo que me parezca precisamente «egoísta».

—Y fue entonces cuando comencé a experimentar. Estudié con los más grandes alquimistas del mundo y conseguí superar el trabajo de Damen.

—¿De verdad lo consideras un triunfo? ¿Volverte malvado? ¿Dar y arrebatar la vida a voluntad? ¿Jugar a ser Dios?

—Hago lo que tengo que hacer. —Alza los hombros mientras se mira las uñas—. Al menos yo no dejé que los demás huérfanos se marchitaran. A diferencia de Damen, me interesé lo suficiente como para buscarlos y salvarlos. Y, sí, de vez en cuando recluto a nuevos miembros. Aunque te aseguro que no hacemos daño a ningún inocente, solo a aquellos que se lo merecen.

Nuestras miradas se encuentran, pero yo aparto la vista rápidamente. Damen y yo deberíamos haberlo visto venir; no debimos dar por sentado que con Drina se acababa todo.

—De modo que imagínate mi sorpresa cuando vine aquí y descubrí a esta diminuta… mocosa… arrodillada junto a Damen en su pequeño círculo mágico mientras su espeluznante gemela recorre la ciudad intentando preparar el antídoto antes de que caiga la noche. —Roman se echa a reír—. Y con mucho éxito, debo añadir. Tendrías que haberte esperado, Ever. No deberías haber roto el círculo. Esas dos se merecen mucho más crédito del que estabas dispuesta a darles, pero claro, como ya he dicho, tienes tendencia a confiar en las personas equivocadas. De cualquier forma, me limité a permanecer cerca de aquí, esperando a que aparecieras y rompieras el círculo protector, porque sabía que lo harías.

—¿Por qué? —Echo un vistazo a Damen y luego a Rayne, que sigue acurrucada en el rincón, demasiado asustada como para moverse—. ¿Qué diferencia hay?

—Bueno, eso fue lo que lo mató. —Se encoge de hombros—. Podría haber vivido así durante días si no hubieras atravesado el círculo. Es una suerte que yo tuviera el antídoto a mano para poder devolverle la vida. Y, aunque existe un precio, un enorme y elevado precio, lo hecho, hecho está, ¿verdad? Ahora no hay forma de volver atrás. No-se-puede-volver-atrás. Y tú entiendes eso mejor que ninguno de los que estamos aquí, ¿a que sí?

—Lo entiendo —replico, cerrando las manos en un puño. Me entran ganas de acabar con él ahora mismo, de eliminarlo de una vez por todas. Ahora que Damen está a salvo, Roman no es necesario, así que ¿qué habría de malo?

Pero no puedo hacerlo. No estaría bien. Damen no corre peligro, y no puedo acabar con la gente solo porque no me parezca buena. No puedo abusar de mi poder de esa forma. Un gran poder implica una gran responsabilidad y todo ese rollo.

Aflojo los puños y extiendo los dedos mientras él dice:

—Sabia elección. No quieres apresurar las cosas, aunque pronto sentirás tentaciones de hacerlo. Porque, verás, Ever, aunque Damen se va a poner bien, aunque recuperará la salud y se convertirá básicamente en todo aquello que alguna vez has deseado que fuera, me temo que eso solo te pondrá las cosas más difíciles. Porque pronto te darás cuenta de que jamás podréis estar juntos.

Lo miro. Me tiemblan los dedos y me escuecen los ojos. Me niego a creer lo que dice. Damen va a vivir… yo voy a vivir… ¿qué es lo que puede mantenernos alejados?

—¿No me crees? —Vuelve a encogerse de hombros—. Vale, sigue adelante, consuma tu amor y descúbrelo por ti misma. A mí me da igual. Mi lealtad para con Damen terminó hace siglos. No sentiré ni el más mínimo remordimiento cuando te lo tires y acabe muerto. —Sonríe sin dejar de mirarme a los ojos, y cuando ve la expresión incrédula de mi cara, la sonrisa se convierte en una carcajada. Una carcajada tan estruendosa que llega al techo y resuena en las paredes de la estancia antes de cernirse sobre nosotros como un manto de fatalidad—. ¿Te he mentido alguna vez, Ever? Venga, piénsalo. Esperaré. ¿No he sido sincero contigo siempre? Bueno, puede que me haya callado algunos detallitos insignificantes hasta el final. Quizá eso haya sido un poco travieso por mi parte, pero no ha hecho más que darle emoción a la cosa. No obstante, parece que ahora hemos llegado a un punto de revelación absoluta, así que me gustaría dejar claro, claro como el agua, que vosotros dos nunca podréis estar juntos. Nada de intercambiar vuestro ADN. Y, si no entiendes lo que eso significa, deja que te lo explique: jamás podréis intercambiar fluidos corporales de ningún tipo. Y, en caso de que también necesites que te traduzca eso, te diré que significa que no podréis besaros, lameros, mezclar la saliva con la del otro, compartir el elixir… ah, y por supuesto, tampoco podréis hacer lo que todavía no habéis hecho. Diablos, ni siquiera podrás llorar sobre su hombro para consolarte por no poder hacer lo que todavía no habéis hecho. En resumen, no podréis hacer nada. Al menos, el uno con el otro. Porque si lo hacéis, Damen morirá.

—No te creo —le digo. Mi corazón late a mil por hora y tengo las palmas de las manos empapadas de sudor—. ¿Cómo es posible algo así?

—Bueno, puede que no sea médico ni científico, pero sí que estudié con los más grandes en su día. ¿Te dicen algo los nombres de Albert Einstein, Max Planck, sir Isaac Newton o Galileo?

Me encojo de hombros, deseando que deje de decir nombres y vaya al grano de una vez.

—Permite que te lo aclare en términos simples: mientras que el antídoto por sí solo lo habría salvado anulando los receptores encargados de la multiplicación de las células dañadas y envejecidas, al añadir tu sangre nos aseguramos de que cualquier futura reintroducción de tu ADN los active de nuevo, con lo cual se revertiría el proceso y moriría. Pero no hace falta recurrir a la ciencia, solo saber que nunca podréis volver a estar juntos. Jamás. ¿Lo entiendes? Porque, de lo contrario, Damen morirá. Y ahora que te lo he dicho... el resto depende de ti.

Clavo la mirada en el suelo y me pregunto qué he hecho, cómo he podido ser tan estúpida como para confiar en él. Apenas lo escucho cuando añade:

—Y, si no me crees, sigue adelante e inténtalo. Pero cuando se desvanezca, no vengas a llorarme.

Nos miramos a los ojos y, al igual que aquel día que estábamos sentados a la mesa en el comedor del instituto, me veo arrastrada al interior del abismo de su mente. Siento su amor por Drina, el de Drina por Damen, el de Damen por mí, el mío por mi hogar... Y sé que todo eso ha resultado en «esto».

Sacudo la cabeza y me libero de él.

—Ay, mira, ¡se está despertando! —dice Roman—. Y está tan guapo y maravilloso como siempre. Disfruta del encuentro, encanto, pero ¡recuerda que no puedes disfrutarlo demasiado!

Echo un vistazo por encima del hombro y veo que Damen ha empezado a despertarse, que se despereza y se frota los ojos. Luego me giro hacia Roman con la intención de herirlo, de destruirlo, de hacerle pagar por todo lo que ha hecho.

Sin embargo, él se echa a reír y me esquiva con facilidad antes de encaminarse hacia la puerta. Esboza una sonrisa y me dice:

—No quieres hacerlo, créeme. Puede que me necesites algún día.

Me quedo de pie frente a él, temblando de rabia, tentada de enterrar el puño en su chacra más vulnerable para ver cómo se desvanece para siempre.

—Sé que ahora no me crees, pero ¿por qué no te tomas unos momentos para pensarlo bien? Ahora que ya no puedes abrazar a Damen, pronto empezarás a sentirte muy, pero que muy sola. Y, puesto que me enorgullezco de ser de los que perdonan, estaré más que dispuesto a llenar ese vacío.

Entorno los ojos y levanto el puño.

—Y, además, está el hecho de que tal vez exista un antídoto para el antídoto… —Sus ojos se clavan en los míos y me dejan sin aliento—. Y, puesto que fui yo quien lo creó, solo yo lo sé con seguridad. Así que, tal y como yo lo veo, si me eliminas, acabarás con cualquier esperanza de poder estar con él otra vez. ¿Estás dispuesta a correr ese riesgo?

Nos quedamos allí, vinculados de la forma más execrable, con las miradas entrelazadas, inmóviles. Hasta que Damen pronuncia mi nombre.

Y, cuando me doy la vuelta, veo que es él. Ha recuperado su esplendor habitual y se levanta del sofá mientras yo corro hacia sus brazos. Siento su maravillosa calidez cuando aprieta su cuerpo contra el mío y me mira de la forma que solía hacerlo... como si yo fuese lo más importante de su vida.

Hundo mi cara en su pecho, en su cuello, en su hombro. Todo mi cuerpo hormiguea y recupera el calor mientras susurro su nombre una y otra vez. Mis labios se deslizan sobre el algodón de su camisa, deseando su calidez, su fuerza. Me pregunto si seré capaz de encontrar una forma de explicarle la horrible jugarreta que nos han hecho.

—¿Qué ha ocurrido? —pregunta mirándome a los ojos mientras se aparta un poco—. ¿Te encuentras bien?

Echo un vistazo alrededor de la estancia y descubro que Roman y Rayne han desaparecido. Luego contemplo sus ojos oscuros y le pregunto:

—¿No te acuerdas?

Niega con la cabeza.

—¿De nada?

Se encoge de hombros.

—Lo último que recuerdo es la noche del viernes en la obra. Y después de eso... —Frunce el ceño—. ¿Qué lugar es este? Porque está claro que no es el Montage, ¿verdad?

Me apoyo contra su cuerpo mientras nos dirigimos a la puerta. Sé que tendré que contárselo... tarde o temprano... pero quiero evitarlo mientras pueda. Quiero celebrar su regreso, celebrar que está vivo y que estamos juntos de nuevo.

Bajamos las escaleras y abro el coche antes de decirle:

—Has estado enfermo, muy enfermo, pero ya estás mejor. Es una historia muy larga, así que… —Arranco el motor mientras él coloca la mano sobre mi rodilla.

—Bueno, ¿y qué vamos a hacer ahora? —pregunta al tiempo que pongo marcha atrás.

Siento su mirada clavada en mí, así que respiro hondo y salgo a la calle, decidida a pasar por alto la pregunta que encierra esa pregunta. Sonrío y respondo:

—Lo que nos dé la gana: El fin de semana acaba de empezar.

Agradecimientos

Quiero expresar mi más enorme y sincera gratitud: a mi formidable editora, Rose Hilliard, cuyo entusiasmo, perspicacia y estima por los signos de exclamación hacen que me sienta feliz de tenerla en mi equipo; también a Matthew Shear, Katy Hershberger y al resto del equipo de Saint Martin; a Bill Contardi, quien es todo lo que podría desear de un agente y mucho más; a Patrick O'Malley Mahoney y Jolynn *Irascible* Benn, mis dos mejores amigos, que siempre están dispuestos a ir de celebración cuando termino un manuscrito; a mi madre, que lleva unos cuatro años acechando por la sección de Jóvenes Adultos de la librería de su localidad; a mi asombroso marido, Sandy, que es tan increíblemente bueno en tantas cosas que a veces me pregunto si no será secretamente inmortal; y, por último, aunque no menos importante, les doy las gracias una y mil veces a mis fabulosos lectores: chicos, sois los MEJORES, ¡y no podría hacer esto sin vosotros!

ETERNIDAD

Libro primero de la serie de *Los inmortales*

Ever guarda un secreto: puede oír los pensamientos de todos los que están a su alrededor, ver su aura y conocer su pasado con solo tocarles la piel. Abrumada por la fuerza de este extraño don, vive encerrada en sí misma y solo tiene dos amigos, los excéntricos Haven y Miles. Todo cambia, sin embargo, cuando Damen se incorpora a su clase; atractivo y enigmático, despierta rápidamente el interés de todas las chicas. Ever, como siempre, intenta mantenerse al margen, pero muy pronto descubre con una mezcla de temor y fascinación que Damen no tiene aura y que altera de forma misteriosa todos sus poderes.

Ficción/978-0-307-74115-8

VINTAGE ESPAÑOL
Disponible en su librería favorita, o visite
www.grupodelectura.com

12/12 ② 11/11
1/15 ⑥ 3/14
11/18 ⑧ 5/17